TEMPO ROUBADO

DANIELLE ROLLINS

TEMPO ROUBADO

Tradução de Laura Pohl

Título Original
STOLEN TIME

Copyright © 2019 *by* Danielle Rollins

Todos os direitos reservados.
Nenhuma parte desta obra pode ser reproduzida ou transmitida
por meio eletrônico, mecânico, fotocópia, ou sob
qualquer outra forma sem a prévia autorização do editor.

Edição brasileira publicada mediante acordo com
HarperCollins Children's Books, uma divisão da HarperCollins Publishers.

Direitos para a língua portuguesa reservados
com exclusividade para o Brasil à
EDITORA ROCCO LTDA.
Rua Evaristo da Veiga, 65 – 11º andar
Passeio Corporate – Torre 1
20031-040 – Rio de Janeiro – RJ
Tel.: (21) 3525-2000 – Fax: (21) 3525-2001
rocco@rocco.com.br
www.rocco.com.br

Printed in Brazil/Impresso no Brasil

CIP-Brasil. Catalogação na publicação.
Sindicato Nacional dos Editores de Livros, RJ.

R658t

Rollins, Danielle
    Tempo roubado / Danielle Rollins ; tradução Laura Pohl. – 1. ed. – Rio de Janeiro : Rocco, 2022.
    (Estrelas escuras ; 1)

    Tradução de: Stolen time
    ISBN 978-65-5532-279-8
    ISBN 978-65-5595-138-7 (e-book)

    1. Ficção americana. I. Pohl, Laura. II. Título. III. Série.

22-78461
    CDD: 813
    CDU: 82-3(73)

Gabriela Faray Ferreira Lopes – Bibliotecária – CRB-7/6643

O texto deste livro obedece às normas do
Acordo Ortográfico da Língua Portuguesa.

Para todos os cientistas na minha vida, mas particularmente a Bill Rollins, Thomas Van de Castle e Ron Williams, por me ajudarem a dar a impressão de que sei do que estou falando.

PARTE UM

A viagem interestelar rápida, ou a viagem no tempo, não pode ser descartada de acordo com nosso entendimento atual. Causariam grandes problemas lógicos, então torçamos para que haja uma Lei de Proteção Cronológica, para evitar que as pessoas voltem no tempo e matem nossos pais.

— Stephen Hawking

1

DOROTHY

7 DE JUNHO DE 1913, NOS ARREDORES DE SEATTLE

O pente brilhou na luz do meio da manhã. Era extraordinário. Feito de casco de tartaruga, encrustado de madrepérola e dentes que tinham a aparência especialmente reluzente de ouro verdadeiro. Muito superior ao restante das joias baratas espalhadas pela mesa da cabeleireira.

Dorothy fingiu interesse em um fio solto da manga para não encarar o objeto. Poderia conseguir cinquenta dólares naquilo se encontrasse o comprador certo.

Ela se remexeu, a paciência esvaindo. Se ao menos houvesse *tempo* para encontrar o comprador certo. Já passava das nove. O relógio não parecia estar do lado dela hoje.

Então desviou os olhos do pente para o espelho de corpo inteiro apoiado na parede à frente. Feixes de luz entravam pela janela da capela, refletindo no vidro e deixando o ar no vestuário claro e empoeirado. Vestidos de seda e fitas delicadas tremulavam nos cabides. Trovões ribombavam distantes, o que era peculiar. Raramente trovejava nesta parte do país.

Era uma das coisas que Dorothy mais odiava na costa oeste. Como estava sempre nublado, mas nunca chovia.

A cabeleireira hesitou, encontrando o olhar de Dorothy no espelho.

— O que achou, senhorita?

Dorothy inclinou a cabeça. Seus cachos castanhos haviam sido subjugados em um coque elegante na nuca. Ela parecia domada. Supunha que esse fosse o propósito.

— Adorável — ela mentiu. A velha abriu um sorriso, seu rosto desaparecendo entre rugas e dobras. Dorothy não esperava que ela fosse ficar tão contente. Uma onda de culpa a dominou.

Ela fingiu tossir.

— Se importaria de buscar um copo d'água, por favor?

— Nem um pouco, querida, nem um pouco. — A cabeleireira deixou a escova de lado e foi para os fundos do cômodo, onde uma jarra de cristal descansava em uma mesinha.

Assim que a velha virou as costas, Dorothy deslizou o pente dourado para dentro da manga. O movimento foi tão rápido e natural que qualquer observador ficaria distraído pela fileira de delicados botões de pérola que cercavam a renda no pulso de Dorothy e não notaria coisa alguma.

Dorothy abaixou o braço, sorrindo para si mesma e esquecendo-se da culpa. Era indecoroso ser assim tão orgulhosa, mas ela não conseguia evitar. O gesto havia sido perfeito, como deveria ser. Ela praticara muito.

Uma tábua do assoalho gemeu atrás dela, e uma nova voz disse:

— Nos deixe a sós por um momento, Marie, por favor?

O sorriso de Dorothy apareceu, e cada músculo em seu corpo ficou tenso, como se estivessem presos a tarraxas sendo apertadas lentamente. A cabeleireira — *Marie* — estremeceu, e derrubou um pouco da água do copo.

— Ah! Srta. Loretta. Me perdoe, não vi a senhorita entrar.

Marie sorriu e assentiu conforme uma mulher mais velha, de estatura pequena e impecavelmente vestida, entrou no cômodo. Dorothy trincou os dentes com tanta força que sua mandíbula começou a doer. De repente, o pente parecia pesar uma tonelada sob a manga.

Loretta usava um vestido preto coberto por uma teia delicada de renda dourada. A gola alta e mangas compridas davam a ela a aparência de uma aranha elegante. Eram vestimentas mais apropriadas para um velório do que para um casamento.

Loretta manteve a expressão educada, mas o ar ao redor dela pareceu pesar, como se a mulher tivesse gravidade própria. Marie colocou o copo na mesa e saiu apressada pelo corredor. Apavorada, sem dúvida. A maioria das pessoas tinha pavor da mãe de Dorothy.

Dorothy estudou a mão arruinada de sua mãe pelo canto do olho, tentando não ser óbvia. A mão era muito menor do que deveria, com os dedos ressequidos e deformados, encolhidos como garras. Loretta tinha unhas compridas demais, com as pontas amareladas. Era como se quisesse piorar a aparência de decomposição. Como se quisesse que as pessoas dessem as costas para sua deformidade. Até mesmo Dorothy tinha dificuldade de encarar a mão pequena e desfigurada, e Loretta era sua mãe. Ela deveria já estar acostumada.

Dorothy inclinou a cabeça e semicerrou os olhos. Calafrios percorreram sua pele sob a renda e babados do vestido. Ela curvou os lábios em um sorriso recatado, ignorando a sensação. Dorothy praticara bastante ignorar seus sentimentos durante os dezesseis anos de vida. Praticamente esquecera para que serviam.

A beleza desarma, ela pensou. Foi a primeira lição que aprendeu com sua mãe. Ela havia sido apertada e cutucada desde que tinha nove anos, o corselete cada vez mais apertado, as bochechas beliscadas até ficarem rosadas.

— Mãe — começou, apalpando os cachos. — Meu cabelo não está divino?

Loretta examinou a filha friamente, e Dorothy sentiu seu sorriso estremecer. Era tolice tentar esses truques com a mãe, mas ela estava desesperada para evitar uma briga. Aquele já seria um dia difícil o bastante.

— Achei que estava com sede. — Loretta pegou o copo de água com a mão boa, os dedos ressequidos estremecendo. Outras pessoas poderiam pensar que os músculos estavam falhando. Poderiam oferecer ajuda.

Dorothy sabia que não era nada disso. Esticou a mão para o copo sem hesitação, a coluna rígida. Ela estava esperando, mas mesmo assim não sentiu os dedos da mão arruinada da mãe deslizarem como garras de pássaros para dentro da manga de seu vestido e retirarem o pente caro do esconderijo.

A mão era a arma secreta de Loretta, tão grotesca que as pessoas tinham dificuldades de olhar diretamente para ela, tão pequena e rápida que ninguém a sentia deslizar por uma jaqueta ou se enfiar numa carteira. Era a segunda lição que Loretta havia ensinado para a filha. *Fraquezas podem ser poderosas*. As pessoas subestimavam as coisas quebradas.

Loretta jogou o pente de volta na mesa, uma sobrancelha fina se arqueando na testa. Dorothy moldou sua expressão para aparentar choque.

— Como *isso* foi parar aí? — perguntou, tomando um gole d'água.

— Será preciso fazer uma busca no resto de suas coisas para me certificar de que nada mais acabou entrando no seu vestido?

Ela disse isso em uma voz neutra que fez correr um calafrio desagradável pela coluna de Dorothy. Naquele instante, havia um conjunto de ferramentas de arrombamento muito caras escondidas sob a faixa de seda na sua cintura, roubadas da gaveta de roupas íntimas da mãe antes de irem para a capela. Dorothy podia perder o pente, mas precisava das ferramentas.

Felizmente, Loretta não cumpriu a ameaça. Ela pegou o véu de Dorothy no suporte ao lado do espelho. Era um tecido longo e transparente, com uma fileira de florezinhas de seda bordadas na barra. Dorothy havia passado a maior parte da manhã fingindo que aquilo não existia.

— O que estava pensando? — Loretta falou em uma voz baixa e cuidadosa que ela só usava quando estava furiosa de verdade. — Roubar uma coisa como essa, e a minutos do seu casamento? Fique de pé, por favor.

Dorothy obedeceu. Suas saias espalharam-se graciosamente ao redor dos calcanhares, formando uma piscina ao redor dos pés. Ela ainda não havia colocado os sapatos e, sem eles, se sentia como uma menina brincando com o vestido de casamento da mãe. O que era algo bobo. Sua mãe nunca deixara que ela brincasse.

— O que faríamos se você tivesse sido pega? — Loretta continuou, colocando o véu na cabeça da filha e prendendo os grampos no lugar.

— Ninguém viu — retrucou Dorothy. O metal afiado beliscou o couro cabeludo, mas ela não estremeceu. — Eu nunca sou vista.

— *Eu* vi.

Dorothy mordeu o lábio para não discutir. Não havia como sua mãe tê-la visto pegar aquele pente. Ela podia ter adivinhado, mas não tinha *visto* nada.

— Você coloca em risco tudo pelo que trabalhamos. E tudo isso por um cacareco tolo. Loretta puxou ainda mais a faixa de seda ao redor da cintura de Dorothy, que sentiu as gazuas se ajeitarem junto ao seu corpo.

Aquele "cacareco" poderia ter comprado uma passagem de trem para fora da cidade. Ela poderia ter fugido daquele lugar horroroso antes mesmo do início da cerimônia.

Dorothy engoliu em seco, afastando sua decepção. Haveria outros cacarecos. Outras chances.

— Isso é horrendo — ela murmurou, dando um peteleco em uma flor de seda no véu. — Por que as pessoas se casam com isso?

— Esse véu era da mãe de Charles. — Loretta prendeu outro grampo no cabelo da filha, fixando o véu no lugar. Ela estava se referindo ao dr. Charles Avery. O *noivo* de Dorothy. Aquela palavra ainda lhe causava náuseas. Garotas como ela não deveriam se casar.

Dorothy e a mãe eram golpistas. Um ano antes, estavam aplicando um golpe de casamento. Era um dinheiro fácil. Loretta simplesmente colocava um anúncio no jornal local dizendo ser uma jovem solitária buscando um homem solteiro com quem se corresponder em busca de casamento. Então, quando as cartas começavam a chegar, elas enviavam uma foto de Dorothy, e o coitado era pego como uma isca em um anzol.

Depois de alguns meses de cartas cada vez mais intensas e promessas de amor verdadeiro, elas o fisgavam, pedindo dinheiro para comprar remédios para uma tosse, ou para ver um médico depois de uma torção do calcanhar. Depois era um cheque para a senhoria, ou algumas centenas de dólares para passagens de trens de forma que eles finalmente pudessem se conhecer.

Elas sempre faziam o esquema com vários homens ao mesmo tempo, se certificando de desaparecerem antes que as suspeitas começassem. Então Avery começou a escrever, e tudo mudou.

Avery era rico, recém-nomeado cirurgião-chefe no Centro Médico Providence de Seattle. Ele pedira Dorothy em casamento no instante em que viu sua foto — provavelmente desejando uma esposa bem bonita para combinar com seu novo título sofisticado. Loretta disse que aquele seria o maior golpe delas. Um casamento. Um *matrimônio*. Disse que a vida delas mudaria. As duas poderiam ter tudo que sempre quiseram.

Dorothy girou o anel de noivado no dedo. Ela havia passado a vida inteira aprendendo a arte da trapaça. Não era apenas sorrir para o espelho e inclinar a cabeça. Ela havia praticado os movimentos dos dedos até ter câimbras, e aprendera a arrombar fechaduras com alguns giros do pulso e o que encontrasse por perto. Ela conseguia ler uma mentira na curva da boca de alguém. Conseguia retirar a aliança de casamento do dedo de um homem enquanto ele pegava mais uma bebida para ela. E agora seria vendida para alguém, que passaria o resto da sua vida ditando o que ela faria e aonde iria. Exatamente como sua mãe sempre fizera. Era como se os dois tivessem conspirado para se certificar de que Dorothy nunca pudesse fazer uma escolha por si mesma.

— Você está adorável — disse Loretta, examinando Dorothy com um olhar calculista. Ela ajustou o véu para que as flores de seda emoldurassem o rosto da filha. — A noiva perfeita.

Dorothy se empertigou, e as ferramentas se deslocaram, cutucando-a pelas costas do vestido. Ela não tinha intenção alguma de ser uma noiva, não importava o quanto fosse perfeita para o papel. Se sua mãe pensava que ela levaria essa farsa até o final, era uma tola.

— Ainda está faltando algo. — Loretta retirou do bolso um pequeno objeto, que brilhou, dourado, na luz fraca.

— O medalhão da vovó — Dorothy murmurou enquanto Loretta pendurava a corrente fina ao redor do seu pescoço. Por um instante, ela esqueceu todos os seus planos de fuga. O colar era algo admirável, um objeto saído dos contos de fada. Loretta havia o retirado do pescoço da mãe instantes antes de a mulher cruel expulsá-la de casa, deixando-a perambular pelas ruas, grávida e sem dinheiro. Não importava o quão faminta estivesse, Loretta nunca o penhorara.

Dorothy tocou o medalhão com a ponta dos dedos. O ouro era pálido e muito antigo. Havia uma figura desenhada na frente, mas que havia muito se esmaecera.

— Por que está me dando isso agora?

— Para que você se lembre. — Loretta apertou os ombros da filha, estreitando os olhos escuros.

Dorothy não precisava perguntar do que ela deveria se lembrar. O medalhão contava bem a história. De como mães podem ser cruéis. De como não é possível confiar no amor. De como uma garota pode confiar apenas nas coisas que pode roubar.

Mas talvez não, algo dentro dela sussurrou. *Talvez haja algo além disso.*

Os dedos ficaram imóveis no metal gelado. Ela nunca fora capaz de dar nome ao sentimento, mas ele a incomodava às vezes, deixando-a com um vazio estranho. Ela não tinha nem certeza do que queria, precisamente. Só queria *mais*.

Mais do que homens e vestidos e dinheiro. Mais do que a vida da sua mãe. Mais do que *isso*.

Era uma tolice, na verdade. Um desejo vergonhoso. Quem era ela para pensar que *havia* mais do que isso?

— Já está quase na hora. — Loretta arrumou a faixa no vestido de Dorothy novamente e atou as pontas em um laço. — Vou para o meu lugar.

As palmas de Dorothy começaram a suar.

— Da próxima vez que conversarmos, eu serei uma mulher casada — disse ela, esperando com cada respiração que isso não fosse verdade.

Loretta voltou para o corredor sem dizer outra palavra e fechou a porta. A fechadura foi trancada com estrondo, fazendo Dorothy dar um pulo. Por um longo momento, ela só permaneceu parada ali.

Ela esperava que sua mãe a trancasse na saleta. Loretta Densmore não era o tipo de mulher que corria riscos, especialmente quando se tratava de suas posses valiosas. Era lógico que manteria sua filha — sua posse *mais* valiosa — guardada, em segurança, até que os outros participantes do casamento voltassem para buscá-la. Loretta era pragmática. Ela não deixaria algo tão importante ao acaso.

Dorothy se remexeu, procurando as ferramentas escondidas sob a faixa, mas seus dedos encontraram apenas rendas e seda e o tecido rígido do seu corselete.

— Não — disse ela, procurando mais desesperadamente. Não, não, *não*. Ela enfiou as unhas na renda até que ouviu algo rasgar. Elas estavam *ali* um momento antes. Dorothy repassou os últimos momentos com a mãe. Loretta sorrindo para o espelho. Endireitando a faixa no vestido da filha.

Os dedos de Dorothy se imobilizaram. A mãe dela deve ter deslizado aquela mãozinha horrenda para dentro da faixa e roubado seu plano de fuga. Ela respirou fundo, e a respiração era como uma faca se enfiando por entre as costelas. Ela não iria a lugar nenhum.

Dorothy encarou seu reflexo no espelho — os olhos e os lábios pintados e os cachos arrumados. O vestido tinha sido feito sob medida; a renda costurada à mão tão delicada quanto uma teia de aranha, fixada com pérolas de água doce que brilhavam na luz quando ela se movia. Dorothy havia passado a vida inteira aprendendo a moldar a verdade e esticar uma mentira. Só que sua própria beleza era a maior mentira de todas. Ela nunca havia pedido por aquilo. Nunca havia desejado aquilo. Não tinha relação nenhuma com a mulher que ela desejava ser. Até agora, tudo que havia lhe trazido era dor.

O desgosto retorceu a boca de Dorothy, transformando seu rosto em algo levemente feio. Ela arrancou o véu do cabelo. Os grampos engancharam nos cachos e caíram no chão. O cabelo desmanchou sobre sua testa, frisado e arruinado.

Dorothy sorriu. Pela primeira vez durante toda a manhã, ela sentiu que seu exterior tinha algo a ver com o interior. Então, seus olhos repousaram nos grampos no chão, e ela congelou.

Grampos.

Ela se abaixou e pegou um, erguendo-o para luz. Era longo, fino e pontudo. Tentou dobrá-lo entre os dedos. Fortes, também. Provavelmente de prata verdadeira.

Os lábios estremeceram. Seria suficiente.

2

ASH

14 DE OUTUBRO DE 2077, NOVA SEATTLE

As asas se erguem. Carburador na posição neutra. Acelerador de prontidão.

Ash bateu um dedo no manômetro de ME, o indicador rodopiou e então parou, estremecendo, na capacidade de meio tanque.

— Droga — ele murmurou, se acomodando novamente no assento de piloto.

Seu nervosismo aumentou um nível. Meio tanque significava que não tinha ME — matéria exótica — suficiente para um voo seguro. A nave na qual ele estava poderia explodir no minuto em que levantasse voo. Ele aumentou o indicador de velocidade aérea para 140km/h, ignorando o sangue pulsando em suas palmas.

Ele já tinha ouvido muitas vezes que era teimoso. No exército, seu oficial de comando já dissera: "Rapaz, você faz as mulas parecerem obedientes." O seu professor de catequese havia comentado que "a persistência nem sempre é uma virtude".

Só que Zora — que o conhecia melhor do que qualquer um — havia colocado o sentimento da melhor forma: "Dá pra desistir logo? Você vai acabar morrendo." Ela havia começado a murmurar baixinho sempre que Ash passava. *Que perigo. Idiota. Missão suicida.*

Não era uma missão suicida. Ash já tinha visto como ele iria morrer, e não era dessa forma, mas Zora talvez tivesse razão sobre outras coisas. As viagens eram perigosas demais, e Ash supunha que ele era um idiota por essas tentativas. Só que a outra opção era pior. Ele pensou nas águas escuras e nos cabelos brancos e balançou a cabeça com força.

Era um efeito colateral inquietante de saber exatamente como e aproximadamente quando ele morreria. As visões o assombravam.

Além disso, havia coisas piores do que a teimosia. Ele poderia ter uma reputação de traidor, como Roman. Ou de cruel, como Quinn. Dadas as escolhas, ele preferia a idiotice suicida.

— A *Segunda Estrela* está em posição para a decolagem — ele falou em voz alta, um hábito que era resquício de seus dias aprendendo a voar caças durante a Segunda Guerra Mundial.

Não havia ninguém por perto para ouvi-lo, mas parecia errado se preparar para a decolagem sem anunciar isso. Era tentar mais o destino do que já estava fazendo. Ele aumentou a aceleração, os olhos fixos no para-brisa, o coração loucamente acelerado. A nave começou a flutuar.

— Calma, querida — Ash murmurou, usando um tom de voz que a maioria das pessoas reservava para filhotinhos.

Suor se acumulava entre seus dedos e o leme. Ele esfregou a mão na calça jeans, dizendo a si mesmo que havia conseguido fazer centenas de decolagens piores do que aquela. Milhares, talvez.

Você não vai morrer hoje, ele pensou. *Você pode ser mutilado, ou ficar cego. Pode perder pernas e braços, mas não vai morrer.* Esse pensamento não era tão reconfortante quanto ele achava que seria.

Ash fez o sinal da cruz, um hábito reminiscente de centenas de domingos passados na Igreja do Sagrado Coração, em sua pacata cidade natal no Meio-Oeste. Ele diminuiu a aceleração. A fumaça preencheu o ar ao redor conforme sua máquina do tempo lançava-se aos céus.

3

DOROTHY

7 DE JUNHO DE 1913, NOS ARREDORES DE SEATTLE

Os grampos funcionaram perfeitamente — ainda melhor do que as gazuas. O vestido bordado à mão estava coberto de carrapichos, os dedos dos pés imundos de lama. Ela carregava um par de sapatos de salto incômodos em uma das mãos, duvidando de que ficaria desesperada o bastante para calçá-los. Ela até gostava da sensação da lama sob seus pés. Além disso, a estação de trem só ficava a um quilômetro e meio.

Ela começou a pensar em que triste história contaria enquanto andava. *Por favor, senhor, eu ia me casar hoje, mas fui raptada enquanto ia para a capela e por pouco consegui escapar. Poderia me ajudar comprando uma passagem de trem?*

Ou isso seria dramático demais?

Trovoadas ribombaram acima dela. A luz relampejou entre as nuvens.

Dorothy inclinou a cabeça para cima. Ela sempre amou tempestades. Ela e a mãe haviam passado meses em Nebraska quando ela era muito nova, e as tempestades lá eram coisas estranhas e monstruosas. Dorothy costumava deitar de costas na grama, contando os segundos de silêncio entre o brilho do relâmpago e o estrondo do trovão para estimar quanto tempo a tempestade levaria para chegar até ela.

Aquela tempestade era diferente. As nuvens diretamente à frente estavam se avolumando e praticamente pretas, mas quando Dorothy olhou para o lado viu a luz do sol iluminando uma clareira atrás do jardim da igreja, o céu acima azul e infinito. A tempestade — ou o que quer que fosse — parecia estar confinada à área acima do bosque, deixando todo o resto intocado.

Mais luz relampejou por trás das nuvens, e então um objeto surgiu, esguio e metálico, contra o céu preto.

O coração de Dorothy saltou. Aquilo era... será que era um *avião*?

Ela observou o objeto metálico cortar as nuvens, hipnotizada. Nunca tinha visto um avião antes, mas os desenhos que vislumbrara mostravam estruturas pequenas e desajeitadas, com hélices e asas, que pareciam capazes de ser destroçadas por um vento forte.

Aquilo era diferente. Grande. Esguio. Não tinha asas nem hélices, mas dois objetos circulares enormes na parte de trás do veículo, que rugiam e queimavam em vermelho contra os tons de preto e cinza do céu. A frente do objeto inclinava-se na direção do chão, e Dorothy arfou, dando um passo rápido para trás.

Estava *caindo*.

O estranho veículo acelerou na direção da terra, desaparecendo atrás do bosque. Segundos depois, fumaça subiu acima dos galhos retorcidos, a apenas alguns metros de Dorothy.

O peito de Dorothy se apertou. Ela se apressou por entre as árvores como se estivesse em um transe, ignorando os galhos machucando as solas dos pés descalços. A fumaça tinha um odor estranho, não o cheiro terroso familiar de fumaça de fogueira. Era acre. Queimava suas narinas e deixava o ar seco e quente, como se estivesse prestes a irromper em chamas.

Uma voz ecoou através das árvores, falando palavrões.

A voz teve o efeito de um estalar de dedos, quebrando o transe de Dorothy. Ela parou de se mexer, o medo arrepiando sua coluna. O que ela estava fazendo? Precisava sair da cidade. A estrada estava só a alguns metros, e de lá não demoraria muito até a estação de trem.

Dorothy começou a se virar, mas um pedaço de metal brilhou, refletindo a luz do sol.

Mas que inferno, pensou ela. Quando é que teria outra chance de ver um avião de *verdade*? Só queria um vislumbre, uma ideia de como era. Dorothy passou com cuidado por cima do arbusto e entrou na clareira onde o avião havia caído.

Um homem se arrastou para fora da cabine, o rosto em uma careta de frustração. Ele não a viu, parecendo perdido em pensamentos enquanto se curvou sobre a aeronave.

Dorothy permaneceu escondida, os olhos avaliando os braços musculosos dele, o cabelo loiro caindo sobre a testa, a pele avermelhada no pescoço. Um instante se passou, e ela não se mexeu. Ele parecia tão diferente de qualquer outra pessoa que Dorothy já tinha visto, tão desgrenhado e aventureiro, como se fosse saído de outro mundo. Ele era atraente, mas isso não importava para Dorothy. Ela já conhecera muitos homens atraentes. Normalmente, a aparência era a única coisa interessante neles.

Só que aquele piloto era… estranho. Fascinante. As mãos ásperas indicavam que tinha um trabalho pesado, e a pele avermelhada dizia que passava muito tempo no sol. Ela se perguntou que tipo de vida ele levava, sempre ao ar livre. A mãe dela sempre insistia em direcioná-la para homens esguios, de tipo cavalheiresco e roupas sofisticadas, com mãos macias que nunca haviam feito esforço além de levantar uma caneta para assinar cheques. Ela estremeceu ao lembrar-se da sensação da palma lisa e perpetuamente úmida de Avery descansando na dela. Dorothy não compartilhava a preferência da mãe por esse tipo de homem.

O piloto soltou uma série de xingamentos em voz alta, fazendo Dorothy recuar. Ela se atentou ao avião, com os olhos arregalados. Era imenso — o dobro de qualquer desenho que havia vislumbrado em livros —, o revestimento de alumínio brilhando sob camadas de sujeira, as palavras

Segunda Estrela reluzindo sob a poeira. A frente da nave terminava em uma ponta elegante, e alguém havia pintado um rosto nela — um sorriso cheio de dentes e olhos pretos apertados.

O desenho fez Dorothy sorrir, e ela voltou os olhos para o piloto, perguntando-se se ele era o responsável por aquilo. Ela saiu de seu esconderijo sem ter planejado fazer tal coisa. Ao vê-la, o piloto se levantou rápido demais e bateu a cabeça na lateral do avião.

— *Cruzes*. O que você está fazendo aqui? — ele perguntou, esfregando a parte de trás da cabeça. Ele era mais alto do que tinha parecido quando estava agachado, e os olhos eram bonitos, cor de mel.

Dorothy estava encarando novamente. Ela queria perguntar sobre o avião e as estranhas roupas do homem e o desenho engraçado pintado na aeronave, mas em vez disso o que saiu foi:

— Eu... eu vou me casar.

Ela se arrependeu daquelas palavras assim que saíram de sua boca. Todo o objetivo da fuga era que ela *não* se casasse, e, por alguma razão, ela não queria que o homem pensasse que aquele era o caso. Ela ergueu o queixo enquanto o piloto a observava, torcendo para que suas bochechas não estivessem rosadas.

— Vai se casar? — disse o piloto. Dorothy estava acostumada com a maneira que os homens olhavam para ela, que a examinavam, como se fosse algo a ser possuído, em vez de uma pessoa com pensamentos e opiniões próprios. Mas ele apenas franziu o cenho para o vestido de noiva rasgado e enlameado depois de sua corrida pelo bosque. — Hoje?

Era uma sensação tão estranha ficar encantada porque um homem *não havia* olhado para ela, mas foi o que aconteceu de qualquer forma. Dorothy se encontrou falando rápido demais, estranhamente sem fôlego.

— Quer dizer, eu *ia* me casar hoje, mas não vou mais. Na verdade, estou indo embora. Como dá para ver. Hum, a estação de trem fica logo ali.

O piloto piscou, confuso.

— Bom. Boa sorte pra você — disse ele, e acenou de leve com a cabeça, como se estivesse se curvando, prestando continência ou algo igualmente educado. Se ele fosse alguém como Avery, Dorothy poderia ter respondido com uma risadinha e um bater de cílios, mas ele não era Avery, então Dorothy simplesmente apertou as mãos escondidas sob as mangas do vestido.

Como é que ela deveria falar com um homem se não estivesse tentando aplicar um golpe nele? Dorothy percebeu que não fazia ideia.

O piloto se curvou para o avião, murmurando outro palavrão cabeludo.

Dorothy o observou trabalhar em silêncio por um momento antes de perguntar:

— É seu?

— Aham.

Ele encaixou uma peça de volta no lugar, as mãos ficando pretas com a graxa do motor. O homem parecia relativamente bom em… seja lá o que estivesse fazendo. Era bastante impressionante, na verdade. Avery mal conseguia preparar uma bebida sem se molhar inteiro. Era um assombro que ele tivesse a permissão de abrir uma pessoa.

— Eu nunca vi um avião antes. — Dorothy olhou por cima do ombro do piloto. — Ainda vai voar?

— É claro que vai. — O piloto passou a mão no rosto, de repente parecendo exausto. — Olha, senhorita, não quero ser grosseiro, mas essa coisa não vai se consertar sozinha. E, bom, parece que você tem lugares para ir.

Dorothy percebeu que estava sendo dispensada, mas não conseguiu se afastar. Ela havia ouvido histórias sobre homens que seguiam até os longínquos territórios do Alasca em busca de ouro, e se perguntou se era de lá que ele tinha vindo, se havia tentado voar com seu avião pelo oceano Pacífico.

Assim que o pensamento passou pela sua cabeça, os sinos da igreja começaram a soar, um aviso lúgubre ecoando pelas árvores. Um calafrio percorreu a coluna de Dorothy. A missa estava começando.

Ela mordeu o lábio, olhando para o bosque atrás do piloto. A estação de trem ficava além daquelas árvores. Ela poderia roubar uma carteira, comprar uma passagem e seguir seu caminho para…

Onde? Outra cidade fronteiriça desgastada pelo tempo? O pensamento parecia excitante naquela manhã conforme planejava sua fuga, mas agora ela não conseguia acreditar que estivera disposta a aceitar tão pouco. Tinha passado a vida toda em cidades como aquela e sempre presumira que também morreria em uma. Algo naquele avião havia feito Dorothy sonhar com mais.

Os sinos pararam de soar abruptamente. O silêncio tomou o ar e Dorothy se forçou a abrir um sorriso treinado.

— Na verdade, esperava que o senhor pudesse me ajudar — disse ela, inclinando a cabeça. — Acredito que estou perdida.

— Me perdoe por dizer isso, senhorita, mas parece que você queria se perder. — Assim que disse isso, a parte de trás das orelhas do piloto ficou rosada. — Sinto muito — murmurou, sacudindo a cabeça. — Isso foi grosseiro.

Dorothy engoliu um sorriso. As orelhas rosadas eram até bonitinhas. Não pareciam combinar com a sua imagem de piloto aventureiro e experiente. Ela imaginava como seria divertido provocá-lo, apenas para fazê-lo enrubescer.

Ela o encarou por tempo demais, e o piloto olhou para cima, encontrando seu olhar. As sobrancelhas dele se franziram, questionando.

Concentre-se, ela disse a si mesma. Com ou sem orelhas bonitinhas, ela não tinha tempo para provocações. Precisava sair dali.

— Deve ser horrivelmente assustador voar pelo céu sozinho assim — disse ela, estremecendo de uma forma que esperava fazê-la parecer pequena e indefesa. — O senhor deveria pensar em levar alguma companhia consigo.

— Companhia? — Ele coçou o dorso do nariz com dois dedos, deixando uma trilha de graxa no rosto. — Por que eu precisaria de companhia?

— Não se sente solitário? — perguntou Dorothy com uma voz baixa e rouca, que faria qualquer outro homem na Terra entender que ela estava flertando com ele, mas o piloto só piscou, confuso.

— Solitário? No *céu*?

— Ou… em outros lugares?

O piloto franziu o cenho, como se o conceito de solidão tivesse acabado de lhe ocorrer.

— Suponho que não.

— Certo. — O lábio de Dorothy estremeceu. Não estava indo nada bem. Ela olhou pelo para-brisa do avião. Papéis coloridos cobriam o chão da aeronave, e havia um sanduíche pela metade largado no assento do passageiro. Estava uma bagunça, mas havia espaço para dois. — Qual a velocidade máxima disso?

— Quê? Ah, não… Quer dizer, *por favor*, não toque nisso.

O piloto tentou se colocar entre Dorothy e o avião, mas ela deu a volta antes que ele conseguisse segurá-la, passando a mão pelo bolso da jaqueta quando ele estava distraído. Ela não tinha certeza do que estava procurando — uma carteira, talvez, ou algo para vender —, mas seus dedos se fecharam ao redor do que parecia ser um relógio de bolso. Ela o enfiou pela manga com dois dedos. Então, andou para a frente do avião, testando a maçaneta da porta pelas costas. Trancada.

O piloto não parecia mais estar achando aquilo engraçado. Ele cruzou o espaço até ela com apenas dois passos, e Dorothy se encostou na cabine, as costas pressionando o metal quente.

— Vou precisar pedir para que fique longe do meu avião, senhorita — disse ele, em uma voz mais baixa, se inclinando sobre ela, a ponto de Dorothy sentir o cheiro seco de fumaça na pele dele. O piloto parecia um pouco bruto de perto. Todos os ângulos eram pontiagudos, como uma fera dos contos de fada. Apenas seus olhos permaneciam suaves e dourados.

Dorothy teve uma sensação estranha de familiaridade quando olhou para aqueles olhos. Naquele instante, estavam cansados e frustrados, mas ela conseguia vê-los brilhando e rindo com uma clareza que era como se já os houvesse visto antes...

O piloto desviou o olhar, sacudindo a cabeça.

— O que quer?

A boca de Dorothy de repente ficou seca. Ela queria sair daquele lugar. Queria que ele a levasse para algum lugar que nunca havia visto. Uma sensação estranha e vazia se abriu dentro dela.

Mais. Eu quero mais.

Apesar de todo seu treinamento em artimanhas, ela se viu dizendo a verdade.

— Por favor. Preciso de uma carona. Não posso ficar aqui.

O piloto pensou por um longo momento. Algum músculo em sua mandíbula se retesou, e Dorothy sentiu uma faísca de triunfo misturada a algo como a decepção. Ela conhecia aquele olhar. Ela o vira em dezenas de homens diferentes, segundos antes de darem a ela seja lá o que tinha pedido.

Ela o conquistara. Era uma pena, de verdade. Ele parecia tão diferente. Parecia melhor. No fim, porém, era como todo o resto.

Então o piloto disse:

— Não.

Dorothy percebeu que o avaliara de forma totalmente errada.

Ele se virou de volta para o avião e abriu a porta. Dorothy estava tentando se recordar da última vez em que um homem lhe recusara algo e demorou um instante para reagir.

Ela segurou a porta antes que ele pudesse fechá-la novamente.

— Por que não? — O desespero na voz dela a deixou envergonhada de si mesma. — Eu não ocupo muito espaço. Não vou te incomodar.

O piloto suspirou.

— Acredite em mim, você não gostaria do lugar para que estou indo.

— Como o senhor sabe do que eu gostaria?

— Não sei. — Ele se esforçou para fechar a porta, e Dorothy a agarrou com as mãos, mantendo-a aberta. Ele grunhiu: — Ninguém gosta.

— Eu posso te surpreender.

O piloto parou de lutar contra a porta por tempo o bastante para lançar a ela um olhar firme.

— Eu vou para um lugar onde há cidades inteiras perdidas debaixo d'água e gangues que roubam velhinhas quando elas vão ao mercado e uma menina que se alimenta de carne humana.

Dorothy abriu a boca e a fechou novamente. Um brilho de vitória surgiu nos olhos do piloto. Ele tinha a intenção de aterrorizá-la, Dorothy percebeu, e pensou que tinha sucedido.

Só que Dorothy não se sentia aterrorizada. Estava deslumbrada. O lugar do qual falava parecia algo saído de um livro.

— Existem *canibais* onde você mora?

— Apenas uma — respondeu ele, e fechou a porta antes que ela conseguisse se recuperar do choque. Dorothy xingou e puxou a maçaneta, mas um pequeno clique a informou de que havia sido trancada. Ele ergueu dois dedos para a testa em uma continência de zombaria.

Até, ele falou só com os lábios.

Um estrondo sibilante preencheu os ouvidos de Dorothy. O bosque ao redor dela ficou quente e cheio de fumaça. Ela começou a tossir. Então seria assim. Alguém certamente a encontraria e a arrastaria de volta para a capela, para sua mãe e Avery. Não importaria que o vestido estivesse arruinado e seus pés, lamacentos. Ela entraria naquela igreja e sua mãe ficaria parada atrás dela para se certificar de que as palavras "eu aceito" saíssem de sua boca.

Dorothy se afastou do avião aos tropeços. A vida como uma esposa de médico passou diante dos seus olhos. Jantares entediantes, noites solitárias e mulheres insípidas sem nada de útil para falar a não ser sobre eventos de caridade e planos de férias de outono. Sua mãe sentada ao lado dela, beliscando a parte de dentro do braço da filha para se certificar de que ela sorriria nas horas certas.

O ar estava pesado demais, seu corpete, apertado demais. Dorothy enfiou dois dedos na gola do vestido e afastou a renda da garganta. Ela não conseguia respirar.

Nunca havia ocorrido a ela que poderia de fato ter que se casar com Avery. Sempre presumiu que conseguiria escapar, de alguma forma. Só que agora os sinos estavam soando pela segunda vez, o avião estava prestes a decolar, e...

Dorothy piscou, franzindo a testa. Um momento. Aquilo era...

Nos fundos do avião, havia uma porta.

Dorothy lançou um olhar na direção do para-brisa para confirmar que o piloto estava distraído. Ele estava inclinado sobre um mar de alavancas e botões, rugas de preocupação marcando a testa. Ela lentamente se esgueirou para a porta nos fundos do avião e casualmente testou a maçaneta.

Trancada. É claro.

Dorothy tirou um único grampo de seus cachos.

4

ASH

7 DE JUNHO DE 1913, FENDA DO ESTUÁRIO DE PUGET

Ash passou a mão pelo cabelo e os dedos saíram molhados. Ao olhar para eles, Ash pensou que ia começar a rir.

Ele estava mesmo suando? *Suando? Por causa de uma garota?*

Era culpa, ele disse a si mesmo. E de fato se sentia culpado, não por recusar o pedido de carona da noiva — uma garota como ela não duraria nem um dia em seu destino final —, mas por provocá-la com histórias sobre Quinn Fox. Havia rumores de que a assassina do Cirko Sombrio se alimentava de carne humana e torturava homens adultos sem misericórdia, e, na opinião de Ash, quanto menos se falasse dela, melhor. Já havia histórias demais sobre ela flutuando por aí no tempo dele. Parecia errado permitir que ela manchasse outra época.

Ash afastou os pensamentos sobre Quinn, e a garota do bosque voltou à sua mente. Ele a visualizou inclinando a cabeça e perguntando "Não se sente solitário?", e sentiu um calor subir pelas orelhas.

— Foda — ele murmurou baixinho, e fez uma prece silenciosa de agradecimento por Zora não ter testemunhado aquela conversa em particular.

"Encontrou uma noivinha?", imaginou sua melhor amiga dizendo, com aquele tom condescendente que guardava especialmente para ele. E ela provavelmente faria sons de beijos estalados.

Em geral, ele não flertava, então ao menos isso explicava o motivo de ser tão ruim nisso. Sabia *como* flertar — morava com três pessoas bem atraentes, afinal —, mas havia perdido o gosto pela atividade, como uma pessoa que perde o gosto por comer carne após quase morrer engasgada com um pedaço de bife. Era difícil gostar de uma coisa quando ele sabia que poderia matá-lo.

Águas escuras, ele pensou, lembrando-se de sua visão. *Árvores mortas...*

Ash verificou novamente as leituras de ME, para manter a mente longe da garota e da visão e do fato de que uma gota de suor estava escorrendo pelo seu pescoço. O indicador de ME havia baixado para 45% após a queda, o que era... Bom, não era ótimo. Ainda não era suicida, mas definitivamente estava entrando no território de mutilação.

Ele estava a caminho de 1908, para ver um relógio estúpido ser construído na calçada do lado de fora de uma joalheria. O relógio em questão — o relógio Hoeslich — não parecia particularmente especial, mas o Professor dissera certa vez que era interessante como pessoas costumavam construir relógios em espaços públicos, e comentou sobre esse relógio em especial, o que era tudo de que Ash precisava. Ele havia passado o ano anterior inteiro perseguindo as dicas mais vagas possíveis, mas, conforme todos os lugares óbvios nos quais o Professor poderia estar eram cortados da lista, Ash estava começando a ficar desesperado.

Infelizmente, ele havia caído alguns anos tarde demais. A ME era volátil demais para tentar outra viagem agora, então sua única escolha era voltar para a oficina e torcer para que as coisas se estabilizassem o bastante para que ele pudesse dar uma olhada no relógio na manhã seguinte.

O que significava perder mais um dia em seu suprimento cada vez menor de dias.

Ash retesou os ombros e então os relaxou lentamente, imaginando cada músculo se suavizando. A sua jaqueta de couro cedeu com movimento familiar como uma segunda pele. Era um truque antiestresse que tinha aprendido na primeira semana na academia de voo, na época em que os outros caras brincavam que ele tratava os caças como se fossem morder. Ele fechou os punhos e liberou os dedos um por um, tentando se preparar para outra viagem instável.

— Não é hoje que você morre — disse ele em voz alta, e as palavras o acalmaram um pouco. A única coisa boa que havia em saber como e quando seria sua morte é que esse conhecimento o liberava para fazer o que quisesse enquanto isso, sabendo que não iria matá-lo. Era um ponto positivo bem ruim, mas mesmo assim. Era alguma coisa.

Ash acelerou para 2,000 RPM. A *Segunda Estrela* deu um salto para a frente... o motor soltou um sibilo. Ash segurou a respiração, esperando que algo explodisse.

Após um momento de tensão, a aeronave começou a estremecer, e ele tomou os céus.

A parte superior da fenda do estuário de Puget se curvava acima do oceano como a silhueta de uma grande bolha espelhada. Parecia um brilho reluzente dançando sobre as ondas, um ofuscamento do sol, ou um truque visual. Era apenas quando se estava diretamente na frente dela que era possível ver que era um túnel.

Não, não um túnel, na verdade, Ash pensou. Um abismo. Um vazio. Não dava para olhar diretamente para a fenda sem a mente se confundir, tentando encontrar sentido em uma coisa que claramente não fazia sentido. Às vezes parecia um redemoinho de névoa e fumaça. Às vezes parecia uma camada de gelo sólido. Às vezes parecia exatamente o que era — uma rachadura no tempo.

Ele embicou a dianteira da nave para a curva. Tudo na cabine começou a estremecer. O que restava do sanduíche de Ash caiu da beirada do assento do passageiro no chão, espalhando alface e maionese pelo chão. Embalagens de bala rodopiaram ao redor dele com um vento invisível. Uma chuva forte caiu sobre o para-brisa da nave e então se dissolveu em uma névoa rodopiante.

Então, a *Segunda Estrela* entrou em velocidade da luz, lançando-o para o futuro.

Antes de começar a viajar no tempo, o mais perto que Ash chegara de ver um tornado misturado a um furacão enquanto granizo e chuva caíam do céu foi quando ele tentou manobrar um caça F6F Hellcat no meio de uma zona de perigo. Era 1945, sua primeira missão de combate, e as nuvens estavam grossas como sopa. Ele fez uma curva errada em algum lugar, e, de repente, o céu estava tomado por balas. Passou vinte minutos aterrorizantes tentando desviar do fogo inimigo, as mãos apertando o leme com tanta força que pensou que nunca mais conseguiria arrancá-las dali. Pareceu uma eternidade até chegar a um lugar seguro.

Voar naquele dia parecia fácil comparado a atravessar uma fenda.

Relâmpagos estalavam nas extremidades curvadas do túnel, ventos uivando além das paredes finas da aeronave. Ash estava tendo dificuldade para segurar o leme com firmeza. Quando ele se tornou um piloto, os instrutores todos avisaram para nunca voar em ventos acima de 90km/h. Nas fendas, eles chegavam a quase 200km/h, mas, quando estava funcionando adequadamente, a ME formava um tipo de bolha protetora ao redor da aeronave e dos seus ocupantes, protegendo os frágeis corpos humanos de serem destroçados pelo tempo inclemente.

O mostrador da válvula de ME começou a rodopiar.

— Aguenta firme, *Estrela* — Ash murmurou.

Ele não ousou tirar as mãos do leme. Um trovão ribombou atrás dele, e gelo atingiu a bolha de segurança da ME. Relâmpagos cortaram a visão em frente ao para-brisa, muito mais perto do que deveria ser possível se a ME estivesse em capacidade máxima. Ash guiou a aeronave para mais perto das beiradas tempestuosas e enevoadas do túnel, onde a visibilidade era ruim, mas os ventos não eram tão fortes.

As pré-lembranças surgiram na sua mente. Como sempre, vinham tão de repente que ele mal conseguia se preparar para o que via.

Um barco a remo rodeado por águas escuras... Árvores fantasmagóricas brilhando brancas na escuridão... Uma mulher de capuz cobrindo a cabeça... Cabelo branco flutuando no vento... Um beijo... Uma faca...

Suas pálpebras estremeceram, mas Ash se forçou a abrir os olhos, arfando. Ele conseguia ter uma pré-lembrança da sensação do aço frio entre as costelas, seguida de uma dor maior do que tudo que já havia experimentado antes. Suor se acumulava na testa. Ele apalpou o lugar em que sentira a faca se enfiar no seu corpo, mas os dedos encontraram apenas tecido e a pele firme e quente. Nenhuma ferida. Nenhum sangue. Nada daquilo tinha acontecido.

Por enquanto.

Ash se encolheu, o estômago revirado. A dor sumiu, mas as pré-lembranças permaneceram, se repetindo em um loop infinito. Um barco balançando, uma garota de cabelos brancos lhe dando um beijo e então matando-o. Era sempre igual. Sempre horrível.

O Professor havia explicado as pré-lembranças da melhor forma:

"Em uma fenda, todo o tempo existe ao mesmo tempo", ele dissera com aquela voz lenta e baixa. "Isso confunde nossos frágeis cérebros humanos, criando caminhos nas nossas memórias que ainda não deveriam existir. O resultado é que você se encontrará lembrando coisas de dias — às vezes até mesmo de um ano — no futuro, com a mesma facilidade de que se lembra do que comeu de café da manhã hoje."

Até mesmo de um ano no futuro. Ash começou a ter pré-lembranças da menina com cabelos brancos e faca onze meses antes, e elas só estavam ficando mais fortes nas últimas semanas. O Professor disse que isso poderia acontecer conforme o evento que você estivesse pré-lembrando se aproximava. Se fosse verdade, significava que Ash tinha menos de quatro semanas de vida.

Ele piscou, se concentrando novamente no que estava acontecendo do lado de fora do seu para-brisa. O gelo havia se transformado em uma chuva forte, e o vento havia acalmado, permitindo que Ash levasse a

Segunda Estrela novamente para o centro do túnel. O tempo tinha seus marcos, assim como qualquer outra coisa, e Ash reconheceu o rodopio familiar que marcava o ano de 2077. Sua saída.

Ele apertou o leme e guiou a nave bem na direção de uma curva na névoa que era mais clara do que as paredes nebulosas ao redor. Sempre parecia um pouco como dirigir à noite, na neblina. Ash nem sempre conseguia encontrar o minuto e hora exata que estava procurando, mas tinha um talento para distinguir os meses e dias.

Relâmpagos clarearam a escuridão, e o ar ao redor de Ash ficou mais espesso, mais úmido, até que a *Segunda Estrela* ficou completamente submersa.

Finalmente em casa. Ash esfregou as pálpebras com dois dedos, sem se surpreender ao ver que suas mãos estavam tremendo. As pré-lembranças o deixaram agitado, mais do que o normal daquela vez. Ele ainda conseguia sentir a dor da adaga fantasma. Um aviso do que estava por vir.

Ash tinha visto a própria morte dezenas de vezes. Talvez mais. Deveria estar acostumado a essa altura.

— Controle-se, soldado — murmurou.

Não era mais um soldado havia quase dois anos, mas ainda assim a palavra parecia mais natural do que o próprio nome.

Ash ligou os faróis, os feixes de luz gêmeos atravessando a água escura. Ele ajustou o ângulo da nave para cima, e a *Segunda Estrela* voltou à superfície. Ele olhou para trás, os olhos em busca de sombras sob a água.

As ondas ficaram imóveis. Só que isso não significava que estava sozinho.

14 DE OUTUBRO DE 2077, NOVA SEATTLE

A oficina do Professor era metade oficina, metade hangar. A estrutura de formato estranho erguia-se da água, o revestimento externo de pedaços reutilizados de latão e plástico, o telhado de pneus velhos e pedaços de madeira descartada. A oficina ainda tinha janelas de vidro de verdade e uma porta que funcionava com controle remoto, um luxo que Ash e Zora — a filha única do Professor — se permitiam, apesar da pequena fortuna que custava mantê-la funcionando. Ash apertou o botão, e a porta se ergueu da parede com estrondo, criando ondas ao redor. Havia espaço na estação para duas ou três aeronaves mais ou menos do tamanho da *Segunda Estrela*, mas o único outro veículo ali era o barco a motor de Ash. Ele parou a aeronave ao lado do barco e pressionou o botão do controle para fechar a porta atrás de si.

Os faróis da máquina do tempo iluminaram as paredes cobertas de ferramentas sujas penduradas em ganchos, peças avulsas e dezenas — talvez centenas — de projetos, plantas e mapas do mundo em vários pontos diferentes da história. Os mapas já não eram mais legíveis. A umidade do ar havia enrugado o papel e desgastado a tinta, mas Ash não os tirava de lá. Ele estivera em alguns daqueles lugares: o saguão do hotel Fairmont para ver o pouso na Lua em 1969; o jogo que ganhou o mundial para o Cubs em 1908; o gramado da Casa Branca para a posse da primeira presidenta dos Estados Unidos em 2021. Zora disse que doía olhar para os mapas, mas Ash gostava de se lembrar.

Ele começou a verificação pós-voo, puxando alavancas e apertando botões até que a *Segunda Estrela* ficou mais baixa na água e os motores se desligaram com um tremor. A luz de segurança verde acendeu, indicando a Ash que era seguro sair. Ele tirou o cinto de segurança e abriu a porta, uma dor de cabeça começando a latejar nas têmporas.

— Boa noite.

A voz veio de um canto escuro das docas que os faróis da *Segunda Estrela* não alcançavam. A mão de Ash estremeceu ao seu lado, movendo-se rapidamente para o revólver Smith & Wesson da Marinha que ele não usava mais. Mas logo seus olhos se ajustaram ao escuro, e ele conseguiu ver a silhueta de uma garota muito alta sentada na cadeira de plástico, com as pernas compridas cruzadas. Ela estava polindo uma peça de motor coberta de graxa com um pano.

Ash relaxou e se abaixou para as docas, deixando a porta da cabine aberta.

— O que está fazendo aqui, Zora?

— Queria ver se você voltava vivo — respondeu ela em tom monótono, como se estivesse decepcionada por ele ter conseguido.

— Aqui estou eu. Vivo, e ainda lindo de matar. — Ash tentou abrir um sorriso. Apesar das evidências contrárias, ele gostava de pensar que era um tipo de sorriso conquistador. Zora não desviou o olhar do motor.

Ash parou de sorrir.

— Tá brava?

Zora cuspiu no pano e esfregou com mais veemência as reentrâncias da peça. Ela nunca gritava. Não precisava disso. Nos últimos dois anos, seus silêncios haviam passado de inquietantes a brutais. Tomavam espaço e energia. Faziam Ash pensar em um grande animal espaçoso, sentado em um canto de uma sala, que ele não deveria olhar ou sequer dar sinal de que sabia que estava ali.

— Vamos — Ash pediu. — Fala comigo.

Zora colocou o motor no colo e se endireitou, finalmente olhando para Ash.

— Você nunca escuta o que eu falo.

— Isso não é verdade.

— Tipo quando eu disse: "Ash, por favor, para de usar essa nave que é um monte de sucata."

— É o *meu* monte de sucata…

— E: "Ash, eu nunca mais vou falar com você se continuar arriscando sua vida nessa nave."

— Você está falando um montão agora…

— E *Ash*, eu juro, se você morrer também…

Zora parou de falar. Ficou em silêncio por um momento, então pegou a peça e arremessou. Não *em* Ash, mas não exatamente *longe* dele também.

A peça deslizou pelas docas e caiu na água com um respingo suave, deixando uma trilha de graxa.

Ash estava prestes a dizer, de novo, que a porcaria da nave era *dele*, e que ele poderia morrer nela se quisesse, mas aquela única palavra o impediu.

Também, Zora disse. Se você morrer *também*.

Ele fechou a boca. Zora xingou baixinho e apoiou a cabeça nas mãos.

Zora gostava de fingir que não tinha emoções. Se estivesse no comando dessas coisas, suas entranhas zumbiriam como se fossem os motores que gostava de desmontar e montar tantas vezes. Era por isso que ela nunca falava sobre os motivos reais de não querer que Ash voltasse no tempo. Já tinha perdido gente demais.

Zora se pôs de pé e abriu o capô da *Segunda Estrela*, se inclinando para o motor.

— Você inundou tudo de novo.

Ash conhecia Zora já fazia muito tempo, e sabia o que ela estava falando na verdade. "Podemos falar sobre os seus sentimentos desde que a gente conserte o motor enquanto isso."

Ash não era particularmente bom em consertar coisas, mas ele sabia ser útil. Ele tirou uma chave inglesa da parede e se enfiou embaixo do capô, ao lado de Zora.

— A culpa não é minha. O acelerador fica travando.

— Se você não fizesse tanta força, não travaria.

Zora tirou a chave das mãos dele e trabalhou em silêncio por um momento, e Ash ficou observando seus movimentos por cima do ombro dela, tocando inconscientemente o lugar abaixo das costelas em que a adaga havia perfurado a pele. Não doía, mas seus nervos estremeceram com a dor pré-lembrada.

— É aí que ela te esfaqueia? — Zora perguntou, virando a chave para a esquerda.

Ash assentiu. Contara a Zora tudo que conseguia pré-lembrar, a garota de cabelos brancos, o barco e a própria facada, mas ela não conseguia pensar em um jeito de evitar isso, assim como ele. Ash encostou no lado da barriga.

— Mais ou menos aí, é.

— Você beija tão mal assim?

— Quer descobrir?

— Rá, rá — disse Zora, sem humor nenhum. Ela ergueu os olhos sem mexer a cabeça. — Alguma coisa nova?

Ash abriu a boca e então fechou de novo. Não havia nada novo, mas algumas coisas ele não tinha contado. Coisas emocionais. Tipo o fato de que, quando viu a menina de cabelos brancos pela primeira vez, ele se sentiu *feliz*. Ele tinha sentido saudades. E que, na hora em que ela enfiou a adaga nele, Ash não tinha se sentido apenas amedrontado. Ele ficou com o coração partido. Como se o sol houvesse se apagado.

Era esse sentimento que o assombrava, mais do que a facada em si. Ele não apenas beijaria aquela garota. Ele se apaixonaria por ela. E ela o trairia.

Era daí que vinha sua relutância com flertes e garotas no geral. Ele sabia que iria se apaixonar, que a garota por quem se apaixonasse iria matá-lo, e que essas duas coisas aconteceriam nas próximas quatro semanas. Namorar nesse caso parecia demais com uma roleta-russa.

Ele pigarreou.

— Nada novo. Só estão ficando mais fortes.

Zora limpou a graxa de um parafuso. Ash sabia que ela estava se esforçando para parecer calma, como se estivessem apenas conversando sobre consertar um motor, mas ela precisou de três tentativas para recolocar o parafuso no lugar, e, quando foi limpar as mãos na parte de trás da calça jeans, elas estavam tremendo.

— Podemos procurar no escritório dele de novo. — Ela não sustentou o olhar de Ash quando disse isso, provavelmente porque sabia que era inútil. — Meu pai era um porcalhão. Talvez tenha algo nos cadernos dele, algo que a gente não viu…

— Não viu? — Ash ergueu uma sobrancelha. Zora havia passado quase todos os dias desde o desaparecimento do pai naquele escritório. Se havia alguma coisa lá, ela já teria encontrado.

— Faz mais sentido do que ficar voando nessa máquina do tempo ferrada pra 1908 porque meu pai uma vez mencionou um relógio que ele achou que era meio bonitinho!

Ela estava certa, é claro. O Professor não deixara nenhum sinal de onde ou quando poderia estar. Ele simplesmente fora embora.

Doze meses atrás, fez as malas no meio da noite e desapareceu em sua outra máquina do tempo, a *Estrela Escura*, junto com um segundo container de ME — o que estava cheio. Ash esperou por alguns meses que o Professor voltasse sozinho, e então, achando que estava sendo esperto, pegou a *Segunda Estrela* e voltou para a manhã antes da partida do Professor, pensando que pegaria o velho antes de ir embora, avisaria que alguma coisa daria errado e impediria essa bagunça antes mesmo de ter começado.

Tecnicamente, não se deveria voltar no tempo para mudar coisas, mas as pré-lembranças já haviam começado então, e Ash estava desesperado. Não estava pronto para morrer.

Enfim, não fez diferença. A nave de Ash quebrou na água a caminho da garagem. Quando finalmente conseguiu consertá-la e voltar, o Professor já tinha ido embora. Ele tentou de novo no dia seguinte, e a mesma coisa aconteceu. E de novo. E de novo.

Foi uma vergonha o tempo que Ash levou para entender que ele nunca conseguiria chegar até o Professor antes de ter partido porque, se o Professor não tivesse ido embora, Ash não teria voltado no tempo.

Era um paradoxo — um loop causal. Uma pessoa não poderia voltar no tempo para alterar uma coisa que evitaria que voltasse no tempo. Por exemplo, se voltasse no tempo para impedir outra de ir embora — e tivesse sucesso —, seria de esperar que a pessoa não fosse embora. Então a outra nunca precisaria voltar no tempo para impedir que ela fosse embora. Paradoxo.

Pensar nessa lógica fazia a cabeça de Ash doer, como um enigma que ele entendia na teoria, mas não conseguiria explicar para mais ninguém. Além disso, Ash não tinha esperado encontrar o Professor sozinho; ele só precisava *fazer* alguma coisa. Não fazer nada significava ficar obcecado por sua morte iminente.

Águas escuras e cabelo branco e uma faca nas costelas.

Ele esfregou o queixo com a mão, repentinamente exausto. Não sabia se era possível impedir uma pré-lembrança — era uma lembrança, afinal de contas, o que significava que já tinha acontecido, mesmo se Ash não a tivesse vivido ainda. Só que ele sabia que, se alguém pudesse impedir isso, seria o Professor. Se o velho estivesse perdido para sempre, qualquer chance que Ash tinha de viver mais de dezoito anos também estava perdida.

— Tenho um novo plano para impedir que a pré-lembrança se torne realidade — disse Ash, fechando a porta da cabine. — Infelizmente, isso significa que nós teremos que nos tornar amantes.

Zora nem desviou o olhar do motor.

— Você vai quebrar sua regra de não namorar ninguém?

— Só por você. Olha só, é um plano perfeito. Você não tem cabelo branco, para começar, e nunca me esfaquearia.

— E a ideia de beijar você me dá náuseas.

— Teremos um amor casto.

— Você está errado, de qualquer forma — disse Zora. — Consigo pensar em pelo menos três motivos pra te esfaquear. Quatro, se contar que você não lavou a louça do café da manhã.

— Você é sempre tão violenta — respondeu Ash.

Zora se endireitou, esfregando as mãos no jeans. Ela parecia tanto com o pai — os ombros largos, a pele marrom escura e o cabelo preto grosso, que ela usava em tranças presas em um coque na nuca. Eles tinham o mesmo nariz e mandíbula fortes, os mesmos olhos pretos, a mesma forma de franzir metade da boca quando alguém estava sendo idiota. Ash precisava se forçar a lembrar que eles não eram a mesma pessoa. Zora também não sabia para onde seu pai tinha desaparecido.

Eu juro, se você morrer também...

Ash sacudiu a cabeça. Não era isso que ela queria dizer. O Professor não estava morto. Só estava desaparecido.

Ele destrancou a porta do compartimento de carga e a abriu com um grunhido.

— Durante a guerra, a gente tinha uma palavra para...

O resto da sua frase ficou presa na garganta.

Ali, agachada no compartimento de carga da *Segunda Estrela*, estava a garota de 1913, o vestido de noiva lamacento todo amassado ao redor dela.

Ela afastou o cabelo suado do rosto.

— Acho que vou vomitar — disse.

Então vomitou nas botas de Ash.

DIÁRIO DO PROFESSOR — 10 DE OUTUBRO DE 2073
22H47
A OFICINA

Consegui.

Eu, Professor Zacharias Walker, estou à beira do que provavelmente será a maior conquista científica da minha geração.

Não sei como expressar adequadamente minha empolgação aqui... Adoro os bons e velhos papel e caneta tanto quanto qualquer outro meganerd obcecado por história, mas, se eu gravasse minhas observações de pesquisa em vídeo ou holograma, poderia incluir um clipe fodão pulando para cima e para baixo e socando o ar.

Sendo assim, não há nenhum jeito de descrever adequadamente o brilhantismo dessa descoberta, mas vou tentar.

Aqui vai: construí uma máquina do tempo.

Só escrever essas palavras faz todos os pelos no meu braço se arrepiarem.

Construí uma máquina do tempo.

Neste último ano, todos os físicos teóricos e matemáticos e engenheiros no planeta Terra tentaram. Todos os dias há novas histórias sobre os fracassos deles, os financiamentos sendo cortados, a vergonha.

Só que eu obtive sucesso.

Eu... Eu acredito que vou deixar minha marca na história.

Minha esposa, Natasha, diz que esse diário provavelmente será publicado para posteridade algum dia, então eu deveria tomar um pouco mais de cuidado com tudo que escrevo a partir de agora. Na verdade, talvez eu só aproveite e arranque as páginas anteriores, para que esse seja o primeiro registro. Ninguém precisa saber que eu não conseguia me lembrar do cálculo exato para o fluxo de canais (isso é um pouco de humor científico para vocês).

De qualquer forma, vamos tirar a parte chata do caminho antes: meu nome é Professor Zacharias Walker. Tenho trinta e oito anos e sou professor adjunto de matemática na Academia de Tecnologia Avançada da Costa Oeste (ATACO).

Nos últimos anos, tenho pesquisado sobre as propriedades da matéria exótica. Para aqueles que não seguem as fofocas da área (e, sério, por que não fariam isso?), o estudo da matéria exótica se tornou popular nos círculos científicos uns dez anos atrás, quando uma missão da NASA chamada SIRIUS 5 conseguiu obter uma pequena amostra da substância da orla exterior do buraco negro MWG2055, o primeiro buraco negro descoberto em nossa galáxia. Como sabem, a matéria exótica é uma matéria que desvia da norma, e tem propriedades "exóticas", ou, em outras palavras, que violam as leis da física conhecidas.

O interesse no material minguou por uma razão relativamente simples: cientistas demais, pedacinho minúsculo de matéria exótica. Bem, não deveria dizer que *minguou*. Ainda há bastante curiosidade em relação ao assunto, mas a próxima missão com destino a MWG2055 está planejada somente para 2080, e, enquanto isso, minha proposta de pesquisa foi a única aprovada para financiamento.

Eu tive sorte, para dizer o mínimo. A amostra de ME está atualmente na ATACO, e acontece que eu almoço na mesma lanchonete que metade dos membros da diretoria... mas nada disso vem ao caso. Passei os últimos seis meses pesquisando as propriedades da ME, e descobri que a matéria exótica *estabiliza uma fenda*.

Você já deve saber tudo sobre a *fenda*, é claro. A descoberta da fenda no estuário de Puget, em 10 de junho de 2066, foi comparada à chegada do homem à Lua. Pensava-se em buracos de minhoca como minúsculas rachaduras no espaço-tempo, mas a fenda do estuário de Puget — um tipo de buraco de minhoca — é imensa. De um tamanho que facilmente possibilita a viagem humana.

No momento em que escrevo isso, a fenda do estuário de Puget é a única fenda conhecida e fica convenientemente localizada próxima à costa de Seattle.

Desde sua descoberta, todo cientista teórico que faz valer seu diploma está tentando inventar um plano viável de usá-la para viajar no espaço-tempo.

Infelizmente, é volátil. Os ventos na fenda são tão fortes que fazem a temporada de furacões parecer uma brisa suave. Apenas dois homens entraram na fenda do estuário de Puget até hoje. O primeiro morreu instantaneamente.

O segundo está na UTI. Acredito que seus médicos ainda estão procurando uma forma de recosturar sua pele.

Só que a matéria exótica impede que aquelas paredes complicadas destrocem as pessoas.

É um pouco mais complicado do que isso, claro. É necessário um veículo, e a matéria exótica precisa ser incorporada de forma muito cuidadosa à estrutura do veículo, ou não vai estender suas propriedades exóticas à matéria normal a qual está protegendo. (Matéria normal é a forma científica de designar tudo que não é matéria exótica. Tipo uma pessoa.)

Passei os últimos doze meses restaurando um antigo caça A-10 Warthog e acredito que encontrei uma forma de fundir a matéria exótica com a aeronave sem desequilibrar a integridade geral da matéria. Se minha teoria estiver correta, então a ME deve ser capaz de estender suas propriedades exóticas para mim quando entrar na fenda. Que é só uma maneira elegante de dizer que vou conseguir manter minha pele no lugar.

A fenda é para ser como um túnel com destino ao passado. Então, se eu estiver correto, devo conseguir voar meu caça modificado *de volta ao passado*.

Não consigo acreditar que acabei de escrever essas palavras.

Preciso parar por um segundo. Pensar bem nisso.

Tecnicamente, a ME é propriedade da universidade. Dever ser utilizada "apenas para pesquisa". O que significa que, se eu quiser testar minha máquina, precisarei roubá-la.

Não tenho certeza das consequências de roubar a propriedade da universidade. Uma multa pesada? Prisão? Morte por mil cortes de papel?

Isso se eu conseguir sobreviver à viagem pela fenda. Ninguém conseguiu essa façanha antes. Além de uma esposa, também tenho uma filha de treze anos, Zora. Foi ela quem batizou a máquina do tempo como SEGUNDA ESTRELA, em homenagem àquela fala de *Peter Pan* que ensina como chegar à Terra do Nunca: "A segunda estrela à direita, e então direto até amanhecer." De qualquer forma, eu não quero morrer antes de ter a chance de vê-la crescer. Então provavelmente deveria levar tudo isso em consideração.

E, é claro, preciso pensar nos terremotos.

Sei que todos nós esperávamos que fosse só uma anomalia estranha, um efeito colateral peculiar das mudanças climáticas, mas estão ocorrendo com mais frequência do que qualquer um imaginaria. O último foi há dois anos, e marcou 4.7 na escala Richter. Não foi dos mais fortes, mas se eu estiver no estuário no momento de um terremoto precisarei lidar com ondas. Ondas grandes.

Eu talvez morresse com o impacto. Eu *provavelmente* morreria com o impacto.

Sério, isso tudo só vale a pena se eu souber que terei sucesso. Se tiver uma garantia.

Vou precisar pensar nisso por mais um tempo.

ATUALIZAÇÃO — 23H13

Tive uma ideia. É meio doida, mas o que eu tenho a perder? Estamos falando de viagem no tempo aqui.

A questão é que eu quero um sinal.

E acho que sei como conseguir um.

Vou chamar essa missão de Cronos 1, em homenagem ao deus grego do tempo.

Objetivo: amanhã, dia 11 de outubro, às oito horas da manhã, atravessarei com a *Segunda Estrela* a fenda do estuário de Puget. Se a matéria exótica conseguir estabilizar a fenda, como minha teoria dita, eu voltarei no tempo para o dia 10 de outubro, às 23h13, e ficarei parado na calçada do lado de fora da minha oficina. E eu acenarei.

Estou sentado na minha oficina agora, é claro. E acontece que é dia 10 de outubro, às 23h13.

O que significa que deveria haver um eu futuro parado na calçada lá fora. Acenando feito um louco.

Eu só preciso olhar.

ATUALIZAÇÃO — 23H15

Acho que vou voltar no tempo.

5

DOROTHY

14 DE OUTUBRO DE 2077, NOVA SEATTLE

As imagens passando pela cabeça de Dorothy eram vívidas demais para serem memórias, precisas demais para serem sonhos. Era como se um filme silencioso estivesse repassando todos os momentos lindos e estranhos da vida dela até agora.

Ela estava com cinco anos, correndo descalça pelos campos de mato alto atrás da casinha em Nebraska. O céu era de um azul tão forte que chegava a doer os olhos e tão imenso que era monstruoso. Ela sentia que poderia correr para sempre...

Então tinha doze anos e estava parada no frio do lado de fora de uma taverna em Salt Lake City. Sua mãe havia apertado as bochechas dela para deixá-las coradas, e ainda estavam sensíveis...

Tinha dezesseis anos e estava sentada na beirada de uma cadeira dura na sala de estar de Avery. Um jovem com cachos claros e um sorriso ardiloso estava sentado ao seu lado. Ele esticou a mão para a dela...

Então ela estava ajoelhada em uma clareira do lado de fora da capela onde iria se casar. Estava coberta de sangue, gritando...

Não, uma voz firme disse dentro da sua cabeça. *Isso ainda não aconteceu.*

As imagens chegaram mais rapidamente agora, um borrão de cores e formas que Dorothy não conseguia mais distinguir. Ela começou a se sentir tonta. Seu estômago apertou.

Morrer deve ser assim, ela pensou.

Então acordou.

Uma garota de pele marrom e cabelos pretos por cima do ombro estava inclinada, segurando um pano úmido na sua testa.

— Você acordou — disse a menina. A pele entre as sobrancelhas dela se enrugou enquanto ajustava os óculos pretos de aro grosso. — Graças a Deus. Sem ofensa, mas eu não queria ficar esfregando o suor da sua testa a noite toda. Zora achou que você demoraria *horas* para acordar, mas eu falei que ela estava doida, e enfim, ela fica meio intensa quando não controla cada mínima parte de uma situação, sabe. Ei, você realmente entrou *escondida* na *Segunda Estrela*? Porque isso é *tão* sensacional, sério. Ash mal me deixa *tocar* nela.

A menina disse tudo isso rapidamente, a voz marcada por um sotaque que Dorothy não reconheceu.

Dorothy se sentou, o coração martelando enquanto olhava os arredores. Estava em um colchão esburacado, dentro de um quartinho com teto baixo e sem janelas. Ao longe, ela ouvia o zum-zum-zum de vozes.

— Onde estou? — ela coaxou, a garganta arranhando. — Quem... quem é você?

A menina colocou o pano dentro de uma bolsa preta que parecia muito como a maleta de cirurgião de Avery, com a diferença de que as laterais de couro eram duras em vez de macias e dobradas, e as fivelas eram de uma prata mais brilhante.

— Meu nome é Chandra. — A menina ajeitou os óculos no nariz com o dedo. — Você pegou carona com meu amigo Ash. Você se lembra do Ash, certo? Teimoso? Com olhos bonitos mas meio fedorento? Tipo, ele deveria tentar usar um perfume pra esconder o cheiro de graxa de vez em quando.

— Ah. — Dorothy sentiu suas bochechas esquentarem, lembrando-se do piloto de olhos dourados. *Ash*. Ela pensou no cheiro de fumaça que parecia agarrado em sua pele.

Ela havia planejado sair do avião antes que ele notasse sua entrada clandestina, mas o voo em si havia sido apenas um borrão. Dorothy conseguia se lembrar bem de ficar abaixada em um espaço pequeno e escuro, o estômago revirando quando o avião decolou...

E aí não havia mais nada exceto as memórias assombrosas e os sonhos que pareciam quase reais.

Dorothy colocou a mão na cabeça, estremecendo de vergonha.

— O-onde estamos?

Chandra pareceu evitar seus olhos. Ela pegou uma pilha de roupas dobradas de sua maleta e as colocou na cama.

— Essas são bem feias, mas você obviamente não pode sair por aí com esse vestido. Não vão servir, mas foi tudo que consegui encontrar assim de repente. — Ela fechou a maleta e foi em direção à porta. — Vou deixar você se trocar...

— Espere! — Dorothy tirou uma perna da cama. — Você não...

Só que Chandra já tinha saído do quarto, fechando a porta atrás de si.

Dorothy olhou para as roupas que a menina havia deixado para trás. Ela não gostava nem um pouco de caridade. Em sua experiência, as pessoas não davam nada de graça; sempre havia um preço, mesmo que não dissessem qual. Dorothy preferia simplesmente roubar. Ao menos, era honesto, à sua própria forma.

Mas Chandra estava certa. Ela não poderia continuar usando um vestido de noiva estragado.

Ela se despiu e desdobrou as roupas, encontrando um par de calças e uma camiseta branca fina.

Ela colocou a camiseta por cima do corselete, e então franziu a testa, olhando para as calças. Nunca havia usado calças antes. Ela vestiu as pernas e puxou a cintura, com dificuldade para fechar os botões enormes.

Eram largas demais, mesmo depois que ela dobrou o cós três vezes e fez o mesmo com a barra. Em pé, ela estendeu os braços para os lados e deu alguns passos hesitantes pelo quartinho.

As calças eram *absurdamente* confortáveis. Era um pecado nunca ninguém ter dito isso a ela. Nada de pano se acumulando ao redor das pernas, fazendo-a tropeçar. Ela passou a mão pelo tecido e seus dedos encontraram uma costura mais grossa. *Bolsos.* Exatamente como as calças masculinas. Ela pulou algumas vezes para garantir que as calças não cairiam dos seus quadris, mas a peça permaneceu no lugar.

Havia um espelho apoiado na parede. Dorothy parou na frente dele, examinando sua nova aparência. Ela parecia descuidada, masculina e desgrenhada, o oposto da linda noiva reluzente que parecia naquela manhã.

Um sorriso tomou seus lábios. Perfeito.

Ela foi até a porta e então hesitou, os dedos estremecendo. Chandra não dissera onde estavam. Isso a incomodou, a ideia de que poderia sair daquele quarto e entrar em... bem, qualquer lugar. Ela não sabia nada sobre aviões. Não sabia a que velocidade podiam voar, ou por qual distância, e não tinha ideia de quanto tempo havia permanecido encolhida naquele compartimento de carga. Ela poderia estar em qualquer lugar do mundo.

Uma emoção a percorreu, assustadora e deliciosa ao mesmo tempo. Ela poderia estar em algum lugar *perigoso.*

Entretanto, não foi esse o motivo de ter subido a bordo do avião? Para ir a algum lugar novo? Até agora, sua vida havia se passado em uma cidade poeirenta atrás da outra, uma sequência infinita de homens educados de roupas caras e olhos famintos. O avião era um sinal. Havia algo além daquilo. *Precisava* haver.

Com cuidado, Dorothy abriu a porta e encontrou um corredor igualmente escuro e monótono, onde a única presença era a do piloto, que estava sentado em uma cadeira de metal a alguns metros de distância.

Ela franziu o cenho.

Ele não parecia ter ouvido a porta se abrir. Estava encolhido, esculpindo algo, a testa franzida enquanto torcia a faca em um pedaço de madeira disforme. Estava somente de regata, a jaqueta pendurada nas costas da cadeira. Ele ainda cheirava a aviões, e o aroma fez cócegas no nariz de Dorothy. Chandra estava errada; não era um cheiro ruim. Comparado à colônia sufocante que Avery usava sempre, até que era agradável. Fazia Dorothy pensar em aventuras e lugares distantes.

Mas o homem em si... Dorothy inclinou a cabeça, deixando o olhar se demorar pelos músculos flexionados nas costas e nos ombros dele. Mais uma vez ela pensou em como ele era diferente dos homens com que normalmente socializava. Ela havia tomado aquilo como um bom sinal no começo, mas agora pensava que talvez houvesse um motivo pelo qual sua mãe escolhia os cavalheiros. Aquele homem não teve problema algum em deixá-la sozinha no bosque depois que ela pedira — não, *implorara* — por ajuda. Ele havia sido mal-educado. Grosseiro, até. Avery podia usar colônia demais, mas não deixaria uma mulher sozinha em um bosque.

Só que Avery teria esperado algo em troca, argumentou uma voz no fundo da sua mente. Ela a afastou. *Todo mundo* esperava algo em troca. A ajuda nunca vinha de graça.

Ela enfiou a mão no bolso, os dedos se curvando ao redor do metal frio do relógio que havia roubado do piloto. Infelizmente, não parecia passar de uma quinquilharia.

Não vale o trabalho que vai dar, a mãe dela teria dito. Dorothy odiava admitir que ela estava certa. Ainda assim, não havia forma de passar sem que ele notasse, então ela pigarreou.

— Jesus — Ash murmurou, estremecendo. — Será que vou precisar arrumar um sino pra colocar no seu pescoço? Eu quase cortei o dedo fora.

— Para onde você me trouxe? — ela perguntou, saindo para o corredor.

Ash tirou a jaqueta das costas da cadeira e a vestiu.

— Para onde eu... — Ele sacudiu a cabeça. — Que tal me agradecer por limpar o seu vômito e te tirar da garagem depois que você desmaiou?

Dorothy estremeceu. Ela não se lembrava de vomitar *ou* desmaiar, e saber que tinha feito ambas as coisas fez com que suas bochechas corassem.

Os olhos dela avaliaram o corredor escuro. Ainda não havia janelas, mas as vozes estavam mais altas aqui. Havia manchas de graxa nas paredes, e o ar estava pesado com cheiro de cerveja e peixe frito.

Ela franziu o nariz.

— Estamos em um *bar*?

— Achou ruim? — A voz de Ash era leve, mas seu sorriso foi totalmente falso. — Um amigo nosso aluga os quartos extras, e ele não faz muitas perguntas. Minha casa é do outro lado da cidade, então achamos que era melhor você ficar aqui.

— Ele não faz perguntas — Dorothy ecoou, seca. Conhecia muitos homens assim, porém certamente não se gabaria do fato. A opinião que tinha de Ash estava piorando a cada minuto. — Então imagino que você arraste muitas pessoas inconscientes para bares?

— Você é a primeira, querida.

— Não me chame de querida — retrucou Dorothy, os lábios se crispando. Ela detestava esses apelidos fofos. *Querida* e *princesa* e *docinho*. Normalmente, eram usados por homens que queriam lembrá-la de que estavam no comando e que ela era só um rostinho bonito. — Meu nome é Dorothy, não que você tenha se dado o trabalho de perguntar.

— Pode me chamar de louco, mas eu na verdade não me importo com o nome da *clandestina* que entrou na minha nave. — Ele passou a mão pelo cabelo e disse, tão baixo que poderia estar falando consigo mesmo: — Aquela parte da *Estrela* nem é pressurizada. Teve sorte de não ter morrido na viagem.

Dorothy estava ficando entediada com aquela conversa. Ela puxou as calças largas demais, sentindo o relógio roubado se assentar no bolso. Pode não valer muito, mas o fato de ter sido roubado de uma pessoa desagradável significava que valia algo para ela. O canto do seu lábio estremeceu ao pensar nisso.

— Ah, mas não morri. Isso me torna especial?

Ash notou o repuxar no lábio dela, e Dorothy sabia que ele estava se perguntando o que ela achava engraçado. Fazia com que quisesse balançar o relógio diante do rosto dele. *Olha só o que peguei.*

— Você teve sorte de *eu* não ter te matado — ele retrucou, franzindo o cenho.

Ao menos esse tópico a interessava.

— Por que não fez isso? — Ela se lembrou de Chandra secando sua testa, oferecendo roupas. — Por que está me ajudando?

Ash hesitou, escolhendo as palavras.

— A resposta mais simples é que Zora queria te levar para um lugar seguro. Acho que ela não queria ter o seu sangue nas mãos.

Seguro. A palavra parecia cortar o ar.

Ela *sabia* que tinha ido parar em algum lugar perigoso.

Engolindo o nervosismo, Dorothy perguntou:

— E a resposta mais complicada?

Ash esfregou o seu queixo.

— Sinceramente? Queria ver sua cara quando percebesse onde veio parar.

— Está falando de cidades embaixo d'água, velhinhas que desapareçem e meninas canibais? — Ela tentou ao máximo parecer casual, como se estivesse por dentro da piada.

Ash sorriu de volta para ela — um sorriso de verdade, não aquele falso e assustador de antes. Ele se virou e seguiu pelo corredor torto, rindo sozinho.

Era uma piada, Dorothy pensou, a confiança se desfazendo. Certo?

Cerrando os dentes, ela foi atrás dele.

O corredor acabava em uma taverna apertada e agitada cheia de mesas e cadeiras descombinadas, a luz de velas lançando sombras na multidão risonha. Dorothy sentiu uma faísca de interesse. Era um bar, isso era óbvio, mas não parecia com nenhum bar em que ela já estivera antes. Viu algumas mesas com cadeiras feitas inteiramente de metal e, espalhadas ao redor, uma variedade de poltronas que pareciam mais adequadas para uma sala de estar. Não havia muitas janelas, mas objetos estranhos sortidos cobriam as paredes — calotas, pinturas a óleo e bonecas antigas.

E havia mulheres. Dorothy e sua mãe normalmente eram as únicas mulheres em bares, mas aquele lugar estava cheio delas — bebendo como homens e vestidas como homens, usando calças e jaquetas, os cabelos presos em coques bagunçados. Dorothy havia presumido que se sobressairia com suas roupas largas e o cabelo desfeito, mas ela se encaixava muito bem. Estranhíssimo.

Será que estavam em algum lugar em que a venda de bebidas alcoólicas era proibida? Ela havia ouvido falar de bares secretos surgindo em cidades assim, mas ela e a mãe costumavam evitar tais lugares. Homens eram mais difíceis de enganar quando estavam sóbrios.

Ela passou os olhos pela sala, procurando uma saída. Não tinha intenção de permanecer com aquele piloto. Agora que tinha identificado Dorothy como uma clandestina, havia pouca chance de deixar os bolsos desprotegidos, e ela precisava de dinheiro. Dinheiro *de verdade*, não o troco que conseguiria vendendo aquele relógio barato. Ela precisava de uma quantia muito maior para sobreviver aqui... sabe-se lá onde *aqui* fosse.

Por sorte, o bar estava lotado, as pessoas aglomeradas. Seria fácil tirar um relógio do pulso de alguém, uma carteira de um bolso. Os dedos de Dorothy estavam coçando.

Só que então a mão de Ash pousou em suas costas. Ele colocou o corpo entre ela e a multidão e indicou um canto do lugar com o queixo, dizendo:

— O resto do time está ali.

— Time? — A pele de Dorothy formigou. O piloto queria impedi-la de ir embora, mas ainda não estava usando a força. Na verdade, os dedos dele mal encostaram em suas costas, como se estivesse com medo de tocá-la. — Time de quê?

Ash a guiou pela multidão, passando por entre as pessoas amontoadas. Ela poderia pisar no pé dele e correr, mas o bar estava lotado e ela não conseguia ver uma saída. E também havia o pequeno problema de entrar ilegalmente no veículo de um desconhecido. Ash não havia mencionado chamar a polícia, mas Dorothy não queria dar a ele motivos para mudar de ideia. Ela ainda era menor de idade, afinal de contas. Poderiam ligar para a mãe dela.

Mordendo a parte interna da bochecha, Dorothy deixou-se ser guiada para uma mesa nos fundos do bar. Chandra já estava lá, sentada ao lado de um garoto alto com pele ainda mais escura, de cabelos pretos trançados, e uma expressão séria no rosto.

Dorothy olhou com mais atenção. Não era um garoto — era uma *garota*.

— Está vendo? O que foi que eu disse? Ela não é simplesmente linda? — Chandra deslizou pelo banco, abrindo espaço para Dorothy se sentar em frente à outra menina. — Ash, por que você não falou pra gente que ela era linda?

— Não vai se apegar — Ash grunhiu, puxando uma cadeira para sentar na cabeceira da mesa. Dorothy notou que os olhos dele buscaram seu rosto e depois se desviaram, como se para verificar se o que Chandra estava dizendo era verdade. — A gente não vai ficar com ela.

— Ela não é um gato vira-lata, Ash — disse a menina que parecia um menino. — Você não pode decidir o que fazer com ela. — Virando-se para Dorothy, ela acrescentou: — Meu nome é Zora. Prazer em te conhecer.

Ela esticou a mão para Dorothy apertar, como se fossem cavalheiros. Dorothy a apertou, um arrepio de animação percorrendo seu corpo. Zora também se sentava como um homem, os joelhos afastados e os braços preguiçosamente cruzados. Loretta teria dito que era indecoroso, mas Dorothy não deixava de se impressionar pelo fato de que ela parecia muito confortável. Não era como se quisesse *ser* um homem, exatamente, mas como se não se importasse com o que um homem pensaria dela.

Talvez seja uma sufragista, pensou, se sentando no banco ao lado de Chandra. Foi só depois disso que notou que havia uma quarta pessoa na mesa com eles. Era enorme — facilmente o maior homem que Dorothy já tinha visto —, mas de alguma forma sumia nas sombras, a pele e o cabelo pálidos sob as roupas pretas. Os ossos de seu rosto tinham ângulos afiados, fazendo a pele parecer esticada demais nas bochechas e no queixo.

— Meu nome é Willis — falou o homem, inclinando a cabeça na direção de Dorothy. A voz dele era como um veludo suave, a voz de um cantor de jazz. — É um prazer.

— Dorothy — disse ela, mais atenta. Quatro contra um. As chances dela não eram das melhores.

Foi então que ela percebeu algo. Estava *sozinha*. Pela primeira vez em toda a sua vida, ela estava verdadeiramente sozinha. A sua mãe não estava esperando na sala ao lado, a pistola de cabo de madrepérola escondida nas dobras do vestido. Essas pessoas poderiam fazer o que quisessem com ela.

Mas a única coisa que Zora fez foi deslizar um copo de um líquido transparente pela mesa.

— Essa é a aguardente do Dante. Ele faz aqui e tem gosto de… Bom, tem gosto de gasolina, mas acho que você vai precisar.

Dorothy olhou para o copo, mas não o pegou. A mãe dela uma vez havia colocado xarope de ipeca na bebida de um homem enquanto ele não estava olhando. Ele passou os vinte minutos seguintes vomitando no chão enquanto Loretta secava o rosto dele com o lenço com uma das mãos e roubava seus bolsos com a outra. Dorothy parou de aceitar bebidas de estranhos depois do ocorrido.

— Obrigada — ela murmurou, um fingimento. Segurou o copo com a ponta dos dedos e esperou para ver o que aconteceria a seguir.

Um silêncio caiu sobre a mesa, interrompido pelo tilintar de copos e risadas abafadas do bar. Todo mundo na mesa estava encarando Dorothy.

Quando ninguém falou, ela pigarreou.

— Alguém vai me dizer onde estamos?

Chandra soltou uma risada nervosa.

— *Isso* vai ser interessante — disse baixinho.

— Quieta — Willis murmurou. — Ela precisa saber.

— Por favor, vocês dois, fiquem quietos e me deixem pensar. — Zora passou a mão pelo rosto, de repente parecendo exausta. — Eu não sei muito bem como... Meu pai sempre fazia essa parte.

— Pelo amor de Deus — Ash murmurou. Ele se virou para Dorothy e disse, sem rodeios: — A questão não é *onde* você está, mas *quando*. Você está no futuro. No ano de 2077, para ser exato.

De todas as coisas que Dorothy estava esperando ouvir, isso não estava na lista. Uma risada chocada escapou de sua boca.

— Perdão?

— Não é piada, docinho — disse Ash. — Você subiu a bordo de uma máquina do tempo, não de um avião. Ainda estamos em Seattle, mas viajamos quase duzentos anos no futuro. As pessoas agora chamam a cidade de Nova Seattle.

Dorothy engoliu em seco.

— Então, quando disse que eram um *time*, queria dizer que são um time de...

Ela sacudiu a cabeça. Não conseguia dizer aquilo em voz alta.

Os olhos de Ash se demoraram nela.

— Viajantes no tempo. Legal, né?

— Ash — disse Zora, os dentes cerrados. — Você não está ajudando.

— Ajudando no quê? Ela é uma *clandestina*. — Ele tirou os olhos de Dorothy e se recostou no assento, com os braços cruzados. — Não sei por que precisamos explicar nada. — Ele sacudiu um dedo na direção de Dorothy. — Deixe que isso seja uma lição para não entrar onde não é chamada.

Willis franziu o cenho, os bigodes para baixo.

— Que horror, Capitão. Ela acabou de chegar.

— Bom, quando eu cheguei aqui, achei que os barcos lá fora fossem rakshasas. — Chandra se virou para Dorothy. — Rakshasas são, tipo, uns demônios que devoram carne humana. Zora precisou ficar acordada a noite inteira segurando minha mão e me prometendo que os barcos não iam me devorar.

— Devoram carne humana — Dorothy repetiu. Não percebeu que havia levado o copo aos lábios até que a aguardente estivesse quase na boca. Ela baixou o copo para a mesa de novo, com tanta força que um pouco da bebida se derramou. Não tinha certeza de que confiava em si mesma para não beber.

— Eu sei que é muito para absorver, mas vou ficar feliz em responder a qualquer pergunta que você tenha — disse Zora. — E o Ash...

— Pergunta? — Dorothy soltou, a voz baixa e incrédula. — Sobre o quê? *Viagem no tempo?*

Ela mal conseguia acreditar que aquelas palavras tinham saído da sua boca. Tinha ouvido algumas histórias absurdas na vida, mas isso...

Bom. Isso era degradante. Ela se afastou da mesa e, quando ninguém a impediu, disse:

— Acho que já ouvi o suficiente, obrigada.

O rosto de Chandra entristeceu.

— Você vai embora?

Dorothy levantou seu olhar para Willis.

— Se estiver livre para isso.

— Ninguém está te segurando aqui — disse Ash, mas o canto da boca dele repuxou, como se ele estivesse decepcionado. Quando ela deu um passo para longe da mesa, ele pegou seu pulso. — Só me prometa uma coisa, querida.

Um calafrio percorreu o braço dela com o toque.

— Eu *disse* para não me chamar de *querida*.

Ela puxou o braço e, para a sua surpresa, ele a soltou imediatamente, fazendo ela tropeçar para trás.

— *Dorothy*, então — corrigiu Ash. Era a primeira vez que ele usava o nome dela, e uma excitação estranha a percorreu. Como borboletas, mas menos agradáveis. Mariposas, talvez.

Era incômodo que esse homem pudesse ter *qualquer* efeito sobre ela, agradável ou não.

Algo nos olhos de Ash se suavizou. Ele gesticulou com a cabeça na direção do fundo.

— Ali no banheiro tem uma janela — ele explicou. — Promete que você vai olhar lá para fora.

Dorothy ergueu o queixo, se esforçando para acalmar as mariposas em seu estômago.

— Por quê?

Ash estava encarando Dorothy agora, o que a deixou desconfortável. Ele tomou um gole da bebida que ela havia descartado.

— Só confia em mim. — Então, como se a ideia só tivesse lhe ocorrido depois, completou: — Se é que você é capaz de confiar em alguém.

DIÁRIO DO PROFESSOR — 11 DE OUTUBRO DE 2073
17H01
A OFICINA

Cronos 1 não funcionou exatamente como planejado.

A questão é que ninguém nunca explorou o interior de uma fenda. Não conseguíamos, é óbvio, porque não sabíamos como estabilizá-la. Eu tinha teorias sobre o que iria encontrar, mas nada concreto.

A ME funcionou exatamente como previsto. Assim que foi efetivamente incorporada à estrutura da *Segunda Estrela*, criou uma bolha protetora ao redor da nave e de seus ocupantes (ou, nesse caso, do seu único ocupante). A válvula que instalei na *Segunda Estrela* mostrou que os níveis da ME se mantiveram estáveis em 95% durante toda a minha viagem.

Assim sendo, eu me tornei o primeiro homem a voar com êxito em uma fenda sem os ventos destroçarem meu veículo.

(E eu não levei uma câmera. Quer dizer, não tinha certeza de que uma câmera funcionaria dentro de uma fenda espaço-temporal, mas ainda assim).

Em vez de uma foto, aqui vai uma descrição do que vi:

A fenda tem aproximadamente vinte metros de diâmetro, com paredes que parecem feitas de uma fumaça rodopiante ou nuvens. A cor delas muda conforme o passar do tempo, de cinza-escuro a azul-claro até quase preto. Às vezes vi relâmpagos aparecerem atrás das nuvens, ou vislumbres breves do que pareciam ser estrelas distantes.

Tudo estava indo bem até chegar a hora de sair da fenda. Como deve se lembrar, minha missão era viajar um único dia, aparecer do lado de fora da minha janela da oficina, e acenar. Parece fácil, né?

Infelizmente, como a maior parte das proezas científicas monumentais, não foi nada fácil.

O primeiro problema foi tentar entender como voltar apenas um dia no tempo. O túnel se bifurca após a entrada, o que faz sentido. Uma direção leva ao passado; a outra, ao futuro. Eu escolhi o curso mais lógico de ação, baseado no entendimento ocidental de avanço e retrocesso. Ou seja, virei à esquerda.

Boa escolha! Quer dizer, eu tinha 50% de chance de acertar, mas ainda assim estava me sentindo bem confiante. Minha intuição científica estava me ajudando!

Bem, depois disso, minha intuição científica me deixou na mão pra valer. Fiz outra escolha "intuitiva" sobre quanto tempo precisava ficar no túnel para conseguir voltar no tempo em um dia. Concluí que passaria uma hora lá dentro.

Admito que cheguei a "uma hora" de forma bastante arbitrária. Parecia um bom período de tempo, legal e redondo. Um bom lugar para começar.

Acabei parando em algum momento da década de 1880. Eu sabia pela falta de luzes elétricas no litoral que tinha feito um chute errado. Seattle era uma pequena cidade portuária na década de 1880, e dava para ver do estuário que havia casinhas de madeira e um cais com alguns barcos a vela. Eu adoraria ter explorado uma Seattle de quase dois séculos atrás, mas estava de jeans e camiseta, e fiquei um pouco preocupado que alguém pudesse ver minha máquina do tempo e começar a me cultuar como um Deus. (Isso é uma piada... acho.)

De qualquer forma, ao menos meu erro me forneceu uma métrica. Uma hora na fenda = aproximadamente duzentos anos. Usando esses valores, consegui calcular um lugar mais apropriado para sair da fenda.

E ainda assim perdi meu ponto de encontro por três semanas.

Só que meio que dei sorte de novo. Cheguei três semanas adiantado, não três semanas atrasado, então acabei andando por Seattle de boné, tentando lembrar exatamente onde o "eu do presente" tinha ido, e esperando que eu não me reconhecesse dando voltas no mercado.

Eu sei o que você está pensando. *Três semanas* parece muito tempo para passar andando por aí em uma cidade, tentando não ser visto por sua esposa e filha e eu do presente. E isso é verdade, é claro que é, mas não foi totalmente inútil. Aluguei um quarto no hotel mais barato que consegui encontrar e usei todo esse tempo extra para organizar uma teoria mais robusta para a minha técnica de estabilização da fenda, que transformei em uma proposta de "missões exploratórias pelo espaço-tempo".

Por mais monumental que essa descoberta seja, meus achados ainda estão nos estágios preliminares. Ainda há muito que não sabemos sobre a fenda, sobre viagens no tempo, sobre a física do espaço-tempo. Essas três semanas adicionais foram essenciais, já que me permitiram ter mais tempo para organizar a pesquisa sem me preocupar que outro físico ou matemático passasse na minha frente.

Esta manhã, a ATACO aprovou meu pedido de financiamento. A universidade me permitiu contratar um pequeno grupo para o próximo estágio da pesquisa. Tenho uma pilha inteira de currículos em cima da minha mesa neste momento.

Primeira parada: um assistente.

Eu preciso muito de um assistente.

6

ASH
DIA 14 DE OUTUBRO DE 2077, NOVA SEATTLE

Ash ficou observando Dorothy atravessar a multidão, a culpa o cercando como se fosse uma neblina. Ele sabia por experiência própria que esse papo sobre viagem no tempo demorava para ser absorvido. Não precisava ter sido tão babaca quanto a isso. Um cavalheiro de verdade teria...

Ele mandou a mente parar com aquele pensamento na hora. Não devia nada a ela. Só estava se sentindo mal porque ela era bonita.

Só que não era apenas isso. Ash conhecera outras mulheres bonitas antes. Dera as costas a muitas delas no último ano, desde que tinha decidido que não iria sair com ninguém até compreender a sua pré--lembrança. Havia alguma outra coisa, algo entre ele e Dorothy. Algo que parecia quase físico.

Familiaridade, ele percebeu. Mesmo que só a conhecesse havia algumas horas, ele já tinha a sensação de que ela era familiar.

Mas isso certamente era parte da manipulação que ela estava fazendo, certo? Ele havia percebido no bosque, a forma que havia piscado os cílios e inclinado a cabeça, tentando fazê-lo pensar que ela era sua amiga, alguém em quem ele podia confiar.

E então, assim que ele virou as costas...

Ele sacudiu a cabeça, sentindo nojo de si mesmo. Não relaxaria novamente. O tipo de garota que se enfiava em uma máquina do tempo escondida, usando um vestido de casamento, certamente era sinônimo de problemas.

Estar nessa bagunça era culpa dela.

Zora não parecia compartilhar desse sentimento. Ela se virou para Ash, rosnando:

— O que *deu* em você?

Ash afastou os olhos de Dorothy, fingindo estudar o que restou da bebida dele — *dela*, na verdade.

— Essa garota é uma *clandestina*. Não estou entendendo por que vocês acham que devemos alguma coisa a ela.

— Ela está sozinha...

— Me explica como isso é problema nosso. — Essa conversa toda parecia errada. Por que Zora se importava com uma garota aleatória? Por que brigar quando tinham tantas outras coisas com que se preocuparem? — Eu não a *convidei* para subir a bordo, Zora.

Ela esfregou os olhos.

— Eu preciso de uma bebida.

Ash ergueu o copo de aguardente descartado de Dorothy.

— Então veio ao lugar certo.

Ela ficou em pé, fuzilando-o com o olhar.

— É melhor você ir embora antes que ela volte. Não acho que deva falar mais nada.

— Ei! — Ash gritou, mas Zora já estava passando pela multidão e não se virou ao ser chamada.

Um calafrio desagradável percorreu o pescoço de Ash quando ele voltou para sua bebida. Dorothy estava dando nos nervos dele, e não era só porque ele a tirara sem querer do passado. Ash nem sequer conversara com nenhuma outra garota além de Zora e Chandra desde o início das pré-lembranças. Ele não podia nem mesmo *olhar* para uma garota sem pensar em um barco balançando e um beijo que terminava com uma faca dilacerando seu corpo. Pensava que evitar garotas poderia impedir a pré-lembrança de acontecer, que a mulher que amava não poderia matá-lo caso ele nunca se apaixonasse por ela. E aí uma noiva dos anos 1900 havia se enfiado na sua nave e na sua vida sem pedir permissão.

E agora ele não conseguia parar de pensar nela.

Ash passou uma das mãos pelos cabelos, tentando ignorar o sangue pulsando em seus ouvidos. Ele queria que ela fosse embora, mas isso significava fazer mais uma viagem ao passado, mais um dia desperdiçado. A areia na sua ampulheta já estava se esgotando.

Willis estava encarando Ash quando ele olhou para cima de novo. As pontas do bigode louro do grandão estremeceram.

O estômago de Ash deu um aperto desagradável.

— Você está *rindo*?

— Desculpe, Capitão. Eu só nunca achei que fosse do tipo que arrumaria uma noiva. — Willis alisou as pontas dos bigodes com dois dedos. — Aliás, *mazel tov*.

Chandra riu tanto que bateu o cotovelo da taça e derrubou o resto do drinque. Willis deslizou um guardanapo para ela.

— Muito engraçado — Ash murmurou, franzindo o cenho.

— Não fica assim — disse Chandra. — Ele só está falando besteira.

— Então vamos falar de outra coisa.

— Certo. — Chandra se inclinou para a mesa repentinamente, a voz dela baixa e conspiratória. — Você ouviu dizer que Quinn Fox lixa os dentes até ficarem pontudos?

Agora os dentes de Ash estavam cerrados com força.

— Ela, não.

Chandra fechou a boca, parecendo chocada.

— Então suponho que vamos todos ficar aqui, sentados em silêncio?

— O silêncio seria tão ruim assim? — perguntou Ash, esfregando os olhos.

— Fale sobre sua nova paixonite, Chandie — disse Willis, lançando um olhar fatigado para Ash. — Era disso que estávamos falando antes de você chegar.

Chandra deu um suspiro teatral e lançou um olhar para o outro lado do bar. Ash bebeu outro gole, seguindo o olhar dela até o bartender baixinho secando copos atrás do balcão.

Ele engasgou.

— O *Levi*? — Ele tossiu, batendo no próprio peito com o punho. O licor ardente talhou seu caminho pela garganta. — Você acha o Levi bonito?

Eles todos conheciam Levi havia eras. O pai dele era dono do bar.

— Eu já falei que era uma má ideia — falou Willis, examinando um grão de terra sob sua unha. — Você vai estragar o bar, Chandie.

— Não vou, não! — retrucou ela, que se jogou para trás no banco, fazendo bico. Era a mais nova do grupo, com menos de um ano, e achava que por isso podia conseguir o que quisesse com um tremor do lábio. — A gente não poderia voltar para uma época em que namorar não era assim tão *difícil*? Você sabia que nos anos 1990 as mulheres solteiras iam a bares, usavam vestidos bonitos e flertavam com os homens?

— Ela encontrou outra série antiga de TV — Willis explicou, usando o canto de um guardanapo para secar o bigode.

Chandra era obcecada com cultura pop. Originalmente era da antiga Índia e o Professor a fez assistir à televisão para ajudá-la com o idioma. Funcionou bem até demais. Agora ela assistia à TV o tempo todo e ficava aficionada por uma década diferente a cada semana. Na anterior, tinha sido uma série de anime de 2040. Agora, aparentemente, os anos 1990 eram tudo de bom.

— Foi de lá que isso aqui veio — Willis acrescentou, apontando para a borda do seu copo. O líquido era de um rosa chocante.

— O nome é cosmopolitan — disse Chandra, segurando a haste da taça com as pontas dos dedos. — É bonito, né?

Ash franziu o cenho. Ele não sabia que Dante tinha bebidas cor-de-rosa.

— Você só tem dezessete anos — disse ele. — Eu não vou te largar oitenta anos no passado para você beber e flertar com garotos.

Chandra inclinou a cabeça para o lado, examinando-o por trás dos óculos. As lentes eram tão grossas que deixavam os olhos dela enormes.

— Então você é o único que pode usar viagem no tempo para arrumar um encontro?

O bigode de Willis estremeceu. As bochechas de Chandra ficaram coradas.

— Zora tinha razão — Ash murmurou, ficando em pé. — É melhor mesmo eu ir embora, antes que a sua nova amiga volte.

Chandra começou a protestar, mas Ash já tinha se levantado e estava passando por entre as pessoas, terminando sua bebida ao andar.

Ele sabia que estava sendo um babaca, mas não conseguia evitar. Não tinha nenhum interesse em prosseguir com aquele tipo de conversa no momento. Willis e Chandra sabiam que ele não gostava de falar sobre sua vida amorosa, mas Ash não havia contado a eles sobre a pré-lembrança, então os dois provavelmente só achavam que ele ficava incomodado com coisas sentimentais.

Zora havia perguntado por que ele não contara nada aos melhores amigos.

— E não são só seus amigos — ela havia dito. — São seus colegas de time. Papai trouxe todos vocês do passado para trabalharem juntos. Eles merecem saber o que está acontecendo com você.

Ela tinha razão, claro, mas Ash só havia murmurado algo sobre não querer preocupá-los e mudou de assunto. Isso era verdade, em parte, mas havia uma razão mais egoísta também. Ash não queria passar suas últimas semanas de vida evitando olhares de pena, preocupado com o que as pessoas estariam falando sobre ele cada vez que uma conversa morresse com a sua entrada. Se a pré-lembrança fosse verdadeira e ele realmente só tivesse mais algumas semanas de vida, queria aproveitar todo santo dia.

Ash terminou a bebida e deixou o copo vazio no bar, cumprimentando Levi com um aceno de cabeça.

Irritantemente, ele percebeu que seus pensamentos retornaram para a noiva. Será que Zora tinha encontrado a garota e convencido-a a voltar para a mesa? Será que ela já acreditava que tinha viajado no tempo? Ele não conseguiu evitar e deu uma olhada para a porta do banheiro enquanto esperava Levi se aproximar, imaginando a garota passando água no rosto, examinando seu reflexo.

Será que ela já tinha olhado pela janela?

7
DOROTHY

Dorothy encontrou o banheiro e entrou, batendo a porta com força atrás de si. O barulho da taverna foi imediatamente abafado. Respirando fundo, ela abriu a torneira e jogou um pouco de água no rosto. Estava se sentindo suja desde que chegara. Tudo que tocava parecia estar coberto por camadas de umidade e mofo.

A água escorreu pelo rosto quando ela se endireitou, seu olhar parando na janela ao lado da pia. As cortinas estavam fechadas.

Olha para fora, ela lembrou. *Só confia em mim.*

Dorothy estremeceu, pensando na forma que o lábio de Ash se curvara ao provocá-la. Poderia ser charmoso se não viesse de um canalha tão grande. As mariposas começaram a voar no seu estômago de novo. *Mariposas estúpidas.*

Ela secou o rosto na barra da camisa. Será que ele achava que ela *não* olharia pela janela? Que estaria apavorada demais com toda essa bobagem e que tremeria com a ideia de olhar por uma *janela*?

Ela observou a porta do banheiro, imaginando Ash sentado na mesa com seus amigos, dando boas risadas sobre a ingenuidade dela. *Viagem no tempo*. A audácia.

Preparando-se, ela puxou as cortinas.

O cômodo pareceu girar. Ela precisou se agarrar à pia para impedir que suas pernas fraquejassem sob seu peso.

Ela exalou, a voz quase um suspiro:

— *Ah*.

Ela viu luz.

Não era o tipo de luz com a qual estava acostumada. Era mais forte, mais *intensa*, e Dorothy precisou de um momento para perceber que era porque o sol poente estava se refletindo no vidro de prédios imensos, com centenas de janelas...

Todos parcialmente submersos na água cinzenta.

Ela ergueu a mão à boca, os dedos trêmulos. A cidade parecia estar crescendo, como mato, direto da água. Ela nunca vira nada assim antes. Aproximou-se mais da janela, a respiração embaçando o vidro.

Algo devia ter acontecido, alguma catástrofe horrível, para deixar a cidade inteira embaixo d'água.

Enquanto esse pensamento lhe ocorria, porém, ela percebeu que aquela cidade era muito mais avançada do que a que tinha deixado para trás. Os prédios haviam sido construídos mais perto uns dos outros, muito acima da sua cabeça, parecendo se esticarem até as nuvens. E havia tantos deles! Mais do que Dorothy jamais vira em um só lugar.

A cidade tinha se transformado em algo extraordinário. E depois fora destruída.

Bem, não totalmente. Pontes de aparência complexa cruzavam a água em uma malha elaborada. Escadas se esticavam além da vista, e, quando ela as seguiu, viu que se conectavam a um segundo nível de passagens instáveis de madeira acima de sua cabeça.

Enquanto ela examinava a paisagem, um homem saiu de quatro da janela de um prédio em frente, seguiu apressado pela ponte e desapareceu em uma esquina. Dorothy esticou o pescoço para ver aonde ele estava indo, mas o homem já havia sumido de vista.

Ela soltou uma risadinha sem fôlego. O que acontecera ali? Por que o homem havia saído por uma janela em vez de usar a porta? Ela olhou de novo para a água que batia nas paredes, e um pensamento lhe ocorreu — será que a base dos edifícios ainda estava *embaixo d'água*? Isso parecia impossível, mas por qual outro motivo as pessoas vivendo ali precisariam daquelas pontes e docas e escadas?

Ela pressionou a palma da mão contra o peito. Seu coração de repente parecia fraco. *Uma experiência de quase morte deve ser assim*, pensou, aturdida. O tempo desacelerou o suficiente para que ela notasse detalhes aparentemente insignificantes. Uma embalagem colorida flutuou à sua frente. Um pinheiro fantasmagórico crescia direto da água. Seu tronco parecia coberto por uma camada de giz.

Dorothy mexeu na trava da janela. Parte dela sabia que deveria voltar logo para a mesa e implorar que Zora e Ash contassem o que tinha acontecido.

Só que a outra parte já estava abrindo a janela.

8
ASH

— Mais uma rodada?

Antes mesmo que Ash pudesse responder, Levi tirou uma garrafa de líquido transparente de trás da calota que servia como bar e encheu o copo dele. Ash começou a pegar a carteira, mas o bartender franziu o nariz.

— É melhor estar tirando uma arma daí, cara. Você sabe que meu pai não aceita seu dinheiro.

Ash deixou a mão pender para baixo. No outro lado do bar, uma versão mais velha de Levi encontrou seu olhar e ergueu a mão enrugada em cumprimento. Dante não deixava Ash pagar por uma bebida desde que ele presenteou o velhote com uma televisão antiga que agora ficava pendurada na parede acima do bar, passando as notícias silenciosamente. Ash roubara a televisão na sua última passagem pelo finalzinho do século XX. Tecnologia de boa qualidade era praticamente impossível de encontrar desde o terremoto.

Levi deslizou a bebida pelo balcão, o líquido transparente transbordando pelas bordas do copo. Ash assentiu em agradecimento.

— Alguma novidade?

— Escutei alguns barcos faz um tempinho. Não se aproximaram, mas ainda está cedo. Você sabe que o Cirko Sombrio só fica animado depois do anoitecer.

O Cirko Sombrio era a gangue local. Eram ou a esperança do novo mundo ou terroristas monstruosos, dependendo de quem falasse. Ash costumava apostar na segunda opção.

Ele franziu o cenho, erguendo o copo grudento aos lábios.

— Alguns barcos? — Escutar apenas um já seria motivo de preocupação.

Levi deu de ombros e tirou um pano de prato sujo do avental para limpar o álcool derramado.

— E isso nem é o pior. Adivinha quem meu pai viu andando perto de Fairmont hoje à tarde?

Ash abafou um suspiro. Parecia impossível escapar desse tópico naquela noite.

— Quinn Fox — respondeu.

O nome deixava um gosto amargo na sua língua. Ele o afastou com um gole da bebida. A aguardente de Dante queimou ao descer pela garganta e se acomodou nas suas entranhas como borracha derretida, mas Ash tomou cuidado para não fazer careta. Levi era conhecido por expulsar clientes por reclamarem do gosto da bebida horrível do pai.

— No meio do dia e tudo — disse Levi, e assobiou por entre os dentes. — Você ficou sabendo que semana passada ela matou um cara com uma *colher*? Ela simplesmente...

Levi fingiu enfiar uma colher no olho de alguém e fez um som nojento de *plopt*. Ash ergueu as sobrancelhas, se esforçando muito não estremecer. Ele não sabia exatamente por que desgostava tanto de falar sobre ela. Sabia que as pessoas achavam Quinn fascinante, que faziam fofocas sobre o motivo de ela nunca retirar o capuz que cobria seu rosto (*uma cicatriz que a desfigurara? Os lábios manchados de sangue?*) e sobre como conseguiu subir tão rapidamente na hierarquia do Cirko Sombrio.

Ele sabia que, no fundo, as pessoas gostavam de contar histórias sobre suas últimas barbaridades, mesmo que ficassem enojadas pelos atos. Era a maneira delas de lidar com aquilo, mas ele não conseguia.

Ash só pensava que Quinn era assustadora. Um símbolo da derrocada da cidade.

— Sabe com quem dizem que ela está andando, não sabe? — Levi perguntou, observando Ash de soslaio.

Ash ergueu a cabeça, dando um meio aceno. Ele sabia.

Dante de repente ergueu a mão, gesticulando para que os clientes ficassem em silêncio. O velho estava encarando a televisão atrás do bar. A imagem na tela estremeceu, então travou — aí desapareceu por completo.

Duas figuras ocultas por sombras apareceram. Estavam de capuz cobrindo o rosto, paradas na frente de uma bandeira estadunidense puída. Uma tinha um desenho de corvo na parte frontal do casaco. A outra tinha uma raposa.

— É falar no diabo... — murmurou Ash.

As sobrancelhas de Levi se ergueram.

— É ela?

— É ela — Ash confirmou, o temor apertando seu estômago. Os anúncios que o Cirko Sombrio fazia toda noite haviam ficado famosos, mas ele nunca estava totalmente preparado para ver as Aberrações do Cirko, com suas vestes pretas, na tela da televisão. — A gente precisa ver essa porcaria?

— Está brincando? — Levi perguntou. Mesmo aqueles convictos contra o Cirko achavam a transmissão fascinantemente mórbida. Ele aumentou o volume.

— Amigos — disse Quinn. Como sempre, a voz dela era altamente distorcida, mais máquina do que gente. — Não tentem ajustar suas televisões. Nossa transmissão está em todos os canais. Ela não pode ser rastreada.

"Falo com vocês em um momento de crise. Faz mais de dois anos desde que o megaterremoto na falha de Cascadia devastou nossa outrora grandiosa cidade. Desde então, quase trinta e cinco mil pessoas morreram, o governo deu as costas para nós, e a violência e o caos dominam nossas águas."

— *Sua* violência — Levi murmurou.

Ele esticou a mão embaixo do bar, e Ash viu os dedos do bartender apertarem o bastão de beisebol que mantinha ali escondido. A transmissão era gravada com antecedência. Os marginais do Cirko Sombrio provavelmente já estavam perambulando pela cidade, procurando novos recrutas — era assim que chamavam as pessoas que sequestravam e forçavam a se juntar à gangue. Eles ainda não haviam entrado na Taverna do Dante, mas era só uma questão de tempo.

Ash olhou para os nós dos dedos. Ele tentou ignorar a transmissão, mas a voz de Quinn atravessou seus pensamentos.

— Aquelas mortes podiam ter sido evitadas — disse Quinn. — *Ainda* podem ser evitadas.

O silêncio tomou conta do bar e todos os rostos se viraram para a tela. Todos se lembravam do terremoto. Não havia ninguém vivo que não tinha perdido alguém durante o desastre.

Uma foto do rosto do Professor surgiu na tela. Ash viu o cabelo grisalho e o sorriso tenro do seu mentor pelo canto do olho. Era a mesma foto que o Cirko Sombrio mostrava todos os dias do último ano.

— Esse homem descobriu o segredo da viagem no tempo — continuou Quinn. — Ele é capaz de voltar no tempo e mudar nosso destino. Poderia voltar a um momento antes da destruição da nossa cidade. Poderia salvar milhares de vida, mas ele se recusa.

"O Cirko Sombrio não acredita que seja justo um homem poder decidir o destino de todos nós. Acreditamos que *todos* deveriam ser capazes de mudar seus passados. Junte-se ao Cirko Sombrio, e nós viajaremos no tempo para construir um presente melhor e um futuro melhor. Junte-se ao Cirko Sombrio, e nós criaremos um mundo melhor."

As palavras deixaram Ash tenso. Durante anos as pessoas estavam distraídas demais pelos métodos violentos utilizados pelo Cirko para levar a mensagem a sério, mas estavam começando a pensar de forma diferente. Ash havia escutado mais de uma conversa sobre como talvez o Cirko Sombrio tivesse razão — talvez eles *devessem* encontrar o Professor e obrigá-lo a consertar o mundo.

Só que essas pessoas não sabiam como a viagem no tempo era perigosa e volátil. Como qualquer mudança, não importa quão pequena, poderia se reverberar pela história, espalhando ainda mais devastação.

A foto do Professor desapareceu e a imagem na tela da televisão congelou. As duas figuras encararam o público. Assustadoras e odiosas.

— É ele, né? — Levi perguntou, estreitando os olhos para o garoto à direita de Quinn. — É o...

— É ele. — Ash mordeu a parte interna da bochecha, examinando o garoto magrelo e sombrio com o corvo pintado no peito. Não importava o capuz na cabeça ou as sombras que encobriam seu rosto pelo ângulo da luz. Ash sempre reconheceria Roman.

Por um momento, ele foi transportado a outra mesa, em outro bar. Ash estava rindo tanto de uma história de Roman que derrubou cerveja na mesa. Ele fingiu que não tinha visto Roman acariciar as costas da mão de Zora, o toque se demorando.

Ele já era o Corvo, mesmo naquela época. Observando tudo. Colecionando segredos como se fossem pedaços de papel colorido. Antes de se juntar ao Cirko Sombrio, ele tinha sido seu amigo. Seu aliado.

E então havia traído todos eles.

DIÁRIO DO PROFESSOR — 3 DE DEZEMBRO DE 2073
11H50
ALOJAMENTO DOCENTE —
ACADEMIA DE TECNOLOGIA AVANÇADA DA COSTA OESTE

A boa notícia é que estamos todos bem. Zora e Natasha ainda estão um pouco aturdidas, mas ninguém se machucou.

Estão dizendo que o terremoto da semana passada alcançou 6.9 na Escala Richter. Foi o maior já visto em Seattle nos últimos cinquenta anos, pelo menos.

Consegui ir para a oficina hoje de manhã, e parece que a *Segunda Estrela* ainda está inteira. Havia algumas estantes derrubadas, ferramentas espalhadas, mas nada foi danificado.

Ainda não falaram quantas pessoas morreram, mas a cidade está bem destruída. Muitas árvores e cabos foram derrubados, e várias casas, arruinadas. A ATACO e o resto do distrito universitário ainda estão com energia, mas tivemos sorte. Eu fui ao centro para doar sangue, e todos os prédios estavam sem luz. Meio assustador.

Eu não tinha certeza se fazia sentido continuar minha pesquisa em meio a tudo isso, mas fiz uma reunião com o dr. Helm (o reitor da ATACO) ontem, e ele acredita que devemos continuar. O mundo precisa de esperança! A ciência é o futuro! Isso tudo aí. O dr. Helm entrou em contato com a NASA, e parece que vão querer tomar conta das operações diárias das minhas missões a partir de agora. O dr. Helm acha que esse projeto é grande demais para a universidade cuidar disso sozinha.

"Trabalhar com a NASA significa financiamento de verdade", ele disse. "Você vai poder organizar um programa inteiro de viagem no espaço-tempo, com as mentes mais brilhantes da nossa geração."

Ele está certo, claro, e preciso admitir minha felicidade pelo projeto não ter sido cancelado, mas acho que vou me sentir melhor sobre tudo isso se contratar alguém da cidade das barracas.

Deveria explicar a Cidade das Barracas. A universidade montou as barracas semana passada. Milhares de pessoas perderam suas casas depois do terremoto. Os abrigos lotaram rápido e não tinham capacidade para receber todo mundo que ficou desabrigado, então a universidade montou umas barracas roxas de emergência no campus. Há dezenas delas agora. Eu olho pela janela do escritório e tudo que vejo é um mar de roxo.

Outro dia estava atravessando a cidade das barracas para uma reunião no prédio principal e vi um garoto sentado do lado de fora de uma das barracas, brincando no computador. Ele não devia ter mais do que catorze ou quinze anos, mas já estava fazendo reconhecimento de padrões nos movimentos das placas tectônicas.

Eu perguntei se ele estava usando uma rede neutra para avaliar os dados, e ele me olhou como se eu tivesse dez mil anos de idade.

"Já fiz isso", ele disse. "E agora estou usando Python acelerado com uma GPU para torná-lo mais rápido, mas meu programa não consegue passar de dez petaflops sem um hardware melhor."

Eu parei para falar sobre o programa dele por um tempo, e até tentei ajudá-lo a deixar sua máquina mais rápida, mas o garoto está a anos-luz na minha frente. Está tentando descobrir um jeito de prever movimentação em falhas antes que o sismômetro indique atividade. É fascinante. Eu disse a ele que a ATACO tem um departamento inteiro dedicado a sismologia e que deveria pensar em estudar aqui depois que se formasse no ensino médio.

Só que ele só olhou para mim como se eu fosse louco e respondeu: "Eu não vou me formar depois do que aconteceu."

Eu acho que foi aí que percebi como esses terremotos estavam destruindo a vida das pessoas. Como é que posso ficar brincando no passado quando o presente está tão terrível?

Não sei como responder a isso ainda, mas acho que encontrei meu assistente.

Eu sei que a NASA talvez não fique feliz por eu ter contratado um garoto de catorze anos que largou a escola para me ajudar no que pode ser a maior conquista científica desde que o homem foi à Lua, mas Roman Estrada é um programador melhor do que metade do departamento de matemática da ATACO, então as pessoas vão precisar lidar com isso.

Tenho um bom pressentimento sobre esse menino.

9
DOROTHY

14 DE OUTUBRO DE 2077, NOVA SEATTLE

Dorothy lembrava-se de Seattle ter cheiro de fumaça e cavalos. Agora, quando ela respirava, sentia o gosto de sal no ar. Estava em um canal estreito entre dois prédios semissubmersos, as paredes cobertas por rabiscos. Pontes de madeira bambas se arqueavam acima de sua cabeça, fazendo chover detritos quando pessoas passavam com urgência.

Dorothy se inclinou para trás, protegendo os olhos da luz do sol poente. Dava para ver as solas dos sapatos das pessoas através das tábuas de madeira, bolsas gastas balançando nos quadris, as pontas dos dedos. Todo mundo parecia ter pressa. Ela se perguntou aonde estavam indo. Aquelas pessoas tinham trabalhos? Aulas? Famílias? Ela as observou por um momento, hipnotizada, e deu um pulo para trás quando um arco de água atingiu seus pés como uma onda. Um barco de formato estranho acelerou pelo canal, o motor rugindo como um animal.

Seu coração acelerou. *Extraordinário*, pensou Dorothy, apesar do nervosismo. Ninguém que ela conhecia jamais veria algo como aquele barco. Ela desejou ter outro par de olhos na nuca, pois estava girando sem parar, desesperada para não perder absolutamente nada.

Mais barcos apareceram conforme ela seguia para as docas. Alguns eram pequenos e rápidos, atravessando os canais estreitos com tanta rapidez que Dorothy sentiu dor no pescoço ao tentar acompanhá-los. Outros eram grandes e lentos, compostos por restos de objetos — pneus velhos, um pedaço de uma porta, um gaveteiro sem gavetas —, todos amarrados por uma corda grossa.

Ela olhou por cima do ombro para a janela da taverna. Não iria longe, disse a si mesma. Só até a esquina. Uma quadra, talvez. Voltaria antes que alguém nem sequer percebesse que tinha sumido.

Os prédios ficavam mais próximos conforme ela atravessava a cidade. A luz se refletia nas paredes de aço e vidro, tão brilhante que Dorothy precisava proteger os olhos. Em janelas abertas, placas manuscritas anunciavam lojas de equipamentos, mercados e o cardápio do almoço. Faziam Dorothy se lembrar das histórias que sua mãe contava sobre as cidades sem lei da fronteira, repletas de pessoas que haviam viajado até os confins do país para fazer fortuna. Elas pechinchavam e negociavam enquanto ela andava.

— Vinte dólares por uma caixa de leite! — um homem disse enquanto ela passava. — Isso é um absurdo!

— Não vai encontrar nada tão fresco assim tão a oeste do centro — a lojista respondeu. O homem grunhiu e passou um punhado amassado de notas para ela.

O sol estava perto do horizonte agora, lançando raios de luz incrivelmente brilhantes que reluziam nas águas e se refletiam nas janelas. A cidade parecia banhada a ouro. Dorothy escalou as passarelas até o nível mais alto e protegeu os olhos lá em cima, tentando ver o quanto o labirinto de prédios, pontes e canais se estendia. Ela não conseguia perceber onde acabava. Talvez continuasse para sempre.

Quando abaixou a cabeça de novo, seus olhos encontraram uma série de desenhos rústicos de tendas pretas nas paredes de tijolos ao seu lado, letras garranchadas entre as imagens.

O passado é nosso direito! Junte-se ao Cirko Sombrio!

Tinta escorria das palavras até a água lá embaixo, onde a cor se espalhava como pétalas.

Dorothy olhou para baixo, se perguntando o que havia sob as águas. Algas se estendiam do fundo, transformando-se em flores amarelas feias quando chegavam à superfície. Ondas chegavam até Dorothy, certamente causadas por um dos barcos. Ela deu mais um passo para a beirada do cais e esticou o pescoço, encarando a água escura.

Ela conseguia ver as silhuetas enormes de objetos perdidos sob a água. O topo de caixas de correios. Um banco de cimento. Veículos que pareciam apenas vagamente com o automóvel na garagem de Avery, com plantas atravessando os para-brisas quebrados. Placas de trânsito cobertas de algas.

Dorothy ficou de joelhos e se esticou sobre a beirada do cais, hipnotizada. Havia um mundo inteiro perdido sob as ondas. Era aterrorizante. Era fascinante.

Ela estreitou os olhos para algo que flutuava de uma das janelas de um carro. Era comprido e amarelo — uma planta, talvez? Dorothy se inclinou para a frente. A água agitou-se, fazendo o objeto se mexer. Pedaços menores e mais finos ficavam dependurados de um lado. Ela apertou os olhos. Quase pareciam…

Um gosto amargo tomou sua garganta. *Dedos*. Ela estava encarando os ossos restantes de um braço humano, a pele há muito dissolvida na água. De repente, Dorothy se lembrou da conversa com Ash na clareira.

Acredite em mim, você não gostaria do lugar para que estou indo.
Como o senhor sabe do que eu gostaria?
Ninguém gosta.

Dorothy tapou a boca com o punho para se impedir de gritar. Ela cambaleou para trás, quase perdendo o equilíbrio na pressa de se afastar da beirada. Havia um *corpo* lá embaixo. Talvez até mais do que um.

Ela se virou no lugar, tentando se lembrar de como chegar à taverna. Ela havia virado à esquerda na primeira ponte, então à direita e aí... *Porcaria*. Era inútil. Ela se afastara demais. Nunca encontraria o caminho de volta sozinha.

Duas garotas andavam apressadas por uma ponte na frente dela, discutindo. Dorothy se apressou para tentar alcançá-las.

— Cinco minutos não é grande coisa — disse uma delas.

— Ah, é? — A outra bufou. — Fale isso pra minha mãe. Ela tem certeza absoluta de que a Fox vai, sei lá, me comer se eu ficar um minutinho na rua depois de escurecer.

A primeira garota abaixou a voz.

— Qual é, você sabe que a Quinn Fox não é uma canibal *de verdade*, não é?

— Hum... Brian disse que as Aberrações do Cirko nem *falam* com ela porque o hálito dela tem cheiro de sangue.

— Meu Deus... que nojo.

Canibal, Dorothy pensou, e foi dominada por uma sensação de terror quando se lembrou da história de Ash. Ele estava mesmo falando a verdade?

— Com licença! — ela chamou. As garotas não se viraram, mas seus ombros pareceram ficar tensos. Elas deram os braços e começaram a andar mais rápido. — Esperem! — Dorothy chamou de novo, mas as garotas já estavam subindo uma escada apressadas, e lançaram olhares fulminantes quando entraram por uma janela que depois fecharam com força.

Isso não foi muito simpático da parte delas, pensou Dorothy, franzindo o cenho. Ela seguiu as docas sinuosas e instáveis enquanto a escuridão aumentava, o medo causando calafrios em sua espinha. A cidade estava lotada de pessoas apenas alguns minutos antes, mas parecia deserta agora. Dorothy tentou escutar vozes e ouviu apenas as ondas quebrando contra as laterais dos prédios e o vento passando pelos galhos brancos da árvore.

Então, uma luz apareceu na escuridão, entrando e saindo de foco. O coração de Dorothy teve um sobressalto. Ela escutava as vozes agora, rindo e conversando. Então, uma série de estampidos agudos ecoou pela noite.

Ela endureceu. Conhecia aquele som. Já ouvira aquilo muitas vezes, no calar da noite, do lado de fora de espeluncas que ela e a mãe às vezes frequentavam.

Tiros.

A luz se aproximou. Dorothy viu a silhueta de um barco, mas estava vindo muito mais rápido do que qualquer outro que já vira, praticamente flutuando acima da água. Ela se escondeu nas sombras por instinto, encolhendo o corpo junto à parede de tijolos para que não fosse vista. Cada nervo seu parecia em curto-circuito.

Um grupinho de pessoas estava a bordo do estranho barco motorizado. Usavam casacos escuros feitos de um tecido brilhante e fofo, os capuzes com bordas de pelúcia baixados sobre o rosto. Havia armas amarradas em suas costas — bestas, machados e tacos. Dorothy não conseguia compreender. As armas pareciam algo saído de um livro de história, e ela nunca vira roupas como aquelas.

Uma silhueta menor estava na frente do barco, um pé apoiado na amurada. Segurava uma lanterna em uma das mãos e um revólver pequeno e brilhante na outra. A arma explodiu novamente, e Dorothy estremeceu. A figura jogou a cabeça para trás e uivou para o céu, agitando a arma no ar.

Era só um garoto, Dorothy percebeu. Da idade dela.

O barco roncava conforme se aproximava, deixando a água agitada em seu rastro. Respingos atingiram o rosto de Dorothy, mas ela não ousava se mexer, nem mesmo para tirar a água do rosto. As pessoas encapuzadas não pareceram notá-la escondida nas sombras. Dorothy viu a luz ficar cada vez menor até o barco desaparecer cidade adentro, mas ainda assim não se mexeu.

O medo tomara conta dela, deixando seu corpo frio e seus joelhos bambos. Nunca vira nada como aquele barco ou aquelas pessoas. Pareciam saídos de uma história, e não da vida real.

Viagem no tempo, ela pensou, e um dedo gélido pareceu percorrer a base da sua coluna. Pela primeira vez desde que havia saído da janela da taverna, percebeu que aquilo não era uma brincadeira. Não era uma aventura. Ela era uma estranha naquele mundo perigoso e desconhecia as regras dali. Cruzou os braços com força, tentando se proteger. E ela, tola, tinha fugido das únicas pessoas que queriam ajudá-la.

Dorothy se apressou pelas passarelas, procurando algum estabelecimento ou placa — qualquer coisa que lhe indicasse que estava voltando para o lugar de onde viera. Mas a cidade era um labirinto.

Uma brisa passou pelos cachos na nuca dela, causando um arrepio. Na escuridão cada vez mais profunda, as árvores brancas pareciam teias de aranha. Na verdade, aquele lugar todo dava a impressão de algo vivo que crescia pelos ossos de um cadáver morto havia muito tempo.

Dorothy virou uma esquina e viu um garoto parado na ponta das docas, de costas para ela, o casaco sacudindo com o vento.

O corpo dela inteiro pareceu suspirar de alívio.

— Com licença?

O garoto se virou. Seus olhos eram de um azul profundo e vibrante contra a pele escura, e o cabelo preto ondulava para longe da testa em cachos bagunçados. Um corvo branco estava bordado na frente do casaco.

Dorothy sentiu algo que não conseguia nomear. Não era medo, nem exatamente reconhecimento. Ela recuou sem ter consciência do ato.

Só que então o garoto sorriu, e seu rosto todo se transformou. Ele parecia o protagonista de uma peça de teatro romântica. Dorothy nunca havia sido uma pessoa particularmente romântica, mas quando tentava imaginar que tipo de garoto atrairia sua atenção imaginava alguém com essa aparência, até mesmo a covinha que marcava o queixo dele. Era como se alguém tivesse tirado o rapaz diretamente de um sonho.

— Olá. — Ele deu um passo na direção dela, as botas pesadas fazendo as docas estremecerem. O canto do seu lábio se curvou.

— Talvez possa me ajudar — disse Dorothy. — Temo ter me perdido.

— Que estranho. — O garoto puxou um revólver do casaco. — Acho que você está exatamente onde deveria estar.

Dorothy sentiu sua garganta gelar e estremeceu os nervos dos seus dentes.

— Isso é uma arma — disse ela, que nem uma idiota.

— É mesmo — falou o garoto de forma leve, como se Dorothy houvesse elogiado seu lindo casaco. — É um revólver S&W de 1945, na verdade. Um querido amigo me emprestou ano passado.

Ele puxou o cão para trás com o dedo.

Tarde demais, Dorothy percebeu que deveria ter corrido. Deveria ter começado a correr no instante em que vira o garoto. Ela cambaleou para trás, mas, antes de conseguir dizer uma palavra, alguém a agarrou pelas costas, cobrindo sua boca e seu nariz com um pano.

Ela inspirou e, no mesmo instante, se sentiu tonta. As tábuas vacilaram sob seus pés. Dorothy puxou a mão cobrindo seu rosto, mas a força se esvaía de seu corpo. Seu braço pendeu, inútil.

No segundo antes de perder a consciência, ela teve aquela mesma sensação novamente — não medo, nem exatamente reconhecimento.

Déjà vu, ela percebeu, os olhos se fechando. Era isso.

Ela sentia que já havia vivido aquele momento.

10

ASH

Ash estava prestes a acenar para Levi pedindo outra bebida quando Willis apoiou os cotovelos no bar ao lado dele. A calota estalou, assustadoramente, sob seu peso.

— Capitão — disse ele, franzindo o cenho. — Temos um problema.

— Problema?

Como sempre, Ash ficou impressionado pela quantidade de músculos que Willis parecia precisar para formar uma expressão tão simples quanto franzir a testa. As sobrancelhas se apertaram, a mandíbula fechou com força, o bigode estremeceu.

Outro cliente passou atrás deles, deu uma olhada para o adolescente gigantesco e soltou um palavrão baixinho, derramando cerveja do copo.

— Viu o tamanho daquele cara? — murmurou para o amigo antes de desaparecer de volta na multidão.

Willis fingiu não notar essa conversa, mas Ash viu como seus dedos pressionaram o bar, os músculos nos ombros tensos. O Professor tinha encontrado Willis trabalhando em um circo como levantador de peso na virada do século XX. De acordo com ele, era o maior e mais intimidador homem que já viveu.

As narinas de Willis se alargaram. Ash sabia que odiava chamar a atenção.

— Que tipo de problema? — Ash perguntou.

— Dorothy sumiu — respondeu Willis. — Zora foi ao banheiro para ver se ela estava bem, mas tinha sumido. Parece que saiu pela janela.

Ash estudou um círculo de umidade deixado no bar por um copo.

— Já vai tarde — murmurou.

Só que havia algo mais complicado fazendo suas entranhas se retorcerem. Perambular por Nova Seattle depois do escurecer era uma sentença de morte. Ele pensou no pescoço pálido e longo de Dorothy, em seus ombros estreitos. Manipuladora ou não, ela parecia muito frágil — e não estava armada, pelo que Ash sabia. Ela parecia ser do tipo que escondia uma pistola embaixo das roupas.

Willis encarou Ash, que grunhiu.

Ela merece o que acontecer, pensou, afastando sua preocupação, mas não queria isso na sua consciência de forma alguma. Ash abriu um sorrisinho irritado e ergueu o copo quase vazio aos lábios.

— Me deixa adivinhar: Zora quer que eu seja um cara bacana e vá procurar a garota?

Willis hesitou. Ash sentiu um calafrio descer pela coluna e colocou o copo de volta no bar.

— Que foi?

— Tem… outra coisa — disse Willis. — Acho que é melhor você vir comigo.

Willis levou Ash para os fundos, para as docas que faziam a curva atrás do bar, conectando-os à malha maior de passarelas que cruzava toda a cidade. As docas embaixo dos pés de Ash oscilaram, seguindo o erguer e descer gentil das ondas. Ash vivia ali fazia dois anos. Ele pensou que pararia de notar o movimento, mas às vezes, quando ficava bem quieto, o oscilar fazia com que se sentisse instável. Como se uma tempestade estivesse borbulhando lá embaixo.

Enquanto eles andavam, Willis foi explicando:

— Quando Zora percebeu que Dorothy tinha ido embora, ela me mandou vir para cá e ver se eu conseguia encontrá-la.

Ash tamborilou os dedos na perna e, ao perceber o que estava fazendo, fechou o punho para impedir o movimento.

— Ela simplesmente partiu do princípio que eu não ia querer ajudar?

Willis ergueu uma das sobrancelhas grossas, sua forma de dizer que Zora claramente tinha pensado certo.

— Encontramos isso.

Ele parou, indicando com o queixo algo logo à frente. A estrutura de madeira balançou e, novamente, Ash ficou com a sensação de estar à deriva. De coisas se quebrando, afundando e desfazendo.

Quando apertou os olhos, viu que havia tinta na superfície da madeira, o preto ainda úmido e brilhante. Ao primeiro olhar, Ash pensou que eram apenas rabiscos — vandalismo casual não era tão incomum assim na cidade —, mas, conforme ele andou até a beirada do cais, os olhos começaram a juntar os riscos e curvas em palavras.

Achado não é roubado.

Ash encarou a frase, sentindo um mal-estar. O Cirko Sombrio raptava pessoas à noite. A cidade tinha um toque de recolher para proteger as pessoas disso, mas Ash ouvia rumores sobre amigos que desapareciam durante uma ida ao mercado, vizinhos que sumiam enquanto davam uma volta na quadra.

Ninguém sabia o que as Aberrações faziam com as pessoas que raptavam, mas Ash tinha a sensação de que davam uma olhada nos bolsos procurando bens preciosos e descartavam o pobre coitado. Tiros eram opcionais.

A mente dele ficou a mil.

— Não dá pra saber que foi ela...

Willis ergueu a mão. Um pingente prateado estava pendurado em seus dedos.

— Encontrei isso bem ali.

Ash engoliu um palavrão. Ele reconheceu o pingente. Era de Dorothy.

A culpa é toda dela, pensou, passando a bota na tinta recente. *Ela não deveria ter se afastado do bar, não deveria ter saído sozinha...*

Só que ele tinha instigado a garota. *Ali no banheiro tem uma janela. Promete que você vai olhar lá para fora.* Ele sabia que ela seria incapaz de resistir a uma espiadinha. Ela provavelmente só tinha saído para ver melhor, sem saber o perigo que a aguardava. Ash não tinha se dado ao trabalho de mencionar o Cirko Sombrio quando falou sobre viagem no tempo. Ele não tinha se dado ao trabalho de contar a ela nada sobre o estranho mundo novo no qual estava.

Mas que inferno. Se ela morresse, seria culpa dele.

— O que você quer fazer, Capitão? — Willis perguntou, ainda segurando o pingente. Revirou o cordão entre os dedos, o metal refletindo o luar.

Ash mordeu o lábio inferior. *Puta que pariu*. Isso não seria divertido.

— A gente precisa ir trazer a garota de volta.

Willis bufou por entre os dentes.

— Isso é uma missão suicida.

Ash sustentou o olhar de Willis. Ele tinha razão. Ninguém voltava do Cirko Sombrio. Sua sede ficava no velho hotel Fairmont, que tinha sido transformado em uma fortaleza. Havia guardas em todas as entradas. Barras de ferro nas janelas. Assim que as Aberrações pegavam alguém, a pessoa era dada como morta. Mas ainda assim...

Ele pensou em Dorothy parada no bosque atrás do jardim da igreja. *Por favor*, ela implorou. *Só preciso de uma carona.*

Ash estava certo em deixá-la para trás, mas, se ele a deixasse agora, seria como se a matasse ele mesmo.

Talvez fosse um babaca, mas Ash não era assassino.

— Por outro lado — Willis acrescentou, apertando seu olhar para as letras borradas —, pode ser divertido tirar algo de Roman para variar.

Ele parou, alisando o bigode com o polegar e o indicador. Quando falou novamente, sua voz estava muito controlada:

— Tenho um amigo que fazia algumas entregas para o Cirko. Ele me contou que tem uma garagem que dá direto na entrada do porão do hotel. Não tem guardas.

Ash ficou tenso.

— Por que nunca mencionou isso antes?

— Achei melhor guardar a informação para uma emergência. Não queria que você se enfiasse lá se desse na telha só porque sim.

Ash congelou. Ele não tinha certeza do que o incomodava mais: a ideia de que ele faria algo tão estúpido, ou o uso da frase "dar na telha".

— Isso conta como emergência pra você? — ele perguntou.

Willis estalou os dedos. O *creck* repentino das articulações parecia uma resposta clara.

11
DOROTHY

Dorothy abriu os olhos. O teto era um caleidoscópio — primeiro estilhaçando-se em uma dezena de sombras bruxuleantes cinzentas, e então moldando-se de volta ao lugar. Ela piscou e sentiu uma pontada dolorida na parte frontal do crânio. Com um grunhido, pressionou a testa com a palma da mão.

Isso é uma arma, ela se ouviu dizendo. Lembrava-se do pequeno objeto preto na mão do homem, o clique baixo do metal quando ele puxou o cão.

Não. Dorothy tirou a mão do rosto, os dedos nervosos passando pelo corpo sob suas roupas largas.

Não havia ferimentos, nem sangue, nem dor. Não havia tomado um tiro, então. Ela abaixou o braço, os dedos imóveis. Já era alguma coisa a se comemorar. Era importante apreciar as pequenas coisas da vida.

Abriu os olhos de novo, e, dessa vez, o teto permaneceu no lugar. Outra pequena vitória. Ela ergueu a cabeça com cuidado, piscando com força por conta da nova onda de dor. Estava deitada em uma colcha branca que havia começado a ficar amarelada nas beiradas. Havia outra cama ao lado dela, coberta por uma colcha igualmente amarelada, mas estava vazia.

É um hotel, ela percebeu. Ela e a mãe haviam ficado em hotéis quando foram ao Oeste. Eram lugares agradáveis e normais, com portas e janelas que qualquer idiota poderia abrir. Não havia motivo para entrar em pânico.

Dorothy respirou fundo, o nariz se preenchendo com fumaça de cigarro, e se sentou, tossindo. O aroma carregava memórias, memórias odiosas que ela tentara esquecer. Não era a primeira vez em que era raptada. Alguns anos antes, um beberrão havia agarrado-a enquanto trabalhava em um golpe com a mãe. Naquela noite, o bar também cheirava a cigarro, o fedor de peixe podre pesando no ambiente. Estava lotado, o som de risadas e gritos estalando no ar. Dorothy lembrava-se de ter gritado pela mãe conforme o homem a arrastava para fora do bar, seus gritos perdidos entre as piadas.

— Homens de verdade pegam o que querem — o homem rosnara, olhando para ela com malícia.

Ele apertara demais, os dedos machucando a pele dela. Ele claramente não tinha a intenção de ser gentil.

A beleza desarma, Dorothy pensou. Ela só tinha doze anos, mas a mãe já havia lhe ensinado aquela lição. Ela não tinha força para lutar, então erguera os olhos e oferecera o seu melhor sorriso, o que Loretta tinha obrigado Dorothy a praticar até que suas bochechas ficassem com câimbras. Por fim, o aperto diminuiu.

Dorothy não conseguia bem se lembrar de como escapara. Havia algo como um chute particularmente certeiro nas partes baixas do homem, e então uma disparada o mais rápido que conseguia com as saias pesadas e o corselete apertado. A mãe estava esperando no bar quando ela voltou e olhou para Dorothy quando ela passou pela porta com uma expressão indecifrável. A menina ainda estava ofegante quando se sentou ao lado da mãe.

— Por que você não foi me buscar? — ela perguntara. Era o pensamento que rondava sua mente conforme corria de volta para o bar, ansiosamente olhando por cima do ombro para ver se o homem horrível ainda estava em seu encalço.

Loretta erguera um copinho de conhaque até a boca.

— Como sabia que não eu iria?

Dorothy não respondera. Simplesmente soubera, da forma que a maioria dos filhos sabe que a mãe vai arrumar seu cobertor à noite. Ela se lembrava de gritar pela mãe enquanto o homem a arrastava para longe. Será que ela não tinha ouvido?

Loretta pousara o copo no bar novamente, uma gota de líquido âmbar escorrendo. Ela capturou aquela gota caída com a ponta do dedo, e então a ergueu aos lábios.

— Sempre haverá homens que vão desejar tê-la. Precisava saber que podia tomar conta de si mesma — ela dissera. — Não há espaço para covardes no nosso mundo.

Sempre haverá homens que vão desejar tê-la. Era a primeira vez que Dorothy entendia o que sua beleza realmente era. Um alvo. Uma maldição.

Agora, ela se forçou a se concentrar no quarto ao seu redor, respirar além da fumaça e a memória dos dedos de sua mãe secando aquela gota de conhaque. Ela se sentiu inútil e sozinha e com raiva.

E outra coisa também, algo que fazia com que não se sentisse bem humana, como se fosse uma coisa passível de ser possuída. Como se fosse inanimada, um objeto que poderia ser levado de um lado a outro de acordo com a vontade alheia.

Era uma sensação odiosa. Ela prometeu a si mesma que um dia seria forte o suficiente para impedir que alguém a levasse de novo.

Por enquanto, ela precisava sair daquele quarto.

Havia quatro portas: duas à esquerda, uma na parede mais distante e outra à direita. Ela se arrastou para fora da cama, quase tropeçando nos próprios pés. Testou a porta à direita, era o banheiro. A segunda era um armário. A terceira e a quarta estavam trancadas. É claro.

Dorothy xingou baixinho e se virou. O quarto era deliberadamente comum. As paredes e lençóis eram brancos, a poltrona e as cortinas eram azuis. Havia uma cômoda diretamente à sua frente, o tampo coberto por uma camada de poeira. Com as mãos tremendo, ela abriu as gavetas, sem se dar ao trabalho de fechá-las quando viu que estavam vazias.

Na última, ela encontrou um livrinho encapado em couro e com as bordas das páginas douradas. Ela o abriu. O diário parecia não saber em que página abrir e se contentou em algum lugar no meio. Dorothy voltou para o começo.

Uma caligrafia em bloco cobria as páginas cor de creme.

> Construí uma máquina do tempo.
> Neste último ano, todos os físicos teóricos e matemáticos e engenheiros no planeta Terra tentaram. Todos os dias há novas histórias sobre os fracassos deles, os financiamentos sendo cortados, a vergonha.
> Só que eu obtive sucesso.

Máquina do tempo. Por um momento, Dorothy esqueceu-se dos planos de fuga. Ela virou as páginas do diário com cuidado, encontrando esboços e notas apressadas e números rabiscados. E, apesar da caligrafia ser pequena e cuidadosa, havia um *anseio* na escrita. Uma vontade parecia pular de cada página, e aquilo deixou Dorothy sem fôlego. Ela imaginou-se voltando para a cama do hotel, devorando cada palavra.

O diário em si era irresistivelmente elegante, o couro macio e as páginas grossas, o tipo de livro que ela esperaria conter segredos deliciosos. Desejaria ter aquele objeto mesmo se o tópico não chamasse a sua atenção de imediato.

Dorothy pulou para a capa, relutando em deixá-lo de lado. Um nome havia sido escrito da parte de dentro da capa.

> Propriedade do Professor Zacharias Walker

Ela tocou a tinta borrada com a ponta do dedo. Então, tomando uma decisão rápida, enfiou o diário no cós da calça, colocando a camiseta por cima do volume para escondê-lo de vista. Queria encontrar um lugar silencioso para passar horas lendo o que estava escrito naquelas páginas. Trazia a mesma sensação que ela sentira ao ver a cidade: a ideia de algo maravilhoso e assustador e incrível. Como se algo empolgante estivesse prestes a acontecer. Ela cambaleou até a janela do outro lado do quarto e escancarou as cortinas. Barras de ferro rústicas tinham sido colocadas à frente do vidro. Ela fechou os dedos ao redor de uma e puxou com toda a força. Nada. Tinham a intenção de mantê-la prisioneira dentro desse quartinho, como um animal.

Não, ela pensou, puxando a barra novamente. Tinha que haver uma saída. Não existia um lugar que fosse completamente fechado e sem saída. Ela deu um passo para trás, pressionando a testa com dois dedos.

— Pense, inferno — ela murmurou, tamborilando o espaço entre as sobrancelhas.

Dorothy tateou a manga da camiseta, soltando um suspiro profundo quando sentiu as pontas duras dos grampos de prata que havia escondido no tecido. Nem tudo estava perdido.

Ela retirou um grampo da camiseta e ajoelhou-se no chão na frente da primeira porta. A tranca era estranha. Em vez de uma fechadura, havia apenas uma abertura comprida e fina. Dorothy passou o grampo na fenda e balançou a mão, mas não sentiu nenhuma conexão. Ela se sentou de volta em cima dos calcanhares, franzindo o cenho.

Havia outra porta trancada. Dorothy engatinhou até lá e testou a maçaneta. Não cedeu, mas ao menos era uma fechadura normal. Ela fechou um olho e observou a fechadura, então enfiou o grampo no buraco, sentindo um nó no fundo da garganta. Ela torceu a mão para a esquerda, depois para a direita. Algo encaixou...

A fechadura emitiu um clique. Dorothy colocou o grampo de volta na manga e empurrou a porta.

Levava a outro quarto, idêntico àquele de que ela havia escapado. Duas camas cobertas por colchas brancas. Poltrona azul. Cortinas azuis. Quatro portas. Dorothy testou todas às pressas. Banheiro. Armário. Trancada.

— Raios! — ela gritou, batendo na última porta trancada. Continha a mesma fenda estranha que a porta em seu quarto. Ela enfiou a unha na abertura estreita, mas não adiantou. Não entendia como funcionava. Estava presa. Verdadeiramente presa, pela primeira vez na vida.

Dorothy nunca estivera em um quarto de onde não conseguia escapar. Isso a deixava claustrofóbica. O ar parecia mais rarefeito e as paredes pareciam estar mais próximas a cada vez que ela piscava. Ela se apressou pelo quarto, desejando ar fresco. Poderia abrir uma janela à força, mesmo que as barras a impedissem de sair. Afastou as cortinas — e então congelou.

Não havia grades naquela janela.

Dorothy fechou os punhos, engolindo um grito de pura alegria. Ela encaixou os dedos na beirada da janela e puxou — abriu-se um espaço de alguns centímetros.

— Vamos lá — murmurou ela por entre os dentes.

Ela puxou de novo...

A porta atrás dela fez um clique. Dorothy se virou bem a tempo de ver uma luz verde brilhar na estranha fechadura. Ela se abaixou por instinto, agachada entre as duas camas. A porta se abriu com um rangido.

— ...porque se importa com o que ela fizer.

A voz era um ronronar baixo, como as cantoras de salão que Dorothy tentava imitar quando era pequena.

Ela se encolheu ainda mais atrás da cama, o coração batendo com força. Sapatos amassaram o tapete quando alguém entrou na sala.

— Não fique com ciúmes, raposinha — uma segunda voz disse, mais profunda. Dorothy ficou tensa, reconhecendo-a.

— Meu Deus, Roman, como eu odeio quando você me chama assim — a primeira voz disse.

O colchão ao lado da cabeça de Dorothy gemeu, os cobertores farfalhando no seu ouvido. Dorothy virou a cabeça para cima e sentiu o queixo cair.

Uma garota estava sentada a centímetros do esconderijo de Dorothy, que se moveu para ver a cabeça da garota e o topo de seus ombros estreitos do esconderijo ao lado da cama.

A garota era baixinha e bem magra, com cabelos de um branco puro caindo em cachos até as costas. Dorothy nunca vira cabelos tão perfeitamente brancos assim antes. Parecia algo saído de histórias de fantasmas.

— Está bem então, *Quinn* — disse Roman.

Ele se sentou ao lado dela. Dorothy não conseguia ver muito do garoto de onde estava, mas viu o braço dele abraçar os ombros da moça.

Apesar de seus instintos dizerem o contrário, Dorothy manteve a cabeça erguida, encarando a nuca da garota. *Quinn*. Havia algo magnetizante em sua presença. Ela parecia… majestosa. Por menor que fosse, ocupava espaço e tinha presença. O quarto inteiro parecia encolher quando ela se movia.

Dorothy pensou na própria mãe, e uma sensação gélida a tomou. Loretta provocava o mesmo efeito.

— Melhor — ronronou Quinn.

Roman pigarreou.

— Sabe que escreveram uma canção sobre nós?

Quinn inclinou a cabeça na direção dele.

— Não lembro exatamente a letra. — Roman cantarolou algumas notas de boca fechada, e então começou a cantar: — "Fechem bem suas janelas, crianças, a raposa e o corvo arranham o vidro…", e aí tinha alguma coisa sobre ser estripado. O que rima com "estripado"?

— Que adorável — disse Quinn, sem nenhuma alegria. Ela ficou em pé, a mão de Roman caindo na cama. Ela tocou o próprio pescoço com um dedo pálido. — Está tudo pronto?

Dorothy ergueu a cabeça uma fração de centímetro. Ela agora conseguia ver a mão de Roman. Ele fechou os dedos na palma e depois relaxou a mão. Dorothy ficou com a impressão de um amante repreendido.

— Pare de se preocupar... — Roman murmurou.

— Responda à pergunta.

— Tudo está pronto.

— Ótimo — disse Quinn.

Ela encarou a parede em frente, e Dorothy encarou sua nuca. Ela estreitou os olhos, estudando aquele branco. Tinha ouvido falar sobre tinturas de cabelo de diferentes cores, mas o cabelo daquela garota parecia crescer exatamente daquela forma.

Quinn estremeceu, como se pressentisse os olhos de Dorothy em sua cabeça. Ela começou a se virar...

Dorothy se encolheu tão rápido que um lampejo de dor passou pelo pescoço. Ela mordeu os lábios para segurar um grito. *Raios*. Será que tinham visto que ela estava ali?

Por um longo momento, ninguém falou. Parecia que ninguém nem sequer respirava. Dorothy estava tão apavorada que nem piscava. Ela apertou os lábios pulsantes. Esperou.

— E nossa nova convidada? — Quinn perguntou, depois de um tempo. — Verificou como estava?

Uma pausa.

— Não.

Ela estalou a língua.

— Melhor se certificar de que ela está confortável. Traga-me qualquer pertence valioso que encontrar e se livre do corpo. Precisamos do quarto vazio esta noite.

Mais passos ecoaram, então o rangido da porta se abrindo e se fechando quando Quinn deixou o quarto. Sozinho, Roman ficou de pé, o colchão gemendo conforme foi liberado de seu peso.

Se livre do corpo. Dorothy parecia só ouvir estática. Por mais que Quinn não a tivesse visto, Roman descobriria que ela não estava no quarto no segundo em que verificasse. Ela agarrou o carpete com os dedos, se erguendo de leve. Ouviu um barulho de passos enquanto ele andava até a porta que levava ao quarto dela.

Dorothy queria pular de trás da cama agora, mas se forçou a permanecer imóvel. Conseguia sentir o sangue pulsando nas veias das palmas das mãos.

Uma porta se abriu. Fechou.

Dorothy correu até a janela, o coração batendo como um tambor nos ouvidos. Puxou as cortinas para o lado com uma das mãos e segurou a vidraça com a outra. Com os músculos protestando, ela puxou.

A janela se abriu e o ar frio entrou no quarto, o vento afastando seus cabelos do rosto. Ela colocou a cabeça para fora e olhou para baixo...

... para baixo, para baixo.

Oito fileiras de elegantes janelas de vidro a separavam do chão abaixo. *Oito* andares. Dali de cima, a superfície da água lamacenta e marrom parecia dura e inquebrável. Ela morreria se pulasse daquela altura.

— Não há espaço para covardes no nosso mundo — ela murmurou, os lábios dormentes de medo.

A mãe a deixara no instante depois de dizer aquelas palavras, cruzando o bar para flertar com algum homem de negócios tolo o bastante para manter a carteira no bolso da frente. Ela deixara a bebida no bar e Dorothy a pegara, virando o restante do conhaque em um único gole.

Dorothy sentia o gosto do álcool queimando o fundo da garganta agora. Ela odiara a mãe naquele instante, mas não pôde evitar admirá-la também. Loretta não era o tipo de mulher que seria raptada. Os homens nunca olhavam para ela e pensavam que podiam possuí-la.

Ela teria ficado horrorizada se soubesse que a filha havia sido levada de novo. Que ela confiara em um homem com um sorriso gentil, mesmo que por um segundo. Loretta havia ensinado mais do que isso a ela.

Dorothy colocou o pé no parapeito e se ergueu, equilibrando-se na beirada. O mundo girava lá embaixo.

Ela hesitou, imaginando seus braços e suas pernas ficando dormentes conforme caísse, o pescoço quebrando-se no impacto com a água, perdendo a consciência enquanto o líquido gelado inundava a garganta e os pulmões. Os dedos dela se prenderam ao parapeito. Seria uma morte dolorida, se afogar. Muito mais do que um tiro na nuca.

Faça uma escolha. Deveria ser fácil. Morra pulando ou morra ficando.

Roman gritou algo do outro quarto. Uma porta bateu.

Dorothy fechou os olhos.

Faça uma escolha.

DIÁRIO DO PROFESSOR — 13 DE JANEIRO DE 2074
08H23
ACADEMIA DE TECNOLOGIA AVANÇADA DA COSTA OESTE

Faz pouco mais de um mês desde a minha primeira contratação, e Roman está se saindo muito bem. O garoto é um gênio (e não uso essa palavra levianamente). Ele já organizou os currículos para separar os candidatos mais impressionantes, atualizou o software do meu computador e me ajudou a entender, junto com Zora, o que estava fazendo o navegador interno da *Segunda Estrela* ficar avariado.

Tenho certeza de que ele será um grande assistente, então é hora de contratar o restante do time. Recebi a autorização para contratar outras três pessoas: alguém da área médica — para casos de emergência —, um segurança e um piloto.

(Minhas próprias capacidades de pilotagem foram consideradas "abaixo do desejável" depois de um teste particularmente humilhante com um piloto da NASA, mas isso não vem ao caso.)

Natasha disse que as mentes mais brilhantes da NASA nem sequer consideraram que seja necessário um *historiador de verdade* para pesquisar esses "passeiozinhos pela história", como ela gosta de dizer.

Por sorte, falei a ela, tive o bom senso de me casar com uma historiadora. Sabe o que ela respondeu?

Eu sou cara demais para você.

Ah, ter a minha linda e brilhante esposa ao meu lado enquanto faço história! Estamos destinados a ser a Marie e Pierre Curie da viagem no tempo.

De qualquer forma, Natasha teve uma ideia interessante sobre o meu dilema. Certa noite, eu estava reclamando que não conseguia encontrar as qualidades que queria entre os candidatos que a universidade ofereceu, e Natasha disse que talvez faria mais sentido voltar no tempo e encontrar os candidatos mais brilhantes na história.

Acho que ela estava brincando.

Mas imagine só: o homem mais forte de toda a história. A mente médica mais brilhante do mundo. O piloto mais talentoso...

Preciso pensar.

Roman me veio com uma pergunta curiosa outro dia. Ele perguntou se seria possível voltar no tempo e ajudar as pessoas da Cidade das Barracas.

Não podemos voltar no tempo e impedir que aquele terremoto aconteça, claro, mas Seattle não estava nem mesmo equipada com um sistema de avisos antecipados de terremoto, como existe na Califórnia e em Tóquio. Se tivéssemos um à disposição, milhares de pessoas não teriam morrido.

Eu quero desesperadamente dizer que sim, mas não consigo ver como podemos evitar um paradoxo.

Geralmente, há três tipos diferentes de paradoxos de viagem no tempo. Aqui me refiro ao primeiro, o "loop causal", que existe quando um evento futuro é a causa de um evento passado.

Por exemplo, se as inúmeras mortes causadas pelo terremoto me fizessem voltar no tempo para criar um sistema de avisos contra terremotos, o que então evitaria que aquelas mortes acontecessem, eu não teria um motivo para voltar no tempo.

Se não há causa, não pode haver efeito.

É claro que paradoxos são todos puramente teóricos. Não entendemos de verdade a forma que o futuro responderá às mudanças no passado até testá-las.

Tecnicamente, não devo voltar no tempo até escolher minha equipe, mas será que uma viagenzinha seria assim tão ruim?

Os loops causais são complicados, então vou deixar esse assunto para outro dia. Hoje, vou enfrentar o problema principal: o paradoxo do avô.

O paradoxo do avô é um paradoxo de consistência. Ocorre quando o passado é mudado de forma a criar uma contradição. Por exemplo, se eu voltar no tempo e matar meu avô antes de meu pai ter nascido, então meu pai não existirá para me criar, o que então faz com que seja impossível eu voltar no tempo para matar meu avô para começo de conversa.

Refutar isso vai ser fichinha. Tudo que preciso é de uma maçã.

Vamos chamar isso de missão Hera 1, em homenagem ao mito grego de Paris e a maçã dourada.

Meu objetivo, conforme expliquei, será refutar o paradoxo do avô. Farei isso pegando uma maçã da mesa da cozinha e colocando-a no banheiro. Então, vou voltar uma hora no tempo, pegar *aquela maçã* da cozinha e comê-la, tornando assim impossível para mim colocar a maçã no banheiro uma hora depois. É brilhantemente simples, certo? E nenhum vovô será prejudicado!

Vou atualizar quando voltar.

ATUALIZAÇÃO — 07H18

Eu comi a maçã com sucesso. (Meio louco, né? Levo meu diário comigo quando viajo no tempo, então consegui escrever esta atualização depois da atualização de uma hora no futuro, mas parece tão esquisito escrito aqui!)

ATUALIZAÇÃO — 09H32

O projeto Hera 1 encontrou um imprevisto. Natasha me informou que havia, na verdade, *duas* maçãs na nossa cozinha hoje mais cedo. Ela separou uma delas para comer de manhã. Foi *essa* maçã que comi quando voltei no tempo. Ao ver que a fruta tinha sumido, Natasha pegou a segunda e deixou na mesa da cozinha. Foi essa maçã que eu escondi no banheiro.

Natasha também declarou que prefere que eu não guarde mais frutas no banheiro, o que me parece razoável.

ATUALIZAÇÃO — 16H40

Passei o dia todo pensando nesse experimento. A questão é que eu *procurei* outras maçãs quando deixei a primeira no banheiro. Sou um cientista, afinal de contas. Sou doutor e mais do que escolado em experimentos controlados. Eu não deixaria um aspecto tão importante do experimento ao acaso.

Havia apenas uma maçã.

Só que Natasha diz que havia *duas*.

Nós teorizamos há muito sobre como a viagem no espaço-tempo causaria mudanças colossais no nosso *presente* — um efeito borboleta, por assim dizer.

(O efeito borboleta, é claro, é o conceito que diz que pequenas mudanças podem, paulatinamente, levar a mudanças maiores, por exemplo: uma borboleta bater suas asas e causar um furacão. Obviamente é muito mais complicado do que isso, mas para ser mais específico precisaria falar de teoria do caos, o que é teoria demais para um dia só.)

Eu me pergunto se essa é a pergunta certa.

Ou se seria melhor perguntar o seguinte: a viagem no tempo pode alterar o *passado*, assim como o futuro?

Em outras palavras, será que eu criei a segunda maçã quando mexi na primeira?

De forma interessante, isso me lembra do terceiro paradoxo da viagem no tempo, o paradoxo Fermi, que propõe: "Se a viagem no tempo é possível, onde estão todos os visitantes do futuro?" Se eu mudei o passado ao comer a maçã que deveria ser incomível, fica evidente que os viajantes no tempo podem mudar o passado ao simplesmente aparecerem.

De outra forma, não existem visitantes do futuro ainda.

Mas eles existirão.

12

ASH

14 DE OUTUBRO DE 2077, NOVA SEATTLE

A garagem do lado de fora do hotel Fairmont é exatamente como nas fotos que Ash tinha visto dos velhos shoppings do fim do século XX. Andares feios de concreto empilhados um em cima do outro. Canos enferrujados corriam ao longo das paredes e luminárias quebradas penduradas do teto. Um carro estava a certa distância, com as portas abertas, mas Ash ficou com a sensação que era puramente ornamental. Apenas os andares mais altos da garagem ainda estavam secos — os outros tinham sido tomados pela água lamacenta.

— Vamos? — perguntou Willis, erguendo uma sobrancelha.

Ash saiu do barco e se espremeu para passar por cima de uma parede baixa de concreto que separava o que sobrava da garagem da água em volta. Vários centímetros de água ainda cobriam o chão do outro lado, fazendo as botas ficarem ensopadas quando ele deu um passo.

— Tem certeza de que isso leva ao Fairmont? — perguntou ele, erguendo uma bota encharcada. — Porque parece inundado.

— É esse o objetivo. — Willis ergueu a lanterna, mas o feixe empoeirado era como um fósforo em um breu. Apenas deixava mais óbvio que a escuridão estava ganhando. — Vamos lá.

* * *

Eles desceram por uma escada estreita perto dos fundos da garagem. Em algum momento, o lugar devia ter estado inundado também, mas a água tinha sido afastada e a área, selada, deixando os andares mais baixos estranhamente secos. O cheiro de velho e de mofo erguia-se do chão, ficando mais forte conforme desciam, até que era quase como se outra pessoa estivesse ao seu lado. Ash se esforçou ao máximo para respirar pela boca.

Depois de um tempo, os dois chegaram a uma porta de metal, que levava a uma grande garagem aberta nos andares mais baixos da estrutura.

O espaço era comprido e tinha o teto baixo, a apenas a alguns centímetros de suas cabeças, a parede do outro lado parecendo quase uma miragem. Janelas enormes cobriam a parede à esquerda de Ash, e alguns dos painéis pareciam velhos e enevoados, outros obviamente novos e feitos de vidro grosso. Esse andar não estava embaixo d'água, mas do lado de fora essa seria a aparência dele. Ash via a superfície da água brilhando do outro lado do vidro, banhando todo o local com uma luz azulada.

— Que lugar é esse? — murmurou ele, passando ao lado de uma lata de lixo derrubada.

— Não sei — respondeu Willis. Ele parou ao lado de um automóvel quadrado, os pneus murchos há muito, com rachaduras no para-brisa. — Parece que querem construir alguma coisa.

— Mas o que eles estariam tentando…

Ash parou de falar, a pergunta respondida quando seus olhos pousaram em algo no meio da escuridão. A silhueta era prateada na luz baixa, uma estrutura de alumínio em formato de projétil.

Era terrivelmente familiar.

— Ash? — perguntou Willis, franzindo o cenho.

Ash passou por ele sem perceber que o amigo havia chamado seu nome. Estava escuro, mas ele achou que conseguia ver a ponta de uma asa pontiaguda e um brilho iluminando estrelas sombrias.

Um calafrio o percorreu.

Não pode ser.

Willis colocou a mão no ombro de Ash.

— Aquilo é...?

— Uma máquina do tempo — disse Ash, a voz rouca.

A primeira vez em que ele viu uma máquina do tempo foi no dia 25 de fevereiro de 1945, às quatro da manhã. Ele estava dormindo e, quando sentiu o toque no ombro, pensou que era o capitão McHugh, vindo para acordá-lo para uma reunião pré-voo. Ele grunhiu e se virou, relutantemente abrindo os olhos.

O homem que se inclinava sobre ele não era o capitão McHugh. Ele tinha pele negra e cabelo preto, e uma barba negra pontuada por fios cinzas. Ele também estava vestido com roupas estranhas, um paletó que servia mal e uma gravata listrada dura. Quase como se estivesse vestindo uma fantasia.

— Hora de acordar, sr. Asher — disse o homem.

Ele estava sussurrando, mas sua voz era tão profunda e rica que ecoava ao redor, não importava o volume.

A voz finalmente despertara Ash. Havia um homem no quartel. Um homem que de alguma forma havia conseguido passar pelos guardas armados na porta. O coração acelerou e ele deu um pulo para trás, se atrapalhando com a .45 carregada que sempre mantinha por perto.

O homem agarrou o braço dele, segurando-o com a força de uma prensa. Ash tentou se desvencilhar, mas ele era forte.

— Nada disso — o homem disse com o mesmo sussurro vibrante. — Não vou ficar muito tempo, e você não tem motivo para ter medo. Meu nome é Professor Zacharias Walker. Sou um viajante no tempo vindo do ano de 2075.

Ash encarou aquele professor por um longo momento, ainda inconscientemente tentando alcançar a pistola. Então o canto dos seus lábios subiu. Os rapazes estavam tentando fazer uma pegadinha com ele. *Viagem no tempo*. Bem, pelos menos essa era novidade, ele precisava admitir. Ash se perguntou onde tinham encontrado aquele cara de voz maluca e roupas estranhas. Provavelmente era só um bêbado que encontraram no bar ali perto, tentando ganhar algumas bebidas de graça.

O "professor" franziu o cenho.

— Posso ver que não acredita em mim. Se me acompanhar, posso oferecer provas.

Ash engoliu em seco, a voz ainda rouca de sono.

— Provas?

— Posso mostrar minha máquina do tempo.

Ash soltou uma risada curta, mas se sentou e colocou a jaqueta por cima do macacão, tentando se obrigar a fazer uma expressão séria.

— Pode ir na frente, velhote.

A máquina do tempo estava atrás do quartel, em uma área isolada um pouco além das árvores. Parecia um zepelim em miniatura, pequeno e com formato de projétil, com uma luz estranha saindo das janelas. Ash percebeu mais tarde que aquela era a outra máquina do tempo, a *Estrela Escura*. A que o Professor havia construído depois da *Segunda Estrela*. A que tinha usado para desaparecer.

Foi a luz que fez Ash parar. Ele tocou a lateral da nave, aturdido. O metal ainda estava quente.

— Por que está me mostrando isso? — perguntou ele, quando descobriu que conseguia falar novamente.

— Porque quero que você aprenda a voar nela — respondeu o Professor.

Agora Ash se aproximava, encostando na nave na frente dele. Quando viu aquilo nas sombras, ele pensou que fosse a *Estrela Escura*. Tinha o mesmo formato de projétil, as mesmas janelas redondas.

Só que aquela não era a nave do Professor — era uma réplica. As palavras CORVO NEGRO estavam escritas na lataria onde as palavras ESTRELA ESCURA estariam, caso fosse a mesma nave.

Também havia outras diferenças. A *Corvo Negro* era de uma cor de carvão profunda, diferente do alumínio reluzente da *Estrela Escura*, e o que Ash achou que fossem estrelas eram na verdade corvos, as asas pretas abertas.

Um calafrio percorreu Ash. Era uma sensação de déjà vu — ou um reflexo invertido de déjà vu. O Professor era o único homem na história que tinha conseguido construir uma máquina do tempo. Outros haviam tentado, antes do grande terremoto, mas nunca conseguiam ajustar os arrastos da forma correta; não sabiam que tipo de vidro conseguiria suportar a passagem por uma fenda sem rachar, ou como integrar corretamente a matéria exótica na estrutura do projeto.

Ash subiu na cabine principal da *Corvo Negro*. Era idêntica à da *Estrela Escura*. Os assentos na cabine estavam colocados em círculo também, todos se encarando. As paredes eram do mesmo bronze escuro e polido. Por um segundo, Ash imaginou que conseguia sentir o cheiro peculiar de colônia e fumaça de cachimbo típicos do Professor. Ele sacudiu a cabeça e o cheiro se foi. Aquela não era a nave do Professor. Era uma cópia.

Ele entrou no cockpit. Diferente da *Segunda Estrela*, a *Estrela Escura* tinha um painel de controle para estocar matéria exótica. O Professor havia construído uma nave maior um ano depois de completar a *Segunda Estrela*, quando já sabia mais sobre viagens no tempo e conseguira financiamento para construir a nave dos sonhos. Se a *Segunda Estrela* era um caça pequeno e rápido, a *Estrela Escura* era um cruzeiro de luxo. Fora projetada para levar um time de pessoas através do tempo o mais confortavelmente possível. Assim que o Professor a completara, ele dera a *Segunda Estrela* para Ash ter onde aprender.

O painel de controle interno era um dos elementos essenciais do projeto que nenhum impostor havia conseguido reproduzir corretamente, mas o do *Corvo Negro* era idêntico ao projeto do Professor, até mesmo com a fileira de luzinhas vermelhas que se acenderiam em caso de emergência. Nem a *Segunda Estrela* era tão avançada assim.

Xingando baixinho, Ash se ajoelhou. Na *Estrela Escura*, matéria exótica ficava estocada em um compartimento escondido sob um painel inferior. Ele passou a mão pelas alavancas e botões, até que um painel semelhante se abriu, revelando…

Nada. Ash suspirou, equilibrando-se nos calcanhares. Isso era um alívio, por menor que fosse. Sem a matéria exótica, Roman não conseguiria levar essa nave para uma viagem. Ash não sabia como ele havia conseguido recriar tão perfeitamente a *Estrela Escura*, mas sem a ME, a *Corvo Negro* era nada além de uma lata com status.

Tiros ecoaram pelo ar, interrompendo os pensamentos de Ash. Ele se virou, apertando os olhos para ver além das janelas da *Corvo Negro*. Os tiros vinham de longe, ecoando pelas paredes e pela água, mas não havia como confundir aquele *pop* repentino e horrível.

— Ash! — gritou Willis. — Rápido!

Ash ficou de pé de um pulo e saiu da máquina do tempo meio desajeitado. Willis estava de frente para as janelas, encarando a água escura que os cercava. O luar passava pelas ondas, criando ondas de luz no chão.

— O que houve?

Ash conseguia ver a silhueta difusa do hotel acima deles, com algo que parecia ser movimento acima.

— Uma briga, acho — grunhiu Willis.

Outros tiros ecoaram, parecendo mais perto. Balas mergulharam na água do lado de fora, deixando trilhas como estrelas cadentes.

Uma silhueta saiu do hotel e começou a se aproximar.

— Alguém pulou — comentou Willis.

As palavras mal haviam saído de sua boca quando um corpo emergiu. A água se agitou e borbulhou contra a janela e, quando parou, Ash viu características que ele reconhecia: olhos verdes arregalados, pele branca, cachos castanhos.

Seu corpo inteiro ficou tenso.

— É a Dorothy.

13
DOROTHY

Tudo que Dorothy via era branco.

Então o branco começou a tomar forma: árvores brancas, cabelo branco, dedos brancos em mãos brancas, flutuando em uma janela de um carro há muito enferrujado…

Mortas. Todas as coisas sob a água estavam mortas.

Dorothy piscou. *Água*. Ela estava embaixo d'água. O branco que estava vendo era o painel enevoado de uma janela de vidro. Uma silhueta se moveu por trás da vidraça, e Dorothy pensou ver os cachos brancos e casaco escuro de Quinn, mas então desapareceu.

Algo dentro dela gritou: *Nade*.

As sensações físicas a açoitaram. A água era tão gélida que sua pele ficou entorpecida, os braços e pernas, endurecidos. Parecia gordurosa nos olhos, embaçando a visão. A dor profunda chegou até sua cabeça. Ela chutou, com *força*, mas seus pés estavam pesados demais.

Algo zuniu por ela, roçando seu braço. Parecia quente — um fósforo aceso contra a pele. Outro seguiu um segundo depois.

Balas, ela percebeu. Alguém estava atirando nela.

Com os pés rígidos e quase congelados, ela forçou os dedos nos sapatos, tirando-os. Ela deu outro chute.

A superfície se aproximou. O luar reluzia na água. Precisou de toda a sua energia para bater os braços, arrastando o corpo cada vez mais para cima. Outra bala passou zunindo, tão perto do rosto dela que conseguiu sentir o calor na sua bochecha antes de desaparecer abaixo.

Só mais um metro... meio...

Dorothy atravessou a superfície da água, arfando. O ar queimava, mas ela o engoliu mesmo assim. Tinha um gosto doce. Quando seus olhos focalizaram, ela viu duas coisas ao mesmo tempo: as docas estreitas perto da beirada da parede do hotel e Roman.

Ele estava equilibrado no parapeito oito andares acima dela, calmamente recarregando o revólver. O vento açoitava o casaco contra suas pernas, o tecido preto parecendo maior.

— Isso foi muito corajoso! — ele gritou, mas o vento engoliu partes de sua voz, e parecia mais "I... oi... ui... corajoso!".

Dorothy o ignorou. Ele estava alto demais para fazer qualquer outra coisa além de atirar nela. Ela chutou a água, se agarrou às docas, fincando os dedos nas fendas entre as madeiras. Ela subiu...

Um estrondo ecoou acima, seguido de um grunhido. Ela olhou para cima.

Roman estava dois andares abaixo do original, descendo pelo andaime, a arma pendurada no cós da calça. Dorothy conseguia ver os músculos mexendo-se sob o casaco, flexionando e relaxando com facilidade, como se ele tivesse feito aquilo muitas vezes. Roman desceu em uma varanda do quinto andar, e então passou por cima da amurada, segurando-a com uma das mãos enquanto esticava a outra para o parapeito ao lado.

— Você aprende algumas coisas crescendo aqui — gritou ele. — Escalada, em especial, é uma habilidade útil. Eu odeio me molhar.

Ele se balançou em um gesto fluido, caindo para o andar de baixo, e então se esgueirou pelo parapeito estreito, como um ator de circo na corda bamba, antes de descer a uma varanda do terceiro andar.

Raios. Dorothy içou-se para as docas com toda a força que tinha. Ela ouviu outro baque. Roman devia ter pulado para o segundo andar. Com os membros rígidos de frio, ela se colocou de joelhos, e então ficou de pé. As pernas estavam bambas, ameaçando ceder.

Outro baque — esse fazendo com que o deque sob seus pés estremecesse. Dorothy ergueu seus olhos. Roman estava na sua frente, a arma pendurada preguiçosamente em uma das mãos.

Ele franziu o cenho e gesticulou com a arma.

— Você parece nervosa.

Essa declaração era tão absurda que Dorothy não pôde evitar a risada amarga que escapou de seus lábios.

— Você me *raptou*.

— Mais ou menos.

— Você ia me matar.

— Não seja absurda.

— Você... você *atirou* em mim — Dorothy cuspiu. A dor pulsava em seu braço onde a bala havia passado de raspão.

Roman ergueu apenas um ombro.

— De que outro jeito eu ia chamar sua atenção?

Ele deu um passo na direção dela, mudando seu peso dos calcanhares para as pontas dos pés de uma forma que impedia o deque de balançar. Era um movimento lento e cuidadoso, e fazia Dorothy se sentir como uma presa. Ela andou para trás por instinto, e Roman ergueu as mãos em um gesto de rendição. A arma estava pendurada no dedão.

— Sinceramente, estou chocado — disse ele. — Achei que você estaria mais curiosa.

— Curiosa? — Dorothy engoliu em seco, ainda de olho na arma. Ela não sabia do que ele estava falando. Considerou correr, mas o braço doía do ferimento de bala, e suas calças molhadas estavam tão pesadas que caíam dos quadris. — Sobre o quê?

— Você não quer saber por que eu te raptei?

Dorothy pensou no homem bêbado que tinha cheiro de peixe podre. *Homens de verdade pegam o que querem.* Os olhos dela voltaram para o rosto de Roman.

— Presumi que queria me roubar e me matar.

— Não seja ridícula. — Roman se inclinou na direção dela, como se estivesse prestes a contar um segredo. O hálito dele cheirava a folhas de hortelã. — A verdade é que estive te observando.

Mentiroso, Dorothy pensou. Era o tipo de coisa que ela conseguia se imaginar dizendo para fazer algum tolo baixar sua guarda. *Eu estive te observando lá do outro lado, e você é tão bonito. Se importaria muito se aproveitasse de sua companhia?*

— Impossível — disse ela. — Eu acabei de chegar.

Algo no rosto de Roman mudou, apesar de Dorothy não conseguir identificar de que forma. Era como se ele tivesse piscado para ela, mas não tinha feito isso.

— Estou te observando há mais tempo.

— Como?

— Minha querida Alice. Quando seguiu o coelho branco pela toca, caiu em um mundo onde o tempo é um círculo em vez de uma linha.

Coelho branco? Um calafrio a percorreu, fazendo os pelos no braço dela se arrepiarem.

— O que quer dizer com isso?

— Nunca leu *Alice no país das maravilhas*? — Roman sacudiu a cabeça, girando a arma ao redor do dedão. — Que pena. É uma das melhores obras literárias de *nonsense*. Você deveria ler. Acho que é da sua época, mas admito que não lembro exatamente quando foi publicado.

Ele sabe, Dorothy percebeu. De alguma forma impossível, Roman sabia que ela viera do passado.

Ela lembrava-se da sensação que tinha tido nas docas, logo antes de Roman raptá-la. A sensação de já ter vivido aquele momento antes.

Os pelos se arrepiaram ainda mais.

— *Tempo é um círculo em vez de uma linha* — repetiu ela. — Você está tentando me dizer que viu o futuro?

Um sorriso assustador apareceu no rosto dele.

— Talvez. Talvez até tenha visto o seu. Tem alguma coisa que deseja saber?

Dorothy deu um passo na direção de Roman, quase sem perceber o que estava fazendo. Perguntas tomaram sua mente como uma nuvem de confetes coloridos.

Terei que confrontar minha mãe de novo? Ash vai me mandar de volta para 1913? Vou acabar casando com Avery? Eu verei...?

Seu coração batia como um canhão. Ela piscou, se concentrando de novo no rosto de Roman. Sob o luar, seus olhos eram de um azul-escuro, não tão reluzentes quanto pareciam antes. Naquele instante, ela daria tudo que ele pedisse se isso significasse saber seu futuro. Entregaria a própria alma como se fosse um cachecol esquecido.

Dorothy sacudiu a cabeça, e as perguntas desapareceram. Em vez disso, ela viu a mão ressequida da mãe, com as unhas amareladas batendo. Ouviu a voz afiada de Loretta. *Tudo é um golpe.*

Ninguém oferecia algo em troca de nada. Se Roman estava prometendo um futuro, ele queria alguma coisa em troca.

Uma sombra esgueirou-se pela beirada da estrutura de concreto do outro lado do canal estreito, poupando Dorothy de ter que considerar a proposta de Roman mais a fundo. O rapaz estava de costas e não viu, mas Dorothy conseguia seguir o movimento da sombra pelo canto do olho.

Ela não queria chamar a atenção dele para o movimento, então piscou, deixando seu foco voltar para o rosto de Roman.

— Por que está me contando isso?

— Você me impressionou. — Havia algo faminto na forma que ele a encarava. — Você escapou de sua cela, escutou uma conversa particular, pulou de uma janela do oitavo andar. Seria uma pena se o mundo perdesse seus talentos. Gostaria de te oferecer um emprego.

— Um emprego?

Isso pegou Dorothy de surpresa.

Por um momento, ela ficou sem palavras — sentiu-se lisonjeada, até —, até se lembrar de que Roman a raptara e atirara nela. Indignação substituiu a lisonja.

— Não estou à venda.

Roman tirou um fiapo invisível da manga.

— Tudo está à venda.

Dorothy foi tomada por um desejo repentino de dar um tapa no rosto dele, um desejo ao qual teria cedido se Roman não estivesse segurando uma arma.

— Sinto muito por decepcioná-lo — disse ela, por entre os dentes cerrados.

— Quase nunca fico decepcionado. — Agora ele piscou. — Na verdade, tenho certeza de que vai mudar de ideia.

No fundo, a sombra se aproximou mais. Parecia um urso, a princípio, mas então a figura saiu à luz e Dorothy reconheceu o homem do bar. O nome dele era... Willis, não? Ele encontrou o seu olhar e ergueu um dedo à boca. *Silêncio.*

Enrolando, ela prosseguiu:

— Por que eu faria isso?

— Por poder. — Roman sorriu novamente, o mesmo sorriso assustador, com lábios retorcidos e dentes expostos. — *Dinheiro.* O que mais alguém poderia querer?

Dorothy sentiu uma dor no fundo do peito. Ele fazia Dorothy se lembrar de sua mãe. *Você coloca em risco tudo pelo que trabalhamos.* Isso fez com que ela se sentisse estranhamente vazia, Roman olhar para ela e pensar que era o tipo de garota que se importava somente com dinheiro e poder. Como na capela, ela foi tomada mais uma vez pelo pensamento de que sua aparência e sua essência não se encaixavam. Que havia algum erro.

Por sorte, Willis escolheu aquele instante para pular nas docas. Ele pareceu pairar no ar por muito mais tempo do que era fisicamente possível, então enganchou o antebraço gigantesco ao redor do pescoço de Roman. O garoto engasgou, soltando um palavrão, e os dois caíram na água com um estrondo, desaparecendo lá embaixo. Uma onda cascateou pelas docas, encharcando os pés descalços de Dorothy.

Ela hesitou por uma fração de segundo, tempo o suficiente para observar as ondas se espalharem pela superfície da água enquanto contemplava como tudo aquilo era estranho. Por que aquele homem que ela mal havia conhecido tinha vindo salvá-la? O que ele poderia esperar em troca?

Então, ignorando as perguntas, ela escolheu uma direção e correu.

14

ASH

Ash aguardou fora de vista, encolhido contra os tijolos sujos do Fairmont, o vento frio beliscando seu pescoço. Ele queria ver o que estava acontecendo do outro lado do hotel, mas não poderia correr o risco de estragar o esconderijo.

Trechos da conversa vinham com o vento.

— Seria... talentos...

— ... dinheiro...

Ele se esforçou para ouvir, mas a ventania rugia em seus ouvidos, e as vozes eram murmúrios baixos. Ash se encolheu na jaqueta, esfregando as mãos ressecadas para manter o sangue circulando. A qualquer momento...

Um grito interrompeu os pensamentos dele, seguido de um barulho de algo caindo na água. Willis tinha atacado. Ash deu a volta na quina do hotel e...

BAM. Algo pequeno e macio e cheirando a jeans molhado colidiu com ele, tirando seu fôlego. Ele tropeçou, as mãos no peito.

Dorothy caiu de costas nas docas, desabando na madeira com um baque. Ela estava molhada e pálida, os cabelos encharcados grudados no rosto. As pernas estavam em um ângulo estranho, que fazia Ash pensar em uma bebê corça aprendendo a andar.

Mas estava viva. Ash de repente pensou naquele corpo frágil afundando na água, as balas zunindo ao redor. Ele estava irracionalmente aliviado por Dorothy não estar machucada.

Ele engoliu em seco, tentando recuperar o fôlego.

— Droga, mulher — grunhiu ele. — Para onde você estava indo, em nome de Deus?

Dorothy afastou o cabelo molhado do rosto, franzindo a testa.

— O que está fazendo aqui?

— Vim te resgatar.

Ela se apoiou em um braço.

— Por quê?

Ash tinha quase certeza de que ela não teria feito essa pergunta se soubesse o quanto ele estava arrependido por ter instigado sua curiosidade na taverna. Era culpa dele Dorothy estar nessa bagunça. Ela devia considerá-lo uma pessoa horrível mesmo se achava que ele não viria salvá-la.

No entanto, em voz alta, tudo o que disse foi:

— Porque você precisava de ajuda.

Ela pareceu cética.

— Que bom samaritano você é.

A água respingou nas docas, interrompendo-a. Roman e Willis estavam se debatendo, tentando voltar à superfície, e Roman parecia tentar erguer a arma. Dorothy estremeceu e puxou as pernas da beirada.

— Ele só *pulou* em cima dele. Era esse o plano? Pular?

Ash sentiu o canto da boca estremecer, mas rapidamente engoliu o sorriso, lembrando-se de que era a segunda vez que havia se esforçado para ajudar aquela garota apenas para ser recebido com total ingratidão.

— Estava tudo sob controle se você não tivesse pulado de uma janela — disse ele.

— Eu *precisei* pular. Ele ia me matar!

A voz dela falhou na palavra *matar*. Ash franziu o cenho, de repente entendendo que Dorothy estava com medo, e só parecia estar com raiva porque ela não gostava de *admitir* que estava com medo. Ele passou a mão pela nuca, envergonhado por ter respondido à provocação.

Ela estava com uma aparência de dar pena, encolhida nas docas, encharcada e tremendo. Ele se lembrou de novo de ver seu corpo afundando. A sensação de alívio quando viu que ela estava bem. Seu pescoço ficou quente.

— Aqui — grunhiu ele, e se esticou para pegar o braço dela, mas ela arfou e se afastou. Irritação o tomou, e Ash perguntou, impaciente: — Quer ajuda ou não quer?

— Não é isso — Dorothy arfou, indicando o braço. — Eu... eu levei um tiro.

A noção de que Roman tinha machucado Dorothy fez Ash se sentir ainda mais culpado do que antes. Xingando, ele se ajoelhou nas docas ali ao lado, dobrando a manga da blusa com cuidado. Havia uma marca vermelha-escura na pele dela, ficando roxa, mas pelo menos não estava sangrando. A bala tinha passado de raspão.

— Você vai ficar bem — disse ele, delineando o machucado com o dedão. — O tiro não chegou a te atingir.

Dorothy fechou os olhos, a dor evidente no rosto, mas ela não se afastou, chorou ou arfou. Ash ficou impressionado. Aquele hematoma devia doer pra caramba.

— Então é um *bom* ferimento de bala — murmurou ela, ficando em pé.

De novo, os lábios de Ash quase formaram um sorriso.

Willis estava subindo de volta nas docas, puxando Roman pelo colarinho da camiseta como se fosse um gatinho. Roman tentou erguer a arma, mas Willis deu um tapa na mão dele e a pistola saiu rodopiando pelo deque, parando perto de onde Ash estava abaixado.

Ash pulou em cima dela, os dedos curvando-se ao redor do cabo familiar. Afinal, a arma era sua. Era o revólver S&W da marinha que ele tinha desde 1945. Roman o roubara um ano antes, na noite em que tinha ido embora. Segurando-o agora, Ash sentiu que algo voltava ao lugar. Um erro sendo corrigido.

Ele colocou uma bota no ombro de Roman, que ergueu o rosto com as pálpebras pesadas.

— Nossa — falou Roman, e os ombros de Ash ficaram rígidos por ouvir aquela voz tão familiar. — A turma toda está aqui.

Ash não estava preparado para a repulsa que tomou conta do seu peito. Ele tinha sua antiga arma nas mãos, e Roman estava diante dele no chão, derrotado. Esperava sentir raiva, mas era mais do que isso — era uma força da natureza. Tudo nele queria agarrar seu velho amigo pela gola e bater na sua têmpora com o cabo da arma. Bater até que começasse a sangrar.

Ele colocou a arma na cabeça de Roman.

— Como você conseguiu?

— Como eu roubei a sua arma? — Roman tossiu, cuspindo água. — Você guardava essa porcaria na mesa de cabeceira e dorme que nem uma pedra. Era como se você *quisesse* que alguém a roubasse.

— A nave, Roman. — Ash mantinha a arma firme, apesar de seus braços tremerem de raiva. Ele pensou na *Corvo Negro*, parada na garagem sob seus pés. — Construiu uma máquina do tempo. *Como?*

Roman lançou-lhe um olhar seco.

— Trabalhei com o Professor por muito mais tempo do que você. Você acha que ele nunca me ensinou nada?

— Ele está mentindo — disse Willis, por entre os dentes.

Ash também pensava que sim. O Professor não ensinaria nada assim tão valioso para Roman. Ele não tinha ensinado nem mesmo para Zora, sua própria filha.

— Precisa treinar melhor seu monstro — murmurou Roman, os olhos passando por Willis e de volta a Ash. — Está se metendo numa conversa onde não foi chamado.

Willis se impeliu para a frente, agarrou Roman pela jaqueta e o ergueu. O sangue esvaiu do rosto de Roman. Os pés dele flutuavam centímetros acima do chão.

— Do que você me chamou? — rosnou Willis.

— Willis — disse Ash, como aviso. Os olhos do amigo estavam incandescentes, a boca se abrindo em um esgar selvagem no rosto pétreo. Era uma ironia cruel que ele mais se parecesse com um monstro quando as pessoas o chamavam assim. — Larga ele.

— Sim, Willis — disse uma nova voz, uma voz que enviou calafrios pelos ossos de Ash. — Larga ele.

Ash tirou os olhos do rosto de Roman, pousando-os de novo em uma figura parada no deque a alguns metros de distância. O casaco dela era pesado, e o capuz escuro. Ela ergueu o braço, e Ash mal teve tempo de registrar a pistolinha prateada que estava segurando antes que o pedaço do deque bem em frente ao seu pé esquerdo explodisse em água e pedaços de madeira.

Ele cambaleou para trás, xingando. Conseguia sentir Dorothy encolhendo-se atrás dele, a mão pousando no seu braço.

— Eu a vi — sussurrou ela feroz. — Ela estava no quarto com Roman.

— É a Quinn — cuspiu Ash, os olhos passando pelo desenho da raposa branca no casaco.

Quinn deu outro tiro, e Ash sentiu o calor perto da perna.

— O barco está na esquina — disse ele. — Nos espere lá.

Dorothy não discutiu. Ash ouviu o som de seus passos apressados no deque na direção do barco. Willis parou ao lado dele, os dedos fechados em punhos, os olhos fixos na arma de Quinn.

— São mais difíceis de mirar do que pensei. — Quinn deixou a arma pendurada em seus dedos, parecendo entediada. — Você deveria ter me avisado.

Ela jogou a arma para Roman, que acabara de ficar em pé. Ele a pegou com uma das mãos.

— Você sempre preferiu as facas — respondeu ele.

— Verdade.

Quinn tirou duas adagas finas das dobras das mangas do casaco e bateu uma contra a outra. O som do metal era quase musical.

Ash captou o olhar de Willis e sabia que o gigante estava pensando a mesma coisa. Cada bar em Nova Seattle ecoava histórias sobre o que Quinn conseguia fazer com aquelas facas. Pele despedaçada e faixas sangrentas. Ash era muito bom com a pistola, mas agora parecia um brinquedo.

— Vamos embora — disse ele, erguendo as mãos e dando um passo para trás.

— Tarde demais para isso — retrucou Quinn, raspando as lâminas.

Havia algo escuro e enferrujado no metal. Uma sensação desagradável preencheu o peito de Ash.

Ele ergueu a arma no momento em que Quinn atacou...

Um motor cortou o ar, e o barco de Ash foi para a frente, com Dorothy agachada lá dentro com as mãos nos ouvidos. Ash ficou impressionado por uma fração de segundo, então o barco passou por ele, quase ultrapassando deque.

Merda, pensou ele, afastando-se de Quinn. Ela o acertou com a adaga, pegando um lado do rosto com a ponta da lâmina. Ash sentiu calor na bochecha, mas não tinha tempo de retaliar. O barco estava indo embora sem eles...

Ele correu pelo deque e pulou, caindo bem em cima do barco. Ouviu um respingo na água e percebeu que Willis havia mergulhado atrás dele.

— Não achei que continuaria andando — explicou Dorothy, sem fôlego. — Eu puxei a corda ali atrás, então...

— Está tudo bem. — Ash passou o braço por cima da cabeça dela, fazendo-a se abaixar quando outra bala zuniu pelo ar. Ele olhou por cima do ombro, vendo o último relampejo das silhuetas sombrias nas docas. — É só seguir em frente.

DIÁRIO DO PROFESSOR — 4 DE JUNHO DE 2074
12H02
A OFICINA

Eu sinceramente nunca achei que isso fosse acontecer, mas a ATACO e a NASA acabaram de aprovar o pedido, então parece que vamos em frente.

Vou conseguir minha equipe — e não só qualquer equipe. Lembra que a Natasha sugeriu voltar no tempo para recrutar os melhores candidatos de toda a história?

A ATACO e a NASA vão *me deixar fazer isso de verdade*.

O homem mais forte. A mente médica mais brilhante. O piloto mais talentoso.

Vou voltar no tempo e encontrar todos eles.

Natasha e eu passamos a noite discutindo exatamente como vamos conseguir fazer isso. O problema é que tirar pessoas da história — em especial pessoas extraordinariamente talentosas — costuma estragar as coisas. Só que Natasha teve uma ideia. Ela pegou um arquivo antigo de pilotos mortos e desaparecidos na Segunda Guerra. Era nos pilotos desaparecidos que ela queria que eu prestasse atenção. Sabe, *sumir* significa que só... haviam sumido. Ninguém nunca mais os viu. O governo dos Estados Unidos presumiu que tivessem sido mortos ou capturados.

Ou talvez não. Talvez tivessem sido recrutados por um cientista maluco do futuro.

Preciso admitir que parece um método perfeito de recrutamento. Tudo o que tenho que fazer é procurar esses indivíduos talentosos e especiais. E, se tiverem desaparecido, sei que eu já voltei no tempo e os encontrei.

Encontrar o resto do nosso time vai ser um passo empolgante, mas não é a única coisa na qual estamos trabalhando.

Roman e eu passamos os últimos seis meses realizando missões de exploração. Isso em grande parte consistiu em mapear a fenda e encontrar regras iniciais sobre o funcionamento do túnel do tempo. É um pouco entediante, na verdade, mas é necessário. Ninguém na história esteve dentro da fenda antes de nós e sobreviveu, então era essencial que nós a mapeássemos.

Agora que isso acabou, a ATACO e a NASA pediram uma série de missões mais ambiciosas. Mais especificamente, querem saber como podemos usar a viagem no tempo para melhorar nossas condições de vida atuais.

Em outras palavras, querem que eu volte no tempo e mude coisas.

Obviamente não sou fã dessa ideia. Ignora por completo o método científico. Nós não *mudamos coisas* simplesmente e cruzamos os dedos torcendo pelo melhor.

Nós observamos. Formulamos uma pergunta. Criamos uma hipótese.

Então conduzimos um experimento controlado e chegamos a uma conclusão com base nesses dados.

Era de esperar que a NASA estivesse do meu lado nessa, mas ultimamente estão mais interessados no que a mídia vai dizer do que em qualquer outra coisa.

Não é como se eu não entendesse os motivos. Não passei muito tempo escrevendo sobre o estado do país nesse momento, mas as coisas estão bem deprimentes. E não são só as tempestades. A tecnologia não está exatamente prosperando. Nós costumávamos ser a nação mais avançada no planeta e agora...

É como se o público tivesse perdido o interesse. Não confia mais na "ciência". Acho que a NASA espera que os experimentos com a viagem no tempo unam o país, como a ida à Lua nos anos 1960.

Não foi o que aconteceu. Em vez disso, o público se rebelou. Quer saber por que não estamos usando viagem no tempo para ajudar pessoas. Mudar as coisas.

Houve até protestos. Cartazes.

O passado é nosso direito!

Umas coisas assim.

Os protestos maiores aconteceram na nossa própria Cidade das Barracas, do lado de fora da minha oficina. Seattle não está se recuperando do terremoto com a rapidez que esperávamos. Partes da cidade ainda estão inundadas, e áreas enormes não têm eletricidade. Declararam estado de emergência, mas há limites para o que o governo pode fazer. A ATACO quer usar os experimentos para demonstrar à cidade que estamos dedicados a ajudar. Não posso culpá-los por isso. Eu entendo por que as pessoas querem consertar as coisas, entendo mesmo. Só que mudar o passado pode deixar tudo pior. Nós temos acesso a essa tecnologia não faz nem um ano. Não dá pra começar a bagunçar o passado antes de entender como tudo isso funciona.

De qualquer forma, estava explicando tudo isso para o Roman ontem à noite. Eu esperava que estivesse do meu lado contra aqueles charlatões da NASA, mas, em vez disso, nós tivemos nossa primeira briga de verdade.

Não vou dar todos os detalhes, mas ele disse uma coisa que me atingiu com mais força do que esperava.

Ele disse: "Você não perdeu nada nos terremotos. Ainda tem casa, família e um futuro. Não faz ideia de como é difícil para o restante de nós precisar acordar de manhã sabendo que tudo isso não existe mais."

Admito que não soube responder àquilo. Não consigo evitar pensar no software que Roman estava construindo no dia em que o conheci, sabendo que estava tentando prever terremotos antes que pudessem devastar cidades inteiras.

Às vezes eu esqueço que ele tem só quinze anos. No último ano, comecei a pensar nele como um cientista de verdade. Um colega, até. Presumi que era a pesquisa que o atraía no nosso trabalho de viagem no tempo.

Nunca me ocorreu que ele tivesse outros motivos para isso.

15

DOROTHY

14 DE OUTUBRO DE 2077, NOVA SEATTLE

A névoa se grudava à superfície da água, sugando qualquer cor que havia permanecido na cidade durante a noite. Apenas as árvores quebravam a escuridão, seus troncos de um branco fantasmagórico como giz. A Lua estava brilhando em algum lugar, porque as cascas pareciam reluzir.

Dorothy tremia, ainda molhada de sua queda na água. Segurava o medalhão com uma das mãos para se certificar de que ainda estava ali. Ash o devolvera, e ela esperava que sumisse de novo, perdendo-se para sempre. Duvidava que veria o vestido de noiva maltrapilho outra vez, então aquela era a única coisa que ainda tinha de sua própria época, e ela estava estranhamente sentimental sobre isso.

Ela mudou de posição, sentindo o calor do corpo dele atrás de si. Ainda estavam apertados no barquinho a motor, tão próximos que Dorothy conseguia sentir o braço de Ash roçar na parte inferior de suas costas cada vez que mudava de lugar. Uma névoa branca e salgada pairava sobre a água, cheirando a peixe, mas, quando o vento mudou, Dorothy ainda conseguia sentir toques do aroma esfumaçado de sua pele.

Ela queria perguntar a ele sobre as árvores brancas, mas segurou-se. Não queria entender a dinâmica entre eles, se fosse honesta consigo mesma. Ash não era mais um alvo, mas também não era um amigo.

Ainda assim, havia voltado para resgatá-la quando fora sequestrada.

Mas não de graça, lembrou-se. Tudo tinha um preço. Ash ainda não havia revelado o seu, mas ela sabia que viria.

Pareceu que chegaram às fronteiras da cidade. Havia menos pontes e prédios altos, mas objetos pontudos e sólidos ainda perfuravam as ondas. Dorothy tocou a lateral de um quando passaram, e sentiu a superfície dura e granulosa sob seus dedos, coberta por uma camada de musgo pegajoso.

Talvez um telhado? Era difícil dizer na escuridão.

Enfim, não aguentou mais. Ela se virou.

— Por que todas as árvores são brancas? — perguntou.

Ash guiou o barco em uma doca que aparentava seguir ao lado do telhado de um prédio submerso. Era difícil Dorothy distinguir os detalhes no escuro, mas o telhado parecia inclinado, com duas torres em formato de cone de cada lado.

Ash desligou o motor, mas o som do rugido ecoou pelo silêncio.

— Porque estão mortas — disse ele, enquanto Willis pegava uma corda debaixo do assento e começava a amarrá-la nas docas. — Um terremoto atingiu a cidade há dois anos e meio e causou um tsunami gigantesco. É por isso que Seattle está debaixo d'água, caso você esteja se perguntando. Enfim, a água salgada matou todas as árvores na hora, mas essas eram grandes o suficiente para continuarem em pé. São chamadas de árvores fantasmas. Os troncos que está vendo são só cadáveres.

Dorothy apertou os braços, o medo causando arrepios. *Fantasmas. Cadáveres.*

— Adorável — disse, engasgando.

Ash saiu do barco, lançando um olhar a ela.

— Talvez não, mas é nosso lar — disse ele. — As pessoas que sobreviveram passaram os últimos anos tentando tornar esse lugar habitável de novo.

Lar. Dorothy sentiu uma pontada de inveja da facilidade com que dizia essa palavra. Ela nunca havia permanecido em lugar nenhum tempo o suficiente para parecer um lar.

Ela ficou em pé, e o mundo inteiro balançou. Esticou a mão para se estabilizar, e Ash pegou seu cotovelo, equilibrando-a. As mãos dele eram mais macias do que ela esperava, as pontas dos dedos calejadas. As mariposas em seu estômago se reviraram.

Mariposas estúpidas, pensou ela. Demorou um instante para encontrar sua voz.

— Obrigada — murmurou ela, desvencilhando-se.

— De nada — resmungou Ash.

Willis abriu uma janela, permitindo que uma fresta estreita de luz aparecesse na escuridão ao redor deles. A luz iluminou uma fachada branca gótica, completa com uma torre de relógio e três janelinhas. Apenas o andar mais alto do prédio parecia estar acima da água. A torre do sino erguia-se acima dela, fazendo Dorothy pensar nas catedrais de Paris. Na escuridão, parecia assombrado.

Os dois homens entraram primeiro, e Dorothy os seguiu, grunhindo quando foi ao chão.

— Essa é sua casa?

— É um prédio abandonado.

Ash atrapalhou-se com algo que Dorothy não conseguia ver. Houve um sibilo e o cheiro de enxofre, então um fósforo se acendeu entre seus dedos. Ele retirou uma lamparina a óleo da parede.

— Não tem eletricidade? — perguntou ela, olhando a lamparina desconfiada. — Como é possível não haver eletricidade no futuro?

Futuro. A palavra fez sua pele arrepiar. Ela ainda não conseguia acreditar naquilo.

— O terremoto acabou com a eletricidade da maior parte da cidade — explicou Willis gentilmente. — A eletricidade é bem difícil de encontrar hoje em dia.

— Não é impossível, só difícil — acrescentou Ash. — Vamos.

A chama dançante deixava sombras profundas na cavidade das bochechas dele. Ele ergueu uma das mãos gigantesca, gesticulando para o resto do corredor.

— Vamos. Não queremos usar luz perto das janelas.

Eles percorreram um caminho por corredores retorcidos e quartos escuros, e Dorothy tentou não olhar muito para as fotos penduradas nas paredes. Eram coloridas. Eram azuis, vermelhas e verdes de verdade, como nas pinturas. Ela queria arrancá-las das paredes e examinar os detalhes perfeitos, mas segurou-se. Seu medo havia se tornado frenético, uma mistura estranha de pavor, excitação e adrenalina. Ela queria dar pulinhos pelo corredor e se esconder debaixo de um móvel grande, tudo ao mesmo tempo.

Deve ser assim ir à loucura, pensou ela, e teve o impulso repentino de rir de novo. Ou talvez vomitar.

Eles finalmente pararam em uma cozinha grande com mais coisas do que Dorothy já havia presenciado em um lugar ao mesmo tempo. Parecia o laboratório de algum cientista louco, como algo que havia sido sonhado em vez de construído. Livros, mapas e papéis cobriam todas as superfícies. Uma pilha de engrenagens cheias de graxa e fios ficava na ponta de uma longa mesa de madeira, embaixo um pedaço de jornal que não adiantava de nada para conter a bagunça. Várias camadas de jornais cobriam o chão, e caixas de papelão mofadas estavam empilhadas nas paredes.

Não havia um espaço sequer que não estivesse coberto em notas escritas. Papéis estavam empilhados, usados como apoios para engrenagens oleosas e parafusos enferrujados. Alguns haviam sido amassados em bolinhas e depois esticados de novo, os escritos passados a limpo em uma caligrafia mais escura e mais bagunçada. Uma pia enferrujada e um forno de formato estranho estavam encostados em uma parede, quase como se acrescentados de última hora.

Chandra estava de pé em um balde de ponta-cabeça no centro de tudo, procurando algo dentro de um armário em cima da pia.

— Jonathan Asher Jr., eu sei que tem um saco de batatinhas em algum lugar dessa cozinha. Se você escondeu de novo...

— Atrás do pão — disse Ash.

Ele retirou uma pilha de papéis de uma cadeira de madeira e fez menção para Dorothy se sentar. Ela continuou em pé por teimosia.

Chandra se virou, sacudindo a cabeça.

— Já olhei, e... — Os olhos dela encontraram Dorothy. — Vocês a encontraram! Graças a Deus. — Ela pulou do balde. — Eu não queria que a Quinn Fox te comesse.

Por um segundo, a voz de Dorothy ficou presa na garganta.

— Isso era uma possibilidade?

— Chandra — disse Ash. — Pega sua maleta? Ela levou chumbo no braço.

Chandra piscou, os olhos monstruosos atrás dos óculos espessos.

— Chumbo?

— Bala.

— Bala? Por que tinha uma bala? O que aconteceu? — Então, virando-se para Dorothy: — Você levou um tiro?

— Chandra? — Ash repetiu, mais severo. — Sua maleta. E avise Zora que a encontramos, está bem?

Chandra assentiu e saiu da sala apressada, lançando um último olhar ansioso para Dorothy.

— Zora também estava procurando por você — explicou Willis. Ele olhou para a cadeira perto da porta, mas pareceu decidir que as pernas magrelas dela não aguentariam seu peso e se apoiou na parede em vez disso. — Estávamos todos muito preocupados. A cidade não é segura de noite.

Preocupados. A palavra atingiu Dorothy com mais força do que esperava. *Por que* estavam preocupados? Em sua experiência, as pessoas não arriscavam suas vidas salvando mulheres estranhas de maníacos com armas por nada. Ela não queria pensar no que esperariam em troca.

Também te deram roupas, ela lembrou-se, e estremeceu-se enquanto acrescentava isso à sua lista mental. Jamais poderia pagar por tudo isso.

Ela mordeu a parte interna da bochecha, afastando os pensamentos.

— Onde estamos?

— Esse prédio costumava ser parte da universidade — respondeu Ash. — Antes de a cidade ficar submersa.

Dorothy ainda estava tentando processar a ideia de que toda a Seattle estava embaixo d'água, então se concentrou na parte que parecia familiar.

— A Universidade de Washington? — perguntou ela.

Avery a havia levado para ver a universidade na viagem à cidade há algumas semanas, mas era grandiosa na época, com tijolos vermelhos e trepadeiras. Não poderia ser o mesmo lugar.

— Tem certeza?

— Foi a Universidade de Washington até os anos 2060 — explicou Ash. — Então os cientistas começaram a estudar viagem no tempo mais a sério e se tornou a Academia de Tecnologia Avançada da Costa Oeste. Por uma década, esse foi o melhor lugar no mundo para estudar física teórica.

Dorothy piscou, em silêncio. Era informação demais. De uma vez só, o peso de cem anos de história pareceu girar ao seu redor, deixando-a atordoada.

Ela se afundou na cadeira que Ash havia oferecido sem fazer uma decisão consciente do ato.

— E todos vocês *moram* aqui?

— Moramos. — Willis acendeu outro fósforo e o abaixou para uma das bocas no fogão. Uma chama laranja se acendeu. — Gostaria de um pouco de chá?

— Sim, obrigada — murmurou Dorothy.

Seu batimento cardíaco estava fraco. Ela não tinha certeza de como o chá ajudaria, mas de repente precisava de algo quente em sua mão, desesperada. Era o tipo de coisa na qual a mãe dela insistiria.

Seu coração deu um salto. *A mãe dela.* Se houvessem viajado por mais de cem anos no futuro, então sua mãe já morrera havia muito. Todo mundo que Dorothy conhecia estava morto.

— Ah, céus — murmurou.

Havia sido mesmo naquela manhã que escapar de sua mãe era seu maior desejo? A noção de que ela estava morta, que Dorothy jamais a veria de novo...

Ash pigarreou.

— Eu, er, sei que é bastante coisa para entender — disse ele. — Mas fica mais fácil depois de uns dias. Confie em mim.

Confiar? Dorothy quase sentiu que riria, exceto que nada daquilo era remotamente engraçado. Como poderia confiar em um homem que acabara de conhecer? Loretta a havia ensinado a não confiar em ninguém além de si mesma.

A chaleira começou a assobiar. Willis a retirou do fogão, pegando algumas canecas lascadas em um armário.

De repente, algo ocorreu a ela.

— Como saberia? — ela perguntou a Ash.

Ash franziu o cenho.

— Como sei o quê?

— Falou que fica mais fácil, mas como saberia a não ser que você mesmo tivesse passado por isso?

Ele ergueu uma sobrancelha.

— Eu *passei* por isso.

Willis entregou a Dorothy uma xícara de chá, e ela pegou sem pensar, distraidamente erguendo a xícara aos lábios.

— *Você veio* do passado?

— Nasci em 1929. Fui embora em 1945.

— 1929 — repetiu Dorothy. Dezesseis anos depois de supostamente ter se casado. Ela soltou uma risadinha. — Você poderia ser meu neto.

Os olhos de Ash encontraram os dela.

— Mas *não* sou.

As pontas das orelhas dele ficaram rosadas de novo.

Dorothy sentiu um sorriso surgir em seu rosto. Ela estava certa. Era divertido provocá-lo.

Ela engoliu, mal notando que o chá estava queimando sua língua.

— Mas *poderia* ser. Como é que um de nós pode ter certeza disso? — O sorriso se espalhou por seus lábios. — Talvez você devesse me chamar de vovó?

As orelhas de Ash foram do rosa para o vermelho.

— Olha só, princesa, talvez você achasse que era apropriado entrar de clandestina numa nave estranha — disse ele, por entre os dentes —, mas o resto de nós chegou aqui do jeito antigo.

— Meu nome é *Dorothy*, não princesa — disse ela, o sorriso sumindo. — E o que isso significa? "Do jeito antigo"?

— Havia regras sobre como fazer isso. Fomos todos recrutados. — Ash esticou o queixo para apontar algo atrás da cabeça de Dorothy. — Veja você mesma.

Dorothy se virou na cadeira, fazendo um pouco do chá respingar da xícara. Havia fotos na parede atrás dela. Uma foto em preto e branco de Willis vestindo um macacão justo minúsculo que exibia cada um de seus enormes músculos. Um rascunho de Chandra, parecendo estranhamente um menino, o cabelo preto curto. Uma fotografia em cores de Ash com um par de óculos de segurança na testa e graxa nas bochechas.

Essa fotografia foi particularmente chocante. Ash estava sorrindo, feliz. Muito mais feliz do que Dorothy o tinha visto na vida real. Ela estava se coçando para tocar na imagem, para passar um dedo no seu sorriso, mas se segurou.

Alguém havia colado uma folha escrita acima deles. Dorothy alisou o canto, apertando os olhos para ler na luz fraca.

Agência de Proteção Cronológica.

— O que é uma agência de proteção cronológica? — perguntou ela.

— Era pra ser uma piada — disse Ash, coçando o nariz. — Um matemático disse certa vez que, se a viagem no tempo fosse real, precisávamos de uma lei protegendo a cronologia para impedir as pessoas de voltarem no tempo para matar seus pais.

Dorothy arregalou os olhos.

— É possível fazer isso?

— Não sabemos. Parte da pesquisa do Professor envolvia voltar no tempo para averiguar como as mudanças do passado poderiam afetar o mundo agora.

Algo chamou a atenção de Dorothy.

— Professor?

— Professor Zacharias Walker — explicou Asher. — Ele é meio que o pai da viagem no tempo. Construiu a primeira máquina do tempo e descobriu como se estabiliza uma fenda usando a matéria exótica.

Professor Zacharias Walker. Um calafrio percorreu os braços de Dorothy. Ela conhecia esse nome. Estava escrito no diário naquele momento enfiado no cós de sua calça.

— Legal, né? — Chandra interrompeu, voltando para a cozinha com a maleta preta embaixo do braço. Ela largou a maleta na mesa bagunçada, fazendo uma engrenagem oleosa rolar para o chão. — Braço, por favor.

Dorothy esticou o braço machucado enquanto Chandra procurava algo na maleta, tirando um rolo de gaze, uma garrafa de unguento e algumas bolas de algodão.

— Por que esse... Professor voltaria no tempo para encontrar um bando de garotos?

Ash começou a responder, mas parou. Ele pressionou os lábios, pensando por um instante antes de continuar.

— A ideia é que seríamos parte de uma missão — disse, cauteloso. — Bem, uma série de missões de volta ao tempo. Somos um time, como falei antes. O Professor sempre foi um pouco... — Ash pigarreou — ... *excêntrico*.

— Ele quer dizer doido. — Chandra abriu a garrafa e começou a molhar um dos algodões.

— Extravagante — acrescentou Willis, o bigode estremecendo enquanto bebericava o chá.

— Tanto faz — disse Ash. — A questão é que o Professor pensou que era uma perda de tempo ter as mentes mais brilhantes da história ao seu alcance e não *usá-las* de verdade. Então, em vez de contratar gente do seu próprio tempo, pegou a máquina do tempo para encontrar os melhores entre os melhores. Sabe, o melhor piloto, o homem mais forte, a médica mais brilhante...

— Essa sou eu — disse Chandra. — Agora aguenta firme, porque isso vai doer pra caramba.

Ela pressionou o algodão no braço de Dorothy, e o machucado ardeu. Dorothy xingou e tentou se afastar, mas Chandra a segurou firme pelo pulso.

— Você quer que seu braço tenha uma infecção, fique verde e caia?

— N-não — Dorothy gaguejou. A dor fez seus olhos lacrimejarem.

— Bom. Então fica quieta.

Dorothy trincou os dentes e assentiu, olhando para a parede de fotos para distrair-se da dor. Havia uma última fotografia, mas o rosto da pessoa havia sido arrancado, somente os ombros e o topo do colarinho do homem visíveis.

Abaixo estava escrito *Roman Estrada*.

— Roman — sussurrou ela, esquecendo-se momentaneamente da dor em seu braço.

Ela pensou no garoto de cabelos escuros com um sorriso cruel. *Quando seguiu o coelho branco pela toca, caiu em um mundo onde o tempo é um círculo em vez de uma linha.* A boca dela ficou seca.

— *Ele* era parte disso?

— Sim, era. — A voz de Ash parecia mais rouca do que um instante atrás, e havia algo complicado passando pelos seus olhos. — Roman foi o primeiro contratado pelo Professor, mas tiveram uma briga enorme um ano atrás. Foi aí que Roman foi embora para se juntar ao Cirko.

Dorothy franziu o cenho, vendo a emoção passar pelo rosto de Ash. *Tem algo que ele não está me contando,* pensou ela, só que fazia sentido. Haviam acabado de se conhecer, afinal. Apenas um tolo confessaria todos os seus segredos.

Ela se endireitou. Ao menos isso explicava o motivo de Roman ter o diário do Professor. Ele deve ter roubado.

— O que é o Cirko? — perguntou Dorothy.

— O Cirko Sombrio — diz Chandra. — Eles são os malvados.

Dorothy lembrou-se das imagens que vira pintadas nas paredes da cidade. Tendas de circo pretas em padrões repetidos. *O passado é nosso direito!*

— O que eles querem? — perguntou ela.

— Querem voltar no tempo — disse Ash. — Eles acreditam que é a chave para resolver todos os nossos problemas.

— E não é?

Ash lançou a ela um olhar irritado.

— Não — respondeu simplesmente.

Dorothy mordeu o lábio para impedi-lo de se torcer em um esgar. Ash disse aquele *não* como se fosse óbvio, mas quais tipos de problema não podiam ser resolvidos com *viagem no tempo*? Ela estava inclinada a desgostar das pessoas do Cirko depois do rapto e da tentativa de assassinato, mas parecia que tinham uma boa ideia.

— Viagem no tempo é... complicado — continuou Ash. — Na maior parte, se você volta e tenta mudar alguma coisa, acaba atrapalhando ainda mais.

— Então vocês não fazem nada? — perguntou Dorothy, decepcionada. — Não é entediante?

— Sim — murmurou Chandra.

— Estamos procurando pelo Professor. — Ash lançou a Chandra um olhar que ela fingiu não ver. — Voltamos aos lugares que pode ter visitado. Ele levou a *Estrela Escura*...

— *Estrela Escura?* — perguntou Dorothy.

— É outra máquina do tempo.

— Como a sua?

— Melhor do que a minha. O Professor a pegou um ano atrás e desapareceu. Pode estar em qualquer lugar, em qualquer época. O Cirko Sombrio é... problemático, mas o Professor saberá como lidar com eles. Nós só precisamos encontrá-lo e trazê-lo de volta.

Dorothy estudou o rosto de Ash, se perguntando se sabia da existência do diário do Professor. Se era assim tão importante encontrá-lo, precisavam de toda ajuda possível. Ela sentiu o livreto estreito remexer no cós da calça, molhado, porém intacto. Só torcia para que ainda estivesse legível.

Ela não precisava dizer a ele que tinha o diário, mas se lembrou de quanto já devia àquelas pessoas. Chandra já a havia curado — *duas vezes* — e oferecido roupas e chá...

Dorothy olhou para Willis. *Estávamos todos preocupados*, ele disse. Como se ela fosse uma amiga.

Dorothy mordiscou o lábio. Ela não tinha amigos. Nunca ficaram em nenhum lugar tempo o bastante para conseguir fazer um vínculo de amizade; de qualquer forma, a mãe dela considerava amigos desnecessários. Loretta somente confiava na filha e nas pessoas que poderia pagar. Seu círculo de confidentes era pequeno.

O de Dorothy era ainda menor — ela só confiava em si mesma. Essas pessoas não eram suas amigas, mas ela não queria ficar em dívida. Entregar o diário os deixaria quites.

Resignada, ela tirou o diário do seu esconderijo, estendendo-o entre dois dedos como uma meia suja.

— Isso ajudaria?

16
ASH

Ash encarou o livrinho preto, o sangue pulsando em seus ouvidos.

Onde ela conseguiu isso? Era apenas a primeira de uma dúzia de perguntas que passavam por sua cabeça, mas as outras eram apenas variações do mesmo tempo.

Por exemplo: *Como ela encontrou isso?* E *quando?* E *mas que droga é essa?*

Então, Dorothy disse:

— Encontrei no hotel.

Ash se sentiu um idiota.

É claro.

Roman havia saqueado o escritório do Professor na noite em que partiu para juntar-se ao Cirko Sombrio. Primeiro parecia que ele só havia destruído coisas. As estantes estavam derrubadas, caixas rasgadas abertas, livros espalhados pelo chão. Ele devia ter roubado o diário naquele dia.

Ash pensou na máquina do tempo escondida nas profundezas da garagem do Fairmont, uma cópia quase exata da *Estrela Escura*. Ao menos isso era um mistério resolvido. Os planos da máquina do tempo estavam todos no diário.

Ele pigarreou.

— Cadê a Zora? — perguntou ele, surpreso com a normalidade em sua voz.

— Ela estava amarrando o jet ski quando eu... — disse Chandra.

— Vá buscá-la.

Chandra resmungou algo sobre pedir "por favor", então Ash escutou seus passos saindo do corredor. Ele não queria observá-la enquanto ela ia embora — não ousava desviar os olhos do diário na mão de Dorothy. Haviam passado meses organizando os bilhetes e notas, desesperados, esperando não terem deixado passar um bilhete esquecido escrito no guardanapo de um restaurante de fast-food, uma data desenhada no canto de um caderno.

E agora isso. Algo que poderia levá-los diretamente ao Professor. Parecia bom demais para ser verdade. Ash quase esperava que desaparecesse.

Então, *de fato*, desapareceu.

Ash piscou.

— Que foi isso? Onde foi?

— Guardei em um lugar seguro — disse Dorothy, esticando seus dedos. — Quero mais algumas informações antes de entregá-lo.

Ele exalou, muito devagar.

— Você não faz ideia do quanto isso vale.

Os olhos dela brilharam.

— Então me diga.

Ash não gostou da expressão no rosto dela. Era uma expressão que dizia que ela sabia exatamente o quanto o diário valia, e já sabia muito antes de tirá-lo do lugar e acená-lo diante de seu nariz. Ela queria usá-lo como moeda de troca.

Os músculos no ombro dele ficaram tensos. Era difícil decifrar exatamente como estava se sentindo naquele momento. Empolgado com o diário, frustrado com Dorothy.

E, no fundo de tudo aquilo, uma fraqueza, como se estivesse prestes a desmaiar se não se forçasse a se lembrar de que precisava respirar em intervalos regulares.

Ele pensou, sem querer fazer isso: *Talvez eu não precise mais morrer.*

Era uma coisa profundamente pessoal e primitiva ter esperanças, e ele ficou envergonhado por pensar isso na frente de Dorothy, o que era ridículo. Dorothy não sabia o que ele estava pensando.

— Está bem.

Ash passou a mão pelo cabelo e viu que ainda estava úmido de suor e graxa de motor. Ele já sabia que não poderia dizer a ela o motivo verdadeiro por precisar encontrar o Professor. Só em pensar em admitir a ela que a mulher que ele amava iria matá-lo o incomodava por razões que ele não queria examinar muito de perto, mas poderia dizer alguma coisa.

— A questão da viagem no tempo é que muito do que sabemos é teórico — disse ele. — Cientistas passaram séculos estudando conceitos e tendo ideias, mas nunca foram testadas porque não podiam fazer isso. Até que o Professor apareceu.

Dorothy franziu a testa.

— É para isso que serve a Agência de Proteção Cronológica? Vocês todos deviam voltar no tempo e fazer experimentos?

— Sim. Mas, antes de chegarmos, o Professor passou anos fazendo experimentos ele mesmo, os quais documentou nesse diário que você encontrou. Uma das coisas que ele descobriu é que o tempo é infinitamente mais complexo do que qualquer um já imaginou. As pessoas sempre pensaram que fosse um rio que flui em apenas uma direção: para a frente. Mas é muito mais parecido com… bem, um lago, por falta de outra metáfora melhor.

— O tempo é um círculo, não uma linha — murmurou Dorothy, quase que para si mesma.

Ash piscou, surpreso. A viagem no tempo era difícil de explicar, e ainda mais difícil de compreender. Demorava certo tempo para as pessoas compreenderem.

A opinião dele sobre Dorothy mudou para incluir essa nova informação. Ela era mais inteligente do que ele havia imaginado. Talvez muito mais.

— Exatamente — disse ele. — O tempo se move ao nosso redor, todo ao mesmo tempo. A Agência de Proteção Cronológica buscava entender o que acontecia quando se voltava no tempo e começava a mudar as coisas. Só que antes de começarmos nossa missão houve um terremoto gigantesco.

— Foi isso que inundou a cidade?

— Na verdade, foram vários terremotos — Chandra interrompeu. — Houve um 4.7 em 2071 e um 6.9 em 2073.

— Chandra está certa — disse Ash. — Houve alguns terremotos que o precederam, mas o terremoto da falha de Cascadia, também conhecido como o megaterremoto, foi o maior. Atingiu 9.3 na escala Richter, facilmente o terremoto mais devastador em toda a história dos Estados Unidos. Destruiu toda a Costa Oeste, matando cerca de trinta e cinco mil pessoas. Foi tão ruim que o governo não foi capaz de descobrir como consertar a cidade depois, então decidiram remarcar as fronteiras do país.

As sobrancelhas de Dorothy subiram.

— Perdão… remarcar as fronteiras? O que isso significa?

— Significa que, oficialmente, os Estados Unidos começam nas Montanhas Rochosas e acabam no rio Mississippi.

Dorothy abriu a boca, talvez para perguntar o que havia acontecido com a Costa Leste, então questionou outra coisa:

— Não estamos mais nos Estados Unidos?

Ash balançou a cabeça.

— Essa área é chamada de Territórios Ocidentais agora. É terra de ninguém.

Dorothy mordeu o lábio, e Ash pensou ver um relâmpago de medo passar pelo rosto. Isso o surpreendeu. Ela não parecia capaz de sentir medo.

— Isso é terrível — disse ela, depois de um instante —, mas não consigo entender o que tem a ver com viagem no tempo.

Ash hesitou, lembrando-se. Antes do terremoto da falha de Cascadia, todos eles haviam voltado para o dia 20 de julho de 1969, para ver a *Apollo 11* descer na Lua. Não tinha sido sua melhor viagem — não tinham um lugar para ver a filmagem, então se aglomeraram em um saguão lotado de um hotel. Estava calor demais, e a filmagem era granulada, a transmissão, horrível. Só que também havia sido impressionante no sentido mais verdadeiro da palavra. Causava uma impressão e tanto.

Então, somente algumas horas depois, saíram da fenda e seu mundo estava mudado. A água cobria a cidade. Destruição em todas as direções.

Ash sentiu um nó na garganta. Ele fez uma pausa, tentando encontrar uma forma de explicar.

— O terremoto não teve nada a ver com viagem no tempo — disse Zora, interrompendo seus pensamentos.

Ash não a havia notado parada perto da porta da cozinha, mas agora ela puxou uma cadeira e se sentou, tirando a jaqueta. O rosto estava impassível, como se estivesse usando uma máscara, mas Ash se encontrou examinando-o com um pouco mais de cuidado do que o normal, procurando uma pista sobre o que estava pensando do dia que havia mudado sua vida para sempre.

Zora parecia intencionalmente evitar os olhos dele quando continuou:

— Meu pai teve dificuldades de continuar a pesquisa depois do terremoto. Quer dizer, *todo mundo* estava com dificuldades. Todos nós... Todos nós perdemos pessoas que amávamos. Só que ele não conseguiu seguir em frente. Deveria estudar viagem no tempo, mas não conseguia parar de pesquisar sobre deformações litosféricas e índices de choque de falhas.

— Isso tudo tem a ver com terremotos — acrescentou Chandra. — Ele ficou obcecado.

Ash observou Zora, esperando para ver se ela diria mais coisas, mas ela só continuou olhando em frente, os olhos concentrados em nada, a expressão dura.

Havia mais naquela história, é claro, só que não era Ash que deveria contar, então ele pigarreou, prosseguindo.

— Aí ele desapareceu, por volta de um ano atrás — disse ele. — Ele pegou a outra máquina do tempo e sumiu. Achamos que voltou no tempo para fazer alguma coisa, mas não falou para onde estava indo nem para *quando*.

— Então esse diário... — Dorothy parou de revirar o colar em seu pescoço, e a corrente desvirou, fazendo o pingente no seu colo estremecer como um peixe morto. Ash não a tinha visto tirar o diário do esconderijo, mas, de repente, estava na mão dela de novo. — Você acredita que ele escreveu onde e quando era seu destino?

— O Professor mantinha registros meticulosos — respondeu ele, observando os dedos rápidos dela passarem pelas páginas. — Se ele ia a algum lugar, teria explicado o motivo. Só precisamos ler o último registro.

Dorothy parou para ler algo. Ela ergueu o olhar, e Ash sentiu um sobressalto, mas ele se convenceu de que era mais por causa do diário do que pela intensidade dos olhos verdes de Dorothy.

— Eu devolvo o diário sob uma condição — disse ela.

A adrenalina dominou Ash. Ele queria arrancar o diário das mãos de Dorothy, mas se segurou.

Isso significava que havia algo ali?

— Eu poderia só pegar de você — disse ele.

Mas, mesmo quando as palavras saíram de seus lábios, ele sentiu uma pontada de dúvida. Poderia mesmo?

Como se estivesse lendo a mente dele, a boca de Dorothy se curvou em um sorriso pequeno e particular.

— Você pode *tentar*.

— Está bem. Qual é sua condição?

— Quero um favor.

O primeiro impulso de Ash foi recusar. Ele não queria dever nada a Dorothy, não tinha certeza de que confiava nela o bastante para ser razoável com o pedido. Só que então os olhos dele repousaram sobre a capa de couro macio do diário do Professor, e Ash sentiu algo dentro dele estremecer.

Quem estava tentando enganar? Ele daria qualquer coisa que ela pedisse se isso significava ler os últimos pensamentos do Professor.

Com o coração a mil, ele perguntou:

— Que tipo de favor?

— Ainda não sei.

— Não vou concordar com um favor a não ser que você conte...

— Ash — disse Zora, a mão repousando de repente no braço dele.

Ash parou de falar, envergonhado. Quaisquer sentimentos que tivesse sobre ler o diário do Professor, ele sabia que Zora deveria estar se sentindo ainda pior.

Ele ergueu o olhar para ela. É claro que fariam qualquer coisa.

— Um favor — disse ele a Dorothy.

Algo que parecia triunfo passou pelo rosto de Dorothy. Ela colocou o diário na mesa da cozinha.

Segurando a respiração, Ash o pegou e virou a página para ler o último registro.

DIÁRIO DO PROFESSOR – 23 DE OUTUBRO DE 2076
04H43
A OFICINA

Só faz algumas horas desde meu último registro, mas precisava escrever isso.

Eu... eu mal consigo deixar minhas mãos estáveis para escrever isso, de tanto que estou tremendo.

Esses números não podem estar corretos. Mas *estão*. Eu já refiz os cálculos três vezes. Sei que estão corretos.

E, se estão corretos, isso significa...

Meu Deus. Não consigo me forçar a escrever. Preciso de mais dados antes. Seria irresponsável propor essa teoria sem a quantidade apropriada de pesquisa para sustentá-la. Preciso obter mais informações... e desenvolver uma previsão que possa ser testada, e...

Não posso fazer nada disso aqui. A eletricidade vai e vem, e metade dos meus livros e estudos está embaixo d'água. Eu vou precisar acessar algumas informações muito específicas. Informações que não encontrarei aqui — *agora*.

É um pouco absurdo, mas fique comigo. Eu li sobre esse complexo militar chamado Forte Hunter em um livro que Natasha me deu há anos: *Dez Maiores Bases Secretas Militares nos Estados Unidos*.

Estou com o livro na minha frente agora. Todas as bases foram fechadas, então o livro consegue entrar em muitos detalhes, dizendo tudo sobre formas de acesso, tipos de pesquisa e se alguém já havia conseguido entrar nelas com sucesso.

A segurança do Forte Hunter era incrivelmente boa quando o complexo estava operacional, mas, de acordo com o livro, eles reduziam a equipe entre as 2 e 6 da manhã. A ala leste era dedicada exclusivamente ao tipo de trabalho que preciso ter acesso.

E alguém conseguiu entrar no complexo com sucesso na manhã de 17 de março de 1980.

Tudo se encaixa.

Eu preciso voltar. Preciso fazer isso. Se estiver certo, talvez ainda exista uma chance de eu conseguir consertar tudo.

O estado do mundo pode estar em jogo.

Eu só espero não chegar tarde demais.

17
DOROTHY
14 DE OUTUBRO DE 2077, NOVA SEATTLE

Era a caligrafia que deixara Dorothy sentindo-se inquieta. Nos primeiros registros, a escrita do Professor era perfeitamente ordenada e uniforme, como se houvesse usado uma régua.

Aquela era trêmula, como se tivesse escrito às pressas. Também estava borrada, mas isso era provavelmente porque o diário estava molhado.

— Ai, meu Deus. — Zora cobriu a boca com as mãos. — Forte Hunter... Eu... eu me lembro desse livro. A gente deixava na mesinha de centro, mas não o vi desde que ele foi embora.

— Você acha que o Professor o levou? — Ash perguntou.

— Deve ter levado. — Os olhos de Zora estavam desfocados, pensativos. — Se Forte Hunter é o lugar no qual estou pensando, é essa base militar escondida dentro de uma montanha escavada. — Ela pegou o diário e começou a folhear pelas páginas. — Tinha uma pesquisa ultrassecreta sendo conduzida lá, mas eu não sei exatamente sobre o quê.

— É meio que a razão de ser ultrassecreto, né? — disse Chandra, mas Zora não pareceu dar ouvidos.

— Bombas nucleares, talvez? — Zora folheou o diário, parando em algumas páginas para apertar os olhos examinando a escrita borrada do pai, ou afastar duas páginas molhadas. — Ele deve ter escrito mais alguma coisa...

Ela parou por um instante, os lábios movendo enquanto lia. Com o cenho franzido, ela virou para uma página anterior, então sacudiu a cabeça devagar.

— Tem apenas alguns registros depois do megaterremoto, e na maior parte são sobre o Roman. Essa última parece que é o único lugar que ele mencionou qualquer coisa sobre ir ao Forte Hunter e essa coisa horrível que ele descobriu. Mas que droga! Por que ele não *falaria* por que era importante ele voltar?

— Tem outro jeito de descobrir — disse Ash.

Zora ergueu o olhar, os olhos sombrios.

— Ash...

— Zora, pense nisso. Sabemos que ele está no Forte Hunter. Ele escreveu a data exata para onde ia voltar, o intervalo exato de tempo. Nós poderíamos encontrá-lo. Nós poderíamos *trazê-lo para casa*.

— De todo mundo, você é quem deveria saber que não vai ser tão fácil assim — respondeu Zora.

Dorothy apertou os lábios. Ash e Zora continuaram a discutir, mas ela não estava escutando. Os olhos se voltaram para o diário do Professor.

1980, dizia o registro. Quase cem anos no passado, mas ainda no futuro, do ponto de vista dela. Era perturbador pensar nisso.

Ela se inclinou na direção de Chandra.

— Você sabe como eram os anos 1980? — ela perguntou, a voz baixa.

Os olhos de Chandra se iluminaram.

— Ah, foram *incríveis*. Um monte de filmes da Molly Ringwald, e as roupas... — Ela sacudiu a cabeça, assobiando por entre os dentes.

— O mundo já estava... — Dorothy indicou a janela com a cabeça — ... assim? Inundado?

— Hum... — A testa de Chandra formou sulcos. — Não, não estava. Acho que os anos 1980 foram legais, apesar dos desastres naturais. Mas a maior parte do que eu sei sobre essa época foi vendo episódios dessa série *Dallas*, que era *muito boa*, aliás. É sobre essas duas empreiteiras rivais de petróleo, e os filhos deles são tipo, apaixonados? Meio Romeu e Julieta. E...

— Mas havia guerras? E gangues como o Cirko Sombrio? Ou... — Dorothy parou de falar, a mente dela sem conseguir pensar em nada. Ela sabia que havia mais perguntas inteligentes que deveria fazer, mas nenhuma surgiu. — As mulheres podem votar?

— Está fazendo muitas perguntas — Ash interrompeu, examinando-a.

Dorothy se sobressaltou. Ela não havia percebido que ele e Zora haviam parado de discutir.

— Tenho curiosidade — respondeu Dorothy.

— Por quê?

Dorothy não sabia como responder. Ash dissera que ela não gostaria do seu mundo submerso, mas ele estivera errado. Ela achava aquilo fascinante.

Ainda assim, não acreditava que queria ficar ali, não quando sabia que havia outros lugares, outros períodos de tempo para explorar. Ela sentiu a mesma adrenalina e desejo de aventura que sentira na clareira do lado de fora da igreja, quando viu o avião de Ash. *Mais*.

A viagem no tempo significava ter opções infinitas, cada uma com suas próprias coisas incríveis e terríveis.

Seu coração se sobressaltou no peito. Ela queria tudo aquilo.

— Tenho minhas razões — disse, por fim.

Ash sustentou o olhar dela por um longo momento. Havia algo familiar na expressão dele: confusão, talvez preocupação. Suavizava as linhas duras do seu rosto e o deixava mais jovem.

Jovem, Dorothy pensou, *mas ainda parecendo com ele mesmo*. Ash não parecia ser capaz de parecer com qualquer outra pessoa que não si mesmo. Na mente dela, Dorothy visualizou seu próprio rosto refletido no espelho da igreja. O cabelo perfeitamente arrumado, os lábios pintados. Ela sentiu um relampejo inexplicável de raiva. Aquele rosto pertencia a uma estranha.

Havia uma parte de Dorothy que sentia que deveria deixar aquela garota — aquele *rosto* — para trás, se apenas pudesse continuar fugindo.

Só que esses não eram pensamentos que conseguiria colocar em palavras, então sequer tentou.

Em vez disso, ela se endireitou no assento, encarando Ash.

— Já decidi qual será o meu favor.

As sobrancelhas deles se ergueram.

— Já?

— Quero ir com você. — Ela gesticulou na direção do diário do Professor. — Quero que me leve de volta no tempo, para 1980.

18

ASH

Ash não tinha certeza de que tinha ouvido direito.

— Quê?

— Eu disse que quero ir com você. — Dorothy repetiu devagar, enunciando cada palavra. — Para 1980. — Então, como se tivesse acabado de ocorrer a ela, acrescentou: — Por favor.

Ele balbuciou.

— *Por quê?*

Ela olhou para ele como se pensasse que aquilo era uma pergunta estranha.

— Isso é problema meu.

Ash a estudou, sem saber o que fazer. No pouco tempo em que ela estivera ali, não havia pedido nenhuma vez para voltar ao próprio tempo. Ela não mencionara família ou amigos ou o homem que certamente estaria esperando sua volta na igreja de onde tinha sumido. Ela realmente tinha tão pouco a perder?

Ou seria alguma outra coisa? Estava fugindo de algo?

— Com licença — interrompeu Zora. — Ninguém vai voltar para 1980.

— Temo que preciso ficar do lado de Zora nessa questão — disse Willis, colocando a caneca vazia de volta no balcão. — O Professor tem os meios para voltar para 2077 sozinho, se assim desejar. Ele tem uma máquina do tempo melhor e um estoque maior de ME. Por que nós o forçaríamos a voltar se não é o que ele deseja? — Ele indicou o diário com a cabeça. — Parece que tinha motivos para voltar para 1980.

— Você tá me zoando? — disse Chandra, virando-se para ele. — Foi ele que nos tirou de casa e de nossos tempos pra começo de conversa!

Willis franziu o cenho.

— Ele nos deu uma *escolha*, Chandie.

— Aham, uma escolha entre viver na época horrorosa ou explorar todos os mistérios do passado e do futuro na *máquina do tempo* dele. — Ela bufou e indicou a sala ao redor deles. — Isso aqui parece uma máquina do tempo? Ou parece uma sala úmida e chata no meio do nada?

Willis se esticou totalmente, o topo da cabeça quase encostando no teto.

— Você quer voltar?

Chandra bufou.

— Não foi isso que eu disse!

— Depois do que aconteceu, eu esperaria que…

— Parem — disse Zora. A voz dela era baixa, mas Chandra e Willis pararam de discutir imediatamente.

Zora virou-se para Ash.

— Posso falar com você no corredor, por favor?

— Espera, quê? — perguntou Chandra, irritação aparecendo no rosto. — Eu e Willis também somos parte da Agência de Proteção Cronológica. Ou você se esqueceu disso?

Willis não disse nada, mas cruzou os braços, parecendo ameaçador.

— E também há a pequena questão do meu favor — acrescentou Dorothy.

Ash ficou irritado por ver que ao menos ela parecia se divertir muito com os últimos acontecimentos. Ela observava a discussão com interesse e um sorriso nos lábios.

— Essa decisão envolve *todos* nós — disse Chandra. — Deveríamos discutir juntos.

— Não tem decisão nenhuma — interrompeu Ash. — A *Segunda Estrela* é a *minha* nave, e eu vou...

— Um segundo. — Zora agarrou o braço de Ash pelo cotovelo e o levou para o corredor do lado de fora da cozinha. Ela fechou a porta com o quadril e exigiu: — O que você está fazendo?

Ash desvencilhou seu braço, mas não se afastou.

— Como assim, o que estou fazendo? Você sabia que eu queria voltar para buscar ele.

— Sim, e se você só estivesse arriscando sua própria vida, tudo bem...

— Tudo *bem*? — Ash sentiu as sobrancelhas subindo na testa. — Se bem me lembro, tive muitas, *muitas* discussões com você que indicam o contrário.

Zora apontou para a porta fechada.

— *Eles* não entendem os riscos de viajar na fenda com essa quantidade mínima de ME. Eu acho que *você* não entende os riscos. — Ela começou a listar problemas nos dedos. — Estamos falando aqui da pele ser repuxada dos ossos, as órbitas dos olhos liquefazerem...

— Tá? E que tal os riscos de ficar para trás? — Ash se aproximou mais de Zora e dedilhou a capa do diário do Professor com um dedo. — Você leu o mesmo registro que eu. Eu não sei quanto a você, mas levo frases como "o estado do mundo pode estar em jogo" bem a sério.

Zora abriu a boca, depois fechou.

— Nós sempre nos perguntamos por que ele não deixou um bilhete. E se *esse* for o bilhete? E se nós deveríamos ter encontrado o diário, mas Roman encontrou primeiro?

Zora apertou os lábios. Ash sabia que ela estava pensando naquele último dia com o pai. Vasculhando cada palavra e gesto por pistas escondidas. Ponderando.

Ash passou dois anos convencendo Zora a fazer coisas que ela não queria fazer, e sabia quando estava ganhando. Ele colocou uma das mãos no ombro dela, dando a cartada final.

— E se ele precisar que nós voltemos para buscá-lo? E se ele estiver preso em algum lugar, e é por isso que nunca voltou para casa?

Os olhos dela ergueram para os dele, e ele viu o relampejo de mágoa.

— Eu não posso perder mais ninguém — disse ela, baixinho. — Se alguma coisa acontecer com você, ou com Willis ou Chandra…

— Você fica falando, mas se eu não fizer isso vou morrer com certeza.

Ele via muito claramente. *Árvores pretas. Cabelo branco. Um beijo, uma faca…*

Zora curvou a mão sobre a de Ash e a repousou ali, o único sinal que demonstrava seu incômodo com a conversa. Ele se perguntou se também imaginava aquilo.

Então, uma voz baixa disse:

— Quê?

Ash se virou. A porta da cozinha estava aberta, e, através da abertura, Ash conseguia ver um pedaço do rosto de Chandra, os olhos imensos atrás das lentes.

— Você vai morrer?

A porta se abriu mais e Willis apareceu, como uma miragem, das sombras atrás da porta. Ele não disse nada, mas manteve os olhos no rosto de Ash, franzindo o cenho.

— Por que você não disse? — Chandra olhou para Willis, como se estivesse preocupada que fosse a única a não compartilhar do segredo. — O que vai acontecer? Ai, meu Deus, um de nós vai morrer também?

— Nenhum de vocês vai morrer — disse Ash, e com isso, ele falou rapidamente da pré-lembrança, contando aos demais sobre o barco e a faca, a água e as árvores. Algo dentro dele se apertou enquanto falava.

Agora, pensou ele. Agora era a hora de contar a eles sobre a garota de cabelos brancos. O beijo. Agora era a hora de admitir para seus amigos que ele se apaixonaria por sua assassina.

— E aí... bem, acaba. Só acaba — terminou, perdendo a coragem.

Zora ergueu uma sobrancelha quando notou a omissão, mas não disse nada.

Ash não teria conseguido explicar de qualquer forma. Não queria dizer aos amigos o quanto ele era fraco e tolo.

— E você acha que o Professor vai ajudar a evitar esse futuro? — perguntou Willis. — Como?

— Meu pai passou anos estudando teoria do tempo antes de vocês chegarem — explicou Zora. — Não posso dizer com certeza que pode prevenir o futuro de acontecer exatamente como na pré-lembrança de Ash, mas eu sei que fez experimentos extensos nesse assunto. Se existe alguém no mundo que pode impedir isso, é ele.

Os olhos de Ash se ergueram para encontrar os dela. Ele sentiu uma esperança cruel desdobrando dentro de si. Isso significava que eles iriam?

— Então é isso aí — disse Chandra, como se lesse a mente dele. — A gente *precisa* voltar.

Willis alisou a ponta do bigode com dois dedos.

— O risco vale a pena se significa que existe uma chance de você sobreviver — disse ele, indicando Ash com a cabeça. — Concordo com Chandra. Precisamos voltar.

— *Nós* não precisamos fazer nada — interrompeu Ash. — Eu posso ir sozinho. Eu posso...

— Não seja tolo — murmurou Willis, a voz baixa.

— Ele está certo — disse Zora. — Forte Hunter costumava ser um dos lugares mais seguros no mundo. Mesmo que conseguisse entrar lá sozinho, não sabe quanto tempo precisaria para encontrar meu pai, ou como ele vai estar quando conseguir.

Zora não hesitou, mas havia algo nos olhos dela. Ash sabia que ela estava repassando as possibilidades, imaginando cada uma das coisas terríveis que poderiam ter acontecido com seu pai.

— Vai precisar de reforços — continuou ela, a voz monótona. — E acho que seria melhor se estivéssemos todos juntos. Eu não aguentaria se algum de vocês desaparecesse sem eu saber o que aconteceu.

— Se os diagramas do prédio de fato estavam descritos no livro ao qual o Professor se refere, tenho certeza de que os localizarei on-line — acrescentou Willis. — Posso usar a conexão discada para baixar isso antes da partida, e isso vai nos ajudar a encontrar uma rota direta para a área leste.

— Minha maleta médica já está arrumada — disse Chandra. — Fico pronta em cinco minutos.

— Nós não precisamos ir imediatamente — respondeu Ash.

— Mas você não sabe quando essa pré-lembrança acontece, correto? — Willis interrompeu. — Pode ser a qualquer instante?

— Tecnicamente, sim — disse Ash.

— E disse que estão ficando mais fortes. Então há uma chance de que aconteça logo?

Ash assentiu.

— Então a gente deveria ir agora — concluiu Chandra. — Né?

Ash olhou para Zora.

Os olhos estavam arregalados e brilhando, não chorando, mas parecendo à beira de lágrimas, e o sangue havia esvaído dos lábios, deixando-os estranhamente pálidos. Ela não estava olhando para ele.

— O estado do mundo pode estar em jogo — disse ela, repetindo a frase do diário. Esfregou uma das mãos na boca. — Você está certo, é mais perigoso ficar aqui.

O batimento cardíaco de Ash estava acelerado.

— Nós vamos?

Ela ergueu o olhar, enfim encontrando os olhos dele.

— Nós vamos.

19

DOROTHY

15 DE OUTUBRO DE 2077, NOVA SEATTLE

Dorothy entrou na *Segunda Estrela*, os olhos arregalados enquanto passava os dedos pelas paredes de alumínio empoeiradas da máquina do tempo.

A parte interna dessa nave não era como esperava. Era maior, para começar. As fotos que tinha visto de aviões mostravam espaços minúsculos, como brinquedos, com um único assento para um piloto. Pareciam desequilibrados e perigosos, como se um vento forte pudesse destruí-los.

Mas aquela aeronave — aquela *máquina do tempo* — era diferente. Ela olhou em volta, para as poltronas de couro parafusadas ao chão, para as janelas de vidro estranhamente grosso e o painel de controle fixado na frente da nave, e os botões brilhando em vermelho e verde e azul. Estava se coçando para tocá-los, mas fechou as mãos para resistir ao impulso.

Dorothy havia acabado de convencer aquelas pessoas a deixarem que ela os acompanhasse na jornada. Ela não queria dar a eles uma razão para descartá-la.

Ela se sentou em uma das cadeiras conforme os outros embarcaram, tentando afastar a expressão de maravilhamento do rosto. Faixas como cintos estavam penduradas nas laterais da cadeira, e ela os pegou em uma das mãos, franzindo o cenho. Havia um número enorme de fivelas.

— Isso é um cinto de segurança — disse Willis, e a aeronave grunhiu enquanto ele se acomodava no assento ao lado dela. Demonstrou o uso passando os braços pelas faixas, apertando as fivelas na frente do peito então fechando-as.

Dorothy copiou os movimentos. As fivelas pareciam desajeitadas em suas mãos, e as faixas eram grandes demais, mas ela conseguiu fechá-las depois de apenas um ou dois instantes de esforços.

— Tentei amarrá-las no meu peito da primeira vez — disse Willis. — E Chandra simplesmente se recusou a colocá-los.

Chandra estava encarando Dorothy e não pareceu ouvir o que Willis tinha acabado de dizer.

— O seu cabelo *seca* desse jeito? — perguntou ela, empurrando os óculos grandes para cima do nariz com um dedo. — Você não usa nenhum produto nem nada?

Dorothy franziu o cenho e tocou um dos cachos úmidos.

— Como secaria de outra forma?

Ash subiu no assento do piloto antes de Chandra responder, grunhindo quando fechou a porta.

— Tem certeza de que quer sentar aqui na frente? — perguntou ele a Dorothy. — Acabei de abrir espaço no espaço de carga.

— Está tentando ser engraçado? — perguntou Dorothy, a voz seca.

— Também podemos te amarrar no para-brisa — continuou Ash, como se não tivesse ouvido. — Dá pra sentir os ventos no cabelo assim.

Virando-se para Willis, Dorothy perguntou:

— Ele é sempre tão insuportável?

— Ash tem outras virtudes — respondeu Willis.

— Como quais?

— Ele é um bom jogador de pôquer — disse Zora do assento ao lado do piloto.

Os outros riram, mas Dorothy se remexeu, inquieta, encarando a parte de trás do pescoço queimado de Ash. Por mais que odiasse admitir, ele fazia ela se lembrar de alguém, um garoto que tinha conhecido quase dois anos atrás.

Ela e a mãe estavam aplicando uma variação do golpe do violinista em um pequeno restaurante em Salt Lake City. O golpe era simples. As duas mulheres consumiam suas refeições separadamente, fingindo serem totais estranhas. Então, quando recebia a conta, Loretta fazia um escândalo procurando por uma carteira que ela evidentemente não tinha. Prometia ao dono do restaurante que ia correr direto para casa e voltar com o pagamento. Como garantia, ela deixava para trás uma velha herança de família — um broche de ouro que valia pouco, mas era precioso para ela.

O trabalho de Dorothy era observar essa conversa do outro lado do restaurante. No momento em que a mãe fosse embora, ela se aproximaria do dono, fingindo ser uma jovem mulher sofisticada e rica. Ela diria que o broche era uma peça rara de um estilista importante e deixaria um nome (falso), prometendo uma soma exorbitante caso desejasse vender. Inevitavelmente, quando Loretta voltasse momentos depois, o dono do restaurante ofereceria algumas centenas de dólares para ficar com aquele pedaço de metal sem valor.

Haviam aplicado esse golpe uma dezena de vezes. Dorothy conseguia fazê-lo de olhos fechados.

Mas naquela noite havia algo diferente. Havia um garçom. De cabelos cor de areia, com um sorriso grande e fácil, e ombros que eram... eram bastante agradáveis. Ele trouxera uma porção extra de pão para Dorothy e contara piadas ruins. Passara a noite inteira rindo das coisas espirituosas que ela dizia. Acidentalmente encostara os nós dos dedos nas costas da mão dela quando retirou o menu. Ele não dissera nenhuma vez o quanto ela era linda.

Dorothy perdera sua deixa com o dono do restaurante e o golpe inteiro fora arruinado. Sua mãe ficara furiosa.

— Você pensou que aquele garoto gostava de você? — ela rosnara quando Dorothy contou o que havia acontecido. — Estava só flertando para que você deixasse uma gorjeta maior. Quantas vezes eu já te disse? Homens mentem. *Tudo* é um golpe.

Dorothy não acreditara nela, mas, quando voltou para o café na noite seguinte, o garoto estava rindo das piadas de outra garota bonita.

A memória fez uma sensação desagradável desabrochar em seu peito. Ash era assim. Gostava de brincar e provocar, fingindo que não notava sua beleza.

E ela gostava daquilo, assim como havia gostado do garçom no restaurante, que havia brincado e provocado. Mas agora sabia que não deveria confiar naquilo. Ela tocou o pingente na sua garganta.

— A *Segunda Estrela* está entrando em posição de decolagem — disse Ash.

E a nave começou a flutuar.

A fenda não parecia nada além de um amontoado de nuvens, o começo de um tornado formando-se nas profundezas do oceano. Relâmpagos iluminavam a parte interna, o reflexo fraco refratado pelas paredes cinzentas nebulosas do túnel.

Fenda, Dorothy pensou. E, apesar de não ter dito a palavra em voz alta, imaginava sentir o gosto em seus lábios. Um gosto seco e acre, como a fumaça que havia preenchido a clareira quando viu a máquina do tempo de Ash pela primeira vez.

Era espantoso que algo tão incrível pudesse existir abertamente assim, apenas a alguns quilômetros de distância da cidade, onde qualquer um poderia encontrar.

Sua única proteção era sua *estranheza*. Mesmo agora, olhando pela primeira vez, Dorothy via que era poderosa.

Ash levou a *Segunda Estrela* para a boca do túnel, então parou, a máquina do tempo flutuando acima das ondas cinzentas que quebravam lá embaixo.

Ele ergueu a voz para que pudessem ouvi-lo acima dos motores.

— Todo mundo bem aí atrás?

Estava falando com todos, mas olhava para Dorothy, os olhos refletidos no espelho pendurado no para-brisa da *Segunda Estrela*.

Não houve mais discussões sobre sua vinda com os outros. Ash havia simplesmente voltado para a cozinha e dito, como se algo crucial houvesse sido decidido:

— Estamos indo agora.

Dorothy tinha se perguntado o que estavam discutindo no corredor com os outros, mas havia guardado suas perguntas. Se Ash queria guardar segredos de suas motivações, tudo bem — desde que ele não perguntasse sobre as delas.

Ela não teria conseguido explicar seus motivos de qualquer forma.

Mais, pensou ela, e algo causou calafrios na sua pele. Era o que sempre queria, a razão pela qual correu do seu noivo e de sua mãe e tudo que já tinha conhecido. Mas nunca sonhou em encontrar *isso*.

Viagem no tempo. Outros mundos. Cidades inteiras submersas.

As possibilidades deixavam a mente de Dorothy a mil. Ash pensava mesmo que ficaria satisfeita em ficar ali — ou pior, voltar para seu próprio tempo — quando havia toda a história para explorar? Ela pensava que jamais ficaria satisfeita de novo. Não até ver tudo que havia.

Os olhos de Ash demoraram-se nela por um segundo. Dorothy pensou no garoto do café e sentiu seu coração acelerar. As mariposas no seu estômago se remexeram, parecendo mais com borboletas do que antes.

Ela convenceu a si mesma que era por ter vergonha daquela memória, vergonha de sua ingenuidade.

Mas não parecia vergonha.

Ela curvou os dedos nas laterais da cadeira, reunindo coragem.

— Estou pronta — disse.

Como se estivesse esperando por seu comando, a *Segunda Estrela* impeliu-se para a frente, desaparecendo na rachadura no tempo.

PARTE DOIS

Estrela escura: substantivo. Um objeto estrelar que emite pouca ou quase nenhuma luz visível. Sua existência é presumida de outras evidências, como a ocorrência de eclipse em outras estrelas.
— *Dicionário Oxford*

20

ASH

FENDA DO ESTUÁRIO DE PUGET

A escuridão se fechou ao redor da nave. Ash sentiu a pressão mudar com um estalo nos ouvidos e uma dor profunda estremecendo nos dentes. O mundo se tornou muito pequeno: as ondas pretas rugindo do lado de fora do para-brisa; as luzes vermelhas piscando no painel de controle. A água batia no para-brisa da *Estrela* em camadas grossas, fazendo o vidro gemer.

Então haviam passado pela água e entrado na fenda.

As ondas ficaram espessas nas nuvens cinzentas que se desfaziam conforme a *Segunda Estrela* passava voando. Relâmpagos iluminaram as paredes roxas do túnel, mas ainda estavam distantes, nada mais do que uma sombra lilás na névoa. Ash não percebera que estava segurando a respiração, até as luzes no painel de controle diminuíram. Ele balançou a cabeça com força e respirou fundo.

Está tudo bem, pensou ele. *Tudo bem*. O vento estava a 80 km/h, e a ME estava aguentando firme em capacidade de um quarto. A matéria exótica havia estabilizado a fenda melhor do que tinha esperado. Esse poderia até ser um voo seguro.

Ainda assim, sua pele estava arrepiada. Talvez porque conseguia sentir a pré-lembrança movendo-se como uma sombra, rodeando as margens de sua mente, procurando uma forma de entrar. Ele viu um relampejo branco e apertou mais o leme, guiando a *Estrela* para o centro do túnel. Apenas tinha vivenciado a pré-lembrança quando estava sozinho, quando não precisava se preocupar que alguém pudesse vê-lo tremendo, ou perguntar-se porque sua pele estava pálida e úmida de suor. Se perdesse o controle agora, com o resto da tripulação e Dorothy lá, assistindo a tudo...

O pulso dele ecoava nas palmas, avisando para não deixar aquilo acontecer.

Zora apertou um punho no braço.

— Tá tudo bem?

— O caminho está limpo — disse Ash, os olhos ainda fixados no para-brisa. Tentou encobrir seu nervosismo com um sorriso. — Não se preocupe. Vai ser fácil.

Zora inclinou-se no assento.

— Está indo melhor do que eu esperava.

— Você esperava que explodisse em um milhão de pedacinhos fumegantes assim que entrássemos. Qualquer coisa é melhor do que isso.

— Verdade.

Ash viu o rosto de Zora de soslaio, mas ela estava olhando para a frente, a expressão indecifrável como sempre.

Ele desviou o olhar de volta ao para-brisa, forçando-se a se concentrar na tarefa atual. As coisas pareciam mais calmas, mas o clima dentro da fenda poderia mudar em um piscar de olhos, especialmente quando a ME estava baixa. Ainda não tinham passado pelo pior. A pré-lembrança deveria ser a menor de suas preocupações.

O vento uivava do lado de fora, mas não era forte o bastante para romper a bolha protetora que a ME havia criado em volta da *Estrela* e desviar o curso da nave. As nuvens tumultuosas que formavam as laterais do túnel piscavam com relâmpagos, mas nunca se aproximavam da nave para causar problemas.

Ash olhou para a frente sem ver nada disso. Um pensamento havia lhe ocorrido: estavam voltando no tempo para encontrar o Professor. Talvez isso significasse que ele não teria a pré-lembrança dessa vez. Talvez os eventos que estivessem se desencadeando agora já haviam alterado o futuro.

Eram coisas demais para esperar, mas ainda assim Ash sentiu-se relaxar, os músculos distendendo, um por um.

Talvez.

— Consegui encontrar on-line o livro que o Professor mencionou, então devemos ter acesso a todas as mesmas informações que ele tinha — disse Willis. — Estou vendo as plantas baixas do prédio, as rotas de segurança... Nossa, tem até mesmo uma lista de armas que os soldados usavam.

Ele estava dedilhando a tela de um tablet esguio e prateado. Ash o trouxera do ano 2020, quando a tecnologia de boa qualidade ainda era obtida com facilidade, e, assim, era um dos modelos mais avançados que o mundo já tinha visto — que talvez *veria*. A internet sem fio não existia mais em Nova Seattle, então Willis usava a conexão discada na escola para baixar tudo que pudesse ser necessário. A conexão era falha no melhor dos dias, mas às vezes tinham sorte.

Dorothy encarou o tablet como se fosse um animal estranho e amedrontador.

— O que é isso? — arfou ela.

— Um tipo de computador. — Willis apertou a tela de novo. — Posso deixar você brincar quando voltarmos. — Ele fez uma pausa, e acrescentou: — *Se* voltarmos.

— Que tal um pouco de confiança? — disse Ash por cima do ombro. — Quando foi que eu deixei vocês em uma encrenca?

— Quer uma lista completa?

— Quanto tempo demora a viagem? — Dorothy perguntou.

Ela se inclinou para a frente, e Ash sentiu o calor repentino do corpo dela próximo ao braço. Sua pele se arrepiou. Ele pigarreou.

— Entre meia hora ou cem anos.

Chandra grunhiu.

— Argh. Que piada de tiozão.

Os olhos de Ash passaram pelo espelho retrovisor e viram o final do revirar de olhos de Chandra antes de seguirem para Dorothy. Ela estava encarando o para-brisa, as nuvens roxas agitadas e os relâmpagos distantes, e seu sorriso era grande e infantil. Os olhos dela brilhavam.

O espanto no rosto dela deixava sua beleza mais evidente, e Ash sentiu o canto do lábio estremecer, sem conseguir esconder um sorriso. Ele tinha esquecido que seria a primeira vez dela observando a fenda. Nem todo mundo entendia como aquilo era incrível. Chandra tinha passado metade da primeira viagem no tempo de olhos bem fechados, com medo demais para olhar pela janela. Willis não parecia ver os tons específicos de roxo ou azul nas nuvens e, assim, achava a experiência pouco digna de nota. Só que Ash sempre vira a fenda como era. Extraordinária.

Não, mais do que isso: *sagrada*.

Vendo o rosto de Dorothy, ele se perguntou se ela sentia o mesmo.

— Aaah! — Chandra deu um gritinho, batendo palmas. — Vamos fazer alguma brincadeira de viagem?

Dorothy piscou e sacudiu a cabeça, e o feitiço acabou.

— Isso não é uma viagem de férias, Chandie — disse Zora.

— Que tipo de brincadeira? — Dorothy perguntou. — Tem algo a ver com viagem no tempo?

— Não — disse Ash. Dorothy voltou o olhar para ele, que rapidamente desviou a atenção para a loucura na frente dele. — São brincadeiras para fazer enquanto viaja de automóvel. Para não ficar entediado.

— *Céus*, quem ficaria entediado andando de automóvel? — perguntou Dorothy, incrédula.

Os lábios de Ash estremeceram de novo, quase um sorriso. Ele se lembrava de sentir da mesma forma quando o pai comprou o primeiro carro da família, em 1940. Só dirigir ao redor do quarteirão parecia a coisa mais empolgante do mundo.

— Odeio dar essa notícia, mas os carros ficam bem entediantes depois de uns anos.

Zora se virou no assento.

— Como é que você descobriu as brincadeiras de viagem, Chandie?

Chandra estava praticamente dando pulinhos.

— Estava vendo episódios dessa série velha de TV sobre esse cara que conhece a mãe dos filhos bebendo um monte de cerveja e tal, e quando eles estão num carro jogam esse jogo que é de contar quantos cachorros estão vendo do lado de fora. Aí gritam "cachorro" bem alto, e acho que se dão socos no braço.

— Não tem cachorros aqui — disse Willis. — Estamos em um túnel passando pelo tempo e espaço.

— Dã. Eu *sei* disso, mas dá pra fazermos outra coisa. Tipo contar quantas nuvens cinzas rodopiantes tem.

— Ou relâmpagos — acrescentou Ash. — Tem bastante raios.

De repente, Dorothy estava se inclinando para além dele, uma das mãos agarrada no braço dele, a outra apontando através do para-brisa.

— Raio zich! — disse ela, arfando.

— É *zilch*, não zich — Chandra corrigiu.

— Foi isso que eu disse!

Dorothy ainda estava agarrada ao braço de Ash, os dedos macios e frios contra o calor que pulsava no seu pulso. Ele conseguia sentir sua atenção se desviando para o lugar onde a pele dele tocava a dela. A sensação não era inteiramente desagradável.

Ash sempre odiara o tipo de homem que corria atrás de garotas bonitas. Ele pensava que eram como cachorros burros, as línguas penduradas para fora da boca, correndo atrás de um graveto sem nunca se perguntar o *porquê*. Eles queriam *mesmo* aquele graveto? Ou só gostavam de correr atrás dele?

Ash não seria um cachorro. Ele lembrou-se de que, por mais bonita que Dorothy fosse, aquela garota significava problemas.

E era para ele evitar garotas, de qualquer forma, então o que é que ele estava pensando?

Ele se desvencilhou.

— Olha onde está se agarrando, docinho. Eu sei que isso parece fácil, mas um erro e a nave toda voa direto naquele relâmpago bonito.

Ele ouviu o desprezo na voz dela quando falou:

— Eu *falei* para...

— ... não te chamar de docinho.

Ash não conseguia dizer o motivo de não querer chamar Dorothy pelo nome, só que talvez parecia como uma trégua, de alguma forma, como se admitir que ela ao subir clandestinamente na sua nave não fosse a pior coisa do mundo. Ele não queria dar essa satisfação a ela. Por enquanto.

— Tá, tá — grunhiu ele. — Eu sei.

Ele desviou os olhos dela e apertou-os na escuridão em vez disso, procurando nas paredes do túnel pelas marcas que o Professor havia o obrigado a aprender. O tempo tinha suas marcas, assim como qualquer outra coisa. A descoloração leve marcava décadas, certos redemoinhos na névoa apenas ocorriam durante certos anos. Ash sabia que as nuvens nas laterais da fenda só ficavam azuis-acinzentadas ao seu redor no meio dos anos 2000. Ele sabia que haviam entrado no século XX quando viu os redemoinhos mais escuros passando pelo cinza. Era como seguir um mapa.

A voz de Zora interrompeu seus pensamentos:

— Podemos jogar aquele de cinema.

— Cinema? — disse Dorothy. — Como cinema mudo?

— Sim — disse Willis. — Só que agora tem som.

— Ah, eu *amo* cinema! — disse Dorothy. — Vocês conhecem Florence La Badie? Ela é *fantástica*.

Os olhos de Willis se alegraram.

— Você viu *A estrela de Belém*?

— Só sai mês que vem em Seattle! — exclamou Dorothy, espantada.
— Deixa pra lá — murmurou Zora.

Eles passaram por 2010. Ash diminuiu a velocidade da *Estrela* para 5300km/h. O vento uivava na lateral da nave. Tudo estremecia.

— O que foi isso? — A voz de Chandra parecia mais baixa do que alguns minutos atrás. Os relâmpagos brilhavam muito perto do para-brisa.

Ash apertou seus dedos no leme. Ele tentou virar a *Estrela* para a esquerda, onde a velocidade do vento era menor, mas estava inclinando para a direita. Ele xingou baixinho e foi para trás, erguendo a cabine para cima...

A *Estrela* abaixou. A queda repentina fez seu estômago revirar.

Alguém soltou um gritinho nervoso na cabine. Zora estava falando, mas sua voz parecia distante. O vento uivava e gritava, parecendo algo vivo.

Ash arrastou o leme em posição, os ombros e braços ardendo pelo esforço. Suor pingava na sua testa. Tinham acabado de passar o começo dos anos 2000. Estavam se aproximando.

Algo bateu no chão, mas Ash não ousou virar a cabeça para ver o que era. Ele buscou nas laterais do túnel. Ele conseguia ver as nuvens esfumaçadas dos anos 1990 logo em frente...

— O que está acontecendo? — gritou Zora.

Uma rajada de vento bateu neles antes que Ash pudesse responder, o tremor passando pela nave. As paredes estremeceram. Os nós dos dedos de Ash ficaram brancos no manche. Ele tentou guiar a *Estrela* para uma das paredes nebulosas, mas os ventos estavam fortes demais.

A ME estava falhando, como sabiam que aconteceria.

Um raio cortou o ar na frente dele, próximo demais. O breve relampejo iluminou as nuvens de roxo e preto.

Chandra estava gritando, mas Ash não conseguia distinguir suas palavras acima da tempestade. Ele olhou pelo retrovisor assim que algo bateu na lateral da nave, enviando pedaços de metal voando das paredes e esparramando no chão. Um dos cintos de Chandra rasgou, e ela foi para a frente, um braço tentando proteger seu corpo frouxo.

— Chandra! — gritou Willis.

Os olhos de Chandra estavam revirados, a boca flácida. O segundo cinto havia se rasgado ao meio, e ela foi lançada na parede de metal curvado da nave. Ash ouviu um baque de dar náuseas.

Ele puxou o leme, o alívio o percorrendo quando os dedos se fecharam ao redor do couro duro. Estavam passando por 1985 agora. Ash conseguia ver pelo engrossamento leve das nuvens e as bordas roxas mais acidentadas. Só mais alguns minutos e estariam em 1980. Ele começou a procurar pelas variações mais sutis que indicavam quais meses estavam passando. Nuvens finas e tênues significavam primavera e verão… nuvens mais pesadas indicavam outono…

— Willis, não! — Zora estava gritando.

Ash desviou o olhar da fenda, os olhos passando pelo retrovisor. Willis estava retirando o próprio cinto. Chandra estava no chão na frente dele, imóvel.

— Willis! — avisou Ash.

— Ela se machucou, Capitão.

Os dedos de Willis estremeceram ao desafivelar o cinto. Ele se abriu…

O efeito foi imediato. Willis pareceu ter sido sugado para fora do assento. Ele voou para o teto, a cabeça batendo no metal.

— Segurem firme! — gritou Ash.

Ele aumentou a velocidade em 250 km, e a nave foi impelida para a frente. Todas as luzes da cabine se acenderam, preenchendo o pequeno espaço escuro com verdes e vermelhos. Ash pensou que ouviu alguém gritar…

Então a pré-lembrança o tomou e tudo ficou escuro.

21
DOROTHY

Os olhos de Dorothy estavam fechados, as imagens passando atrás das pálpebras.

Ela estava percorrendo um túnel escuro, as paredes de tijolos cobertas por sujeira e reboco. Ela passou as pontas dos dedos nos tijolos e estavam úmidos.

A imagem mudou. *Ela não se lembrava de ter andado, mas, de repente, estava parada em outro corredor, olhando para uma porta de um metal opaco, as palavras* ÁREA RESTRITA *escritas na porta em letras maiúsculas grandes. A maçaneta era preta. Ela a girou, mas estava trancada.*

Olhou para baixo e viu um teclado acoplado no metal abaixo da maçaneta. Ela levou os dedos até as teclas...

Então o corredor sumiu e estava ajoelhada no chão sob uma mesa, a luz ao seu redor brilhando. Roman estava ao lado dela, o rosto tão próximo que viu os músculos na mandíbula estremecerem quando disse:

— Você não deveria confiar neles. A grandiosa Agência de Proteção Cronológica nunca vai te merecer.

Dorothy sentiu seus lábios se abrirem.

— Por que...

As luzes de emergência piscaram, afastando o rosto de Roman dos pensamentos de Dorothy e banhando a nave com um brilho vermelho fantasmagórico.

Ela ergueu uma das mãos, estremecendo quando os dedos passaram em um lugar dolorido abaixo da orelha. A cabeça doía, mesmo que ela não lembrasse de tê-la batido nem nada do tipo, e a sua vista estava toda... embaçada. Sentia como se estivesse olhando para o mundo através de óculos opacos.

O que foi tudo aquilo?

As imagens pareciam familiares, como memórias, mas não poderiam ter sido. Ela nunca tinha ficado tão próxima de Roman, nunca havia visto aqueles lugares antes.

Mas também não eram sonhos. Pareciam reais demais para serem sonhos.

Dorothy piscou, e o rosto de Ash apareceu. Ele estava encolhido, a pele brilhando com suor, os olhos quase fechados.

Ela sentiu adrenalina percorrer sua nuca. Atrapalhou-se com o cinto de segurança, as imagens do sonho já esquecidas.

— Ash?

Zora virou-se no assento, os cintos emaranhados ao redor dos ombros.

— Ele vai ficar bem.

— Tem certeza? — Dorothy perguntou. Ela não conseguia se desvencilhar do cinto. O mecanismo parecia impossivelmente complicado entre seus dedos. — Ele parece...

— Verifique os outros. Consegue alcançá-los?

Zora estava apontando para algo no chão agora, mas seus dedos tornaram-se dois dedos... então três...

Dorothy piscou, afastando a tontura. Talvez ela *tivesse* batido a cabeça. Quando abriu os olhos, Zora estava apontando de novo com apenas um dedo. Dorothy o seguiu para o chão, onde Willis e Chandra estavam caídos, com entulhos espalhados ao seu redor. Não estavam se movendo. Parecia...

Dorothy sentiu-se ficar imóvel. Parecia que estavam *mortos*.

— Verifique os sinais vitais — Zora estava dizendo. A voz dela estava equilibrada. — Veja se tem um pulso. Você sabe como encontrar isso?

Dorothy assentiu. Ela estava encarando a mão de Chandra, uma sensação de náusea subindo à garganta.

Ela nunca pensou que havia vivido uma vida protegida antes, mas agora acreditava nisso. Ela e a mãe não tinham família, e nunca haviam ficado tempo o suficiente em lugar nenhum para fazer amizades, então a experiência de Dorothy com a morte sempre havia sido limitada. Ela nunca precisara dizer adeus a uma avó querida, ou se perguntar o motivo do coelho de estimação não ter acordado.

Era como um presente. Se ela nunca amasse nada, nada que ela amasse poderia morrer.

Dorothy não amava nenhuma dessas pessoas, mas ela tampouco as odiava. Há apenas alguns minutos estavam conversando e fazendo piadas. Jogando juntos.

Agora as unhas de Chandra estavam quebradas, e havia um arranhão profundo em sua palma. E, *ah, Deus*, ela não parecia estar respirando.

Dorothy esticou a mão para o pulso de Chandra, os dedos tremendo. *Por favor, não esteja morta*, pensou ela.

Os dedos de Chandra se mexeram, e Dorothy bruscamente recolheu a mão, o alívio praticamente a fazendo cair no chão.

— Você está bem? — ela conseguiu dizer.

Chandra grunhiu e se sentou. Ela segurava o braço contra o peito, o rosto contorcido de dor.

— Acho que quebrei alguma coisa.

— Willis? — perguntou Zora.

Dorothy desviou a atenção para o gigante inconsciente esparramado na sua frente. Willis ainda não havia aberto os olhos, mas o peito estava subindo e descendo de forma estável. Dorothy pressionou dois dedos no pescoço dele...

O alívio a percorreu como água gelada.

— O coração dele ainda está batendo.

Zora abaixou a cabeça nas mãos, exalando pesadamente.

— Graças a Deus — murmurou ela, seu exterior calmo rachando por um instante.

— Posso despertá-lo com os inalantes de amônia na minha maleta — disse Chandra. Ela hesitou, passando os olhos pela bagunça. — Se é que eu vou *encontrar* minha maleta.

Dorothy olhou para além dela, para Ash. Ele ainda estava encolhido, o rosto retorcido de dor, mas parecia estar conseguindo manter a nave voando. Algum instinto surgiu dentro dela, para certificar-se de que ele estava bem, talvez, ou tentar ajudá-lo. Ela sempre odiara a dor, tanto sentir ela mesma quanto ver a sensação passando por outros. Sua mãe costumava dizer que isso era uma fraqueza.

A dor pode ser útil, ela dizia — outra das suas regras absurdas —, mas Dorothy nunca tinha dado ouvidos. A mãe poderia ser mais inteligente do que ela de muitas formas, mas não tinha razão dessa vez. A dor era sempre dor.

Ela começou a esticar o braço na direção de Ash, então lembrou-se de como ele a havia repreendido pela audácia de tocá-lo antes, aí abaixou a mão para a parte de trás da cadeira.

Patife, pensou ela. E ele *era* um patife, mas isso não significa que ela queria que ele morresse.

Ela viu o couro preto encaixado sob o assento na frente dela, reconhecendo a maleta de Chandra, e a tirou de lá com um puxão.

— *Obrigada* — disse Chandra.

Ela abriu a maleta, e uma torrente de gazes, bandagens e garrafas preenchidas por líquidos coloridos se esparramou e começou a rolar pelo chão da nave. Ela ignorou tudo e continuou a caçar outros objetos na bolsa, finalmente tirando um pequeno vidro de pó branco de lá.

— Lá vamos nós — murmurou ela, desatarraxando a tampa.

Chandra se inclinou para a frente e colocou o inalante sob o nariz de Willis.

O gigante estremeceu. As pálpebras se abriram. Ele murmurou algo que poderia ser "você se machucou", e franziu o cenho para o braço que Chandra estava segurando junto ao peito.

— Como está sua cabeça? — perguntou Chandra. Com uma das mãos, ela pegou uma lanterninha na maleta cheia e iluminou os olhos de Willis. — Náusea? Tontura?

— Estou bem. — Willis afastou a luz como quem afasta um inseto, procurando se sentar. — Por que estou no chão?

— Porque você é muito grande, e existe uma coisa chamada gravidade. — Chandra segurou o ombro dele. — Aonde você pensa que vai? Fique *deitado*, seu pateta. Não me faça...

A nave estremeceu e chacoalhou, fazendo Dorothy pensar em um animal à beira da morte.

Ela pegou um dos cintos caídos na lateral do assento, segurando com tanta força que seus dedos doeram. Ela não conseguia respirar.

Em geral, ela não se assustava tão facilmente. Mesmo subir a bordo do avião havia sido uma escolha fácil, apesar de ter ouvido histórias sobre aviões caindo diretamente do céu, matando todos a bordo. Não era o medo por sua própria vida, mas ela parecia ter um certo bloqueio quando sua própria segurança estava em jogo. Ela poderia facilmente imaginar coisas terríveis acontecendo, só não com ela.

Só que *isso*. Ela estava começando a perceber que *isso* poderia ser um erro. Será que valeria a pena? Para ver outro período de tempo? Ela estava tão distraída pela ideia que nunca se deu ao trabalho de pensar nas consequências.

Como a morte, por exemplo. E mutilação. E cair de um lugar bem alto no céu...

Ela cobriu a boca com uma das mãos, respirando ofegante.

22

ASH

Ash estava em um barquinho, mudando o peso de uma perna a outra para manter seu equilíbrio. Águas escuras ondulavam nas laterais, balançando o barco, mas Ash seguia facilmente com o movimento. Ele havia se acostumado com a água nos últimos dois anos.

As árvores pareciam brilhar na escuridão ao seu redor. Árvores fantasmas. Árvores mortas. A água pressionava os troncos brancos, movendo-se com o vento.

Ash contou as ondas para passar o tempo enquanto esperava. Sete. Doze. Vinte e três. Ele havia perdido as contas e estava prestes a recomeçar quando a luz dela apareceu no escuro distante. Era pequena, como um único farol de uma motocicleta, acompanhada pelo som pesado de um motor. Ele se endireitou. Uma parte dele não esperava que ela aparecesse, mas é claro que ela apareceria. Sempre aparecia.

Vá embora agora, disse a si mesmo. Ainda havia tempo. Ele tinha certeza de que ela não iria atrás dele se ele fosse embora. Sabia como aquela noite acabaria se ficasse. Havia presenciado aquele momento uma dúzia de vezes. Uma centena, se contasse os sonhos. Mas ele permaneceu imóvel, a mão se abrindo e se fechando ao seu lado.

Ele queria vê-la, mesmo sabendo o que aquilo significava. Precisava vê-la uma última vez.

O barco se aproximou. Ela estava escondida na escuridão da noite. Ash não saberia distinguir que havia alguém ali se não fosse pelo cabelo dela, as mechas compridas e brancas esvoaçando pelo casaco, dançando na escuridão.

Ela parou ao lado dele e desligou o motor.

— Não achei que você viria. — A voz dela era mais baixa do que esperava, praticamente um ronronar. Ela ergueu a mão e empurrou as mechas brancas do cabelo para baixo do capuz com um movimento rápido.

Ash engoliu em seco. Ele não viu a faca, mas ele sabia que estava com ela.

— Não precisa acabar assim.

— É claro que precisa.

A mão dela desapareceu para dentro do casaco. Ela se inclinou para a frente.

— Ash...

— Ash!

A voz quebrou a pré-lembrança em uma dezena de imagens esvoaçantes. Ash se endireitou, puxando o ar como se estivesse se afogando. Ele piscou devagar. A pré-lembrança era mais forte do que jamais fora. Ele não conseguia lembrar onde estava, não sabia o que deveria estar fazendo.

Cabelos brancos dançando na escuridão...

... não precisa acabar assim.

— Acorda! — Zora estava segurando seu braço, sacudindo-o.

Ele tentou se mexer, mas seus braços pareciam pesados, como se estivesse afundando em água fria. Conseguia sentir o cheiro salgado de maresia, o odor de peixe percorrendo a névoa, o aroma de flores e especiarias dos cabelos brancos da garota.

Tão real. Era tão, tão real.

Vento uivava nas paredes da *Estrela*, dando a sensação de se curvarem para dentro. Ash pensou que ouviu alguém gritar, mas talvez o som estivesse nas visões ainda iluminando sua mente.

Cabelos brancos, água escura e árvores mortas...

Ele segurou o leme conforme a nave toda estremeceu. As luzes se apagaram.

— Vamos lá, *Estrela* — murmurou ele.

Ash direcionou a frente da *Estrela* para as paredes do túnel e puxou o leme, acelerando. O ar ao redor da nave ficou mais úmido e parado. Os faróis voltaram a se acender, cortando a água escura.

Um momento depois, a *Segunda Estrela* apareceu na superfície, a noite escura esparramada ao seu redor.

Haviam chegado.

DIÁRIO DO PROFESSOR – 29 DE DEZEMBRO DE 2074
18H38
A ESTRELA ESCURA

Estou escrevendo isso do assento do passageiro da recém-montada *Estrela Escura*.

Uma estrela escura é uma estrela aquecida pela aniquilação das partículas de matéria escura. Também é uma banda de rock psicodélico inglesa e um filme do John Carperter de 1974.

Achei que era um nome adequado para a mais avançada máquina do tempo que o mundo já viu.

É isso mesmo. Construí uma segunda máquina do tempo.

A *Segunda Estrela* comporta uma tripulação de cinco passageiros, mas fica apertado. Também há o problema do painel de controle externo. Quando eu estava construindo a primeira máquina do tempo, minha preocupação principal era incorporar a matéria exótica no projeto do veículo sem desequilibrar a arquitetura principal.

Em termos mais simples, coloquei o painel de controle do lado de *fora* da nave, porque era mais fácil dessa forma. Só que agora isso causa um problema. Não dá para mexer na ME no meio do voo, o que levantou algumas preocupações de segurança. Tanto a ATACO quanto a NASA pensaram que precisávamos de algo mais avançado, e preciso concordar. E, assim, a *Estrela Escura* nasceu. Não só essa nova máquina do tempo comporta oito pessoas, com espaço entre as cadeiras, mas também tem um painel de controle interno, o que faz os reparos durante o voo muito mais seguros e rápidos.

Primeira missão: encontrar nosso novo piloto!

Natasha está me ensinando tudo sobre a "era dourada da aviação", que é o período de tempo entre 1920 e 1930, quando todos os americanos eram absolutamente obcecados por voar. Achei que isso parecia promissor, mas Natasha acha que vamos conseguir um piloto mais talentoso procurando alguns anos mais tarde – os pilotos dos caças na Segunda Guerra Mundial.

Fiz uma piada de que deveríamos só recrutar a Amelia Earhart e pronto, mas Natasha falou que a Amelia seria um pouco velha para nosso propósito. Não havia considerado isso antes, mas ela está certa. Não estamos falando de uma única missão. Se tudo seguir de acordo com o plano, será uma série de missões que durarão por anos no futuro — talvez até mais, se considerar que vamos viajar de volta no tempo, talvez ficando por um período antes de retornar ao presente.

Em outras palavras, precisamos recrutar jovens.

Fizemos algumas pesquisas. No dia 27 de setembro de 1942, a idade mínima para alistamento de guerra foi rebaixada a dezesseis anos, desde que houvesse consentimento dos pais. E é claro que muitas crianças mentiram sobre suas idades e se alistaram quando eram ainda mais novas. Natasha disse que o mais novo era um garoto de doze anos chamado Calvin Graham. Doze anos! E lutando em uma guerra! A Zora tem quase quinze, e eu nem deixo ela namorar ninguém.

Não vou entediar todo mundo com o resto das nossas pesquisas. A conclusão é que encontramos um piloto de dezesseis anos de Bryce, no Nebraska. O nome dele é Jonathan Asher Jr. Ele mentiu sobre a idade para entrar no programa de treinamento civil e pilotos (conhecido como academia de voo, ou campo de voo), se graduou cedo, e seguiu diretamente para o treinamento de piloto. Ele era uma estrela em ascensão na Marinha, até o momento que desapareceu antes de uma missão, aparentemente sem motivos.

Não acho que seja coincidência.

Asher é jovem, talentoso, e o fato de ter desaparecido significa que não vamos bagunçar a história demais ao... bem, *removê-lo* dela.

Nós voltaremos para buscá-lo no ano novo.

Tem outra coisa que quero registrar antes de acabar hoje. Uma coisa estranha aconteceu nas últimas vezes que voltei no tempo. Não sei como descrever esse fenômeno de outra forma que não um "sonho acordado". Uma visão aparece quando estou pilotando a *Segunda Estrela* pela fenda, como se estivesse piscando no fundo da minha mente. Tem a mesma sensação de uma memória, só que não é a *minha* memória. Na verdade, eu nunca a vi antes.

A visão é essa: nossa cidade, inteiramente submersa. Os topos dos arranha-céus erguendo-se de um mar negro. Ondas se quebrando nas laterais de edifícios. Todas as árvores ficaram brancas.

Então, sou tomado por uma sensação de tristeza profunda e arrebatadora. Da última vez, foi tão ruim que não consegui segurar o leme. Roman precisou guiar a *Estrela* até em casa enquanto eu respirava profundamente e tentava não soluçar.

Não sei o que pensar disso.

É um aviso? Um sonho? Um truque do túnel do tempo?

Ainda não contei a Natasha. Quero saber mais sobre essa visão antes de perturbá-la com isso.

Seja lá o que for, me assustou.

23

DOROTHY

17 DE MARÇO DE 1980, COMPLEXO FORTE HUNTER

Pareceu durar outros cem anos até a máquina do tempo se assentar o no chão sólido e o motor ser desligado. A sensação de imobilidade repentina fez com que Dorothy prestasse ainda mais atenção na forma como o motor parecia tremer por ela, sacudindo-a até os ossos.

Estúpida, ela pensou. Não havia razão para ter medo. Ainda assim, ela colocou as mãos debaixo das pernas para que ninguém visse como estavam tremendo.

— Zora, preciso de você no motor. — Ash ainda estava desligando botões e torcendo alavancas, apesar de estarem no chão. Ele parecia melhor, apesar de uma camada fina de suor ainda cobrir sua testa.

— Já vou — disse Zora.

Ela tirou um par de óculos do bolso da jaqueta e os colocou acima das tranças, escancarando a porta.

— Quero um relatório completo do estado da ME — disse Ash, e Zora prestou continência, fechando a porta atrás dela.

Ash virou-se para Chandra.

— Como está o braço?

Chandra estava revirando a maleta de novo, o braço ferido apertado contra o peito como uma asa quebrada.

— Vai ficar bem assim que eu encontrar a minha tipoia...

Um vidrinho caiu da maleta de Chandra e rolou pelo chão da nave, parando aos pés de Dorothy. Ela esticou a mão automaticamente para pegá-lo. *Xarope de ipeca.*

— Ahá! — Chandra gritou, tirando um bolo de tecido branco e azul da mala. Dorothy observou enquanto ela o amarrava habilmente ao redor do braço quebrado. — Está vendo? Novinho em folha.

— Tem certeza? — Ash franziu o cenho. — Você não vai me ajudar se não conseguir remendar a tripulação.

— Que bom que você se importa — disse Chandra. — Eu consigo trabalhar com apenas uma das mãos.

— Bom. — Ash estava assentindo, sem notar o sarcasmo na voz de Chandra. — Willis, as plantas?

— Perdão, Chandie. — Willis contornou Chandra e puxou o estranho objeto de metal debaixo da maleta médica. — Estamos sem rede — disse, o dedo tocando na superfície iluminada. — Definitivamente pré-internet.

Ash estava assentindo.

— A tempestade foi ruim, mas dava para ver pelas nuvens na fenda onde saímos que chegamos na nossa data. 17 de março de 1980. Só que...

A porta se escancarou, interrompendo-o. Zora subiu de volta na nave, o rosto rosado pelo vento.

— Me diga que tem boas notícias — disse Ash.

— O motor fritou — disse ela, se jogando no assento. — Seu barquinho precisa de um bom cochilo.

— ME?

— Já era. — Zora apertou o nariz entre os dedos. — É melhor meu pai estar aqui, porque vamos precisar da ME da nave dele para voltar pra casa. Não acho que a *Segunda Estrela* sobreviva a outra viagem na fenda no estado que se encontra.

— Sem querer acrescentar mais às más notícias, mas não acredito que saímos da fenda na hora correta — disse Willis, indicando a janela.

O sol estava se abaixando além das linhas das árvores, lançando linhas de luz dourada piscando por entre a floresta. — O sol está se pondo agora, então não pode ser mais do que seis da tarde. Forte Hunter estará em operação completa durante as próximas oito horas.

— Isso significa que soldados armados estarão em cada entrada, câmeras de segurança seguindo nossos movimentos, um portão trancado no perímetro, fora os códigos de segurança que precisamos para passar pelas portas. — Zora foi erguendo os dedos enquanto contava. — Certo?

— Tripulação e segurança completa — confirmou Willis. Ele sacudiu a enorme cabeça. — Nossa melhor aposta é esperar aqui e tentar entrar no complexo às duas da manhã, quando voltam a ter uma equipe reduzida.

— Se fizermos isso, corremos o risco de desencontrar com o Professor de vez — disse Ash. — De acordo com o diário, ele estava planejando chegar hoje de manhã, entre duas e seis da manhã. Não temos como saber se ele queria ficar aqui além disso, ou ir para algum outro lugar assim que pegou o que queria. Precisamos dar um jeito de entrar agora.

— Você não ouviu nada? — disse Zora. — Isso é *impossível*.

Dorothy estava inalando o ar profundamente e em intervalos regulares para tentar se acalmar depois daquele voo, mas agora inclinou a cabeça, interessada. Ela havia passado uma vida toda abrindo portas trancadas e entrando em locais particulares. Se havia um lugar impossível de entrar, ela ainda não o havia encontrado.

— Deve ter algum registro dos códigos de acesso em uma dessas coisas que Willis encontrou — disse Ash.

Willis sacudiu a cabeça.

— Não vi nada do tipo, ao menos não nos materiais que consegui baixar, e já que não há internet nos anos 80, não existe uma maneira de verificar de novo.

— Então nós emboscamos um guarda. Obrigamos ele a abrir a porta.

— Nós não estamos roubando um banco, Ash — disse Zora. — Esses são soldados treinados de um dos complexos militares mais seguros do mundo. Não vão deixar um bando de civis passarem pela porta.

Dorothy considerou tudo isso na cabeça. Soldados treinados em todas as entradas. Portas fechadas com códigos de acesso.

Sim, tudo isso parecia complicado…

Era uma pena não estarem tentando roubar um banco. Aquilo era relativamente simples. Dorothy uma vez precisou recuperar um broche caríssimo de diamante de um banco que supostamente era impenetrável. Ela conteve um sorriso, lembrando-se.

No fim das contas, fora fácil. O edifício contara com segurança máxima, mas havia sido muito engraçado. Assim que a pegaram perambulando em volta…

Ah. Dorothy fechou os dedos ao redor do xarope de ipeca, um plano formando-se na sua mente. Os outros ainda estavam discutindo e não pareciam próximos de chegarem a uma conclusão sozinhos. Ela poderia ajudá-los…

No entanto, ela hesitou, os olhos passando pela porta da máquina do tempo. *Por que* ela deveria ajudá-los? Tudo que ela queria era voltar no tempo, e ali estava ela. Duvidava que alguém a impedisse de ir embora. Não havia motivos para envolvê-la.

E também havia aquela estranha visão. Roman inclinando-se na sua direção, o rosto a centímetros do dela. *Você não deveria confiar neles.*

Seu nervosismo aumentou, mas a visão não era nada — apenas um truque do seu subconsciente. Uma memória de um sonho, como as que teve quando foi de 1913 a 2077. E o plano já estava ali, inteiramente formulado, e se ela poderia se gabar, era perfeito. Ela mordiscou o lábio inferior. Seria uma pena não tentar executá-lo.

Guardando o vidrinho no bolso, ela se inclinou, cutucando Willis no ombro.

— Você tem algum tipo de… mapa para esse Forte Hunter, correto?

Willis assentiu.

— De todos os vinte e nove andares.

— Posso vê-lo?

Willis apertou a tela algumas vezes, então entregou-a para Dorothy.

— Se quiser dar zoom, é só fazer isso.

Ele fez um gesto de beliscão com os dedos.

Dorothy não sabia o que aquilo significava, mas ela assentiu como se entendesse, pegando o aparelho e apertando os olhos para examinar a imagem que exibia.

Corredorzinhos e salas esparramavam-se diante dela. Era de dar tontura ver todos eles. As palavras que os marcavam eram pequenas demais para a leitura, borrões negros de tinta em uma superfície brilhante demais. Ela nunca encontraria o que estava procurando.

— O que você está fazendo? — Ash parecia receoso, mas havia algo no olhar dele quando ele a encarou. Divertimento, talvez.

— Acho que tive uma ideia — disse Dorothy.

Agora ele sorriu abertamente.

— Odeio te dizer isso, mas você não vai conseguir abrir as portas dando umas piscadinhas pra um soldado.

— Tenho outras habilidades.

Dorothy tentou dizer isso de uma maneira casual, mas ela conseguiu sentir o quanto estava na defensiva com suas palavras. Os homens costumavam presumir que beleza e intelecto eram mutuamente exclusivos. Era cansativo.

A sobrancelha de Ash se ergueu, parecendo ainda mais que ele ria dela. Dorothy conseguiu sentir o calor no seu pescoço.

— É mesmo? — disse ele.

— Às vezes eu dou um meio sorriso. Os homens se tornam igual pudim.

Dorothy manteve a voz leve, como se estivesse flertando, mas os ombros dela endureceram.

Ele continuava a subestimá-la. Primeiro na igreja, quando ela havia entrado a bordo da nave, então de novo quando Roman a raptou. Ela não sabia o porquê daquilo a incomodar tanto. Ele não era nada para ela, exceto uma carona. Ela não estava nem particularmente interessada no conteúdo dos seus bolsos.

Foi então que ela percebeu: não estava tentando enganá-lo. Todos os outros homens que ela havia conhecido apenas olhavam seu rostinho bonito. Era um dos pilares dos golpes: precisava desaparecer antes que alguém percebesse o quão talentosa realmente era. Só que ela havia mostrado a Ash, e ele não acreditava.

Esse pensamento a fez se sentir estranhamente solitária. Ela estava ansiosa para tirar o relógio que tinha roubado do seu bolso e o exibir na frente do nariz dele, como uma criança. *Está vendo? Está vendo o que consigo fazer?* Como se assim ela pudesse convencê-lo de que tinha muito a oferecer.

Ele ainda estava sorrindo para ela, um sorriso preguiçoso que dizia que ele não esperava muito dela, nem mesmo agora.

— Está bem, docinho. Hora de me impressionar.

Argh, pensou ela. *Docinho*.

Por sorte, foi naquele momento que os olhos dela encontraram o lugar que estava procurando. Ficava ao lado de um túnel que levava à entrada principal. Ela entregou o computador para Ash.

— *Ali* — disse, apontando.

Ele se aproximou, franzindo o cenho, uma das mãos roçando de leve contra as costas dela.

— Você está brincando — disse ele, em um tom de voz bem diferente. O sorriso dele havia sumido.

— Não estou.

Dessa vez, Dorothy estava sorrindo. Ela apontou de novo na tela, a confiança dela crescendo.

— *É assim* que iremos entrar.

24

ASH

Vinte minutos depois, Ash estava do lado de fora de uma cerca de arame, a montanha enorme que escondia o complexo Forte Hunter acima dele. A única indicação que tinha de estar em um lugar especial era a placa de aviso pendurada em cima.

AVISO. ÁREA RESTRITA.

Essa instalação foi declarada área restrita de acordo com uma diretiva da Secretaria de Defesa, aprovada em 19 de maio de 1963, sob a provisão da Seção 31, Ato de Segurança Interina de 1950. Todas as pessoas e veículos entrando a partir de agora estão suscetíveis a buscas. Tirar fotografias e fazer anotações, desenhos, mapas ou outras representações gráficas dessa área e de suas atividades é proibido, com exceção de expressamente autorizado pelo comandante. Qualquer material desse tipo encontrado na posse de pessoas não autorizadas será confiscado.

Ash olhou para além da placa, os olhos fixados em uma luz vermelha piscante logo acima da sua cabeça. Câmera de segurança. Alguém estava observando.

Ele sentia o nervosismo pela coluna, seus nervos avisando que era provavelmente uma má ideia. Não sabia se conhecia Dorothy o suficiente para colocar toda a segurança de sua tripulação nas mãos dela.

Ela escapou de Roman, uma vozinha o lembrou. Isso significava que era esperta. E ela também havia entrado clandestinamente na nave, o que significava que era sorrateira. E havia pulado de uma janela do oitavo andar, então também era corajosa.

Eram esses os motivos de ele ter concordado com o plano dela na *Segunda Estrela*, mas agora tinha suas dúvidas. Ele deveria tê-la feito repassar os detalhes de novo, verificar furos. Deveria ter tentado mais inventar uma ideia. Deveria ter esperado. Deveria…

Ash sacudiu a cabeça, forçando as preocupações a se afastarem. O Professor estava em algum lugar dentro daquela montanha, além da cerca de segurança e as câmeras, o mais perto que já estivera em quase um ano.

Ash teria que confiar nela. Ele ergueu o walkie-talkie aos lábios.

— Cheguei no perímetro. Câmbio.

A voz de Zora respondeu com estática:

— Pode prosseguir. Câmbio.

Ash pendurou o walkie-talkie de volta ao cinto e olhou por cima do ombro. Havia insistido para os outros ficarem atrás e deixá-lo ir primeiro, como um peão, só para o caso de haverem soldados perto dos portões principais que gostavam de apertar o gatilho e queriam praticar tiro ao alvo. Willis não gostara da ideia, mas Ash dissera que, entre os dois, ele era o único que sabia exatamente como e aproximadamente quando iria morrer. Se levasse um tiro, não seria fatal — não *poderia* ser. Relutantemente, Willis concordara que era verdade.

Ash apertou os olhos, tentando discernir as silhuetas da tripulação espalhadas pela escuridão. A Lua estava cheia e prateada no céu noturno, mas sua luz não ajudava a diminuir as sombras da floresta. Os galhos de árvores retorcidos pareciam demais como braços, as folhas estremecendo ao vento parecendo cabelos esvoaçantes.

Ash se virou para o portão.

— Aqui vamos nós — murmurou ele, e fez uma prece rápida e silenciosa conforme cortou diretamente pela cerca.

O arame se partiu com um *pop*.

Ash continuou trabalhando em silêncio. Depois de alguns minutos, ele havia criado um buraco vagamente do tamanho de uma pessoa na cerca. Ele parou para enxugar a testa — úmida de suor, apesar de estar frio o bastante na floresta para congelá-lo onde estava —, então abaixou o alicate e passou pelo buraco.

— Estou dentro — falou ele no walkie-talkie. — Câmbio.

— Estamos logo atrás — a resposta veio. — Câmbio e desligo.

Um morcego voou acima, lançando uma sombra trêmula no chão já escuro. De algum lugar distante vinha o som de água pingando. Ash seguiu montanha adentro, amassando a grama seca sob seus pés. Cada soldado que fazia valer seu treinamento sabia andar sem fazer som nenhum, movendo-se como uma sombra. Ash se sentiu um idiota ao ignorar seu treinamento, mas ele queria ser visto. Ele passou tempo o suficiente nas forças armadas para saber que sempre havia alguns soldados que atiravam primeiro e faziam perguntas depois. Se alguém fosse levar um tiro, precisava ser ele.

As palmas das mãos começaram a suar, os músculos tensos. Ele tentou não pensar nos outros se esgueirando pela floresta atrás dele, escondendo-se nas sombras, passando de árvore em árvore.

De acordo com as plantas baixas de Willis, a entrada principal ficava contra a montanha a uns vinte metros adiante. A caminhada parecia durar mais tempo do que deveria. A escuridão estava fazendo truques, pensou Ash. Ou talvez fosse seu nervosismo, esticando os segundos, fazendo com que cada minuto parecesse três. Ele se viu acelerando, inconscientemente esperando tirar alguns segundos do tempo que demoraria para encontrar o Professor. Parou quando notou o que estava fazendo. Pegar atalhos só estragaria tudo.

Estavam próximos agora. Agora era hora de ter precaução.

Finalmente, as árvores diminuíram, revelando um grande túnel de metal protuberante da lateral da montanha, como um erro da natureza. Cercas com arame farpado no topo ficavam a cada lado da estrada asfaltada levando até a entrada. Soldados estavam parados, atentos perante a cerca, em silêncio, as armas grandonas fazendo linhas no peitoral.

Ash se abaixou, tirando o walkie-talkie do cinto e...

Metal frio pressionou a sua nuca.

— De pé, garoto — disse uma voz profunda e firme. — E fique com as mãos onde eu possa ver.

Ash ficou em pé devagar, as mãos esticadas ao céu. A arma não saiu do seu pescoço.

— Identificação? — a voz perguntou. A arma reverberava contra a pele de Ash quando falava.

Ash engoliu em seco. Ele tinha uma carteira de motorista de 1945 em uma caixa em casa. Não que teria ajudado agora. Ele sacudiu a cabeça.

— Por que não tenta explicar o que está fazendo aqui, filho?

A boca de Ash estava seca.

— Caminhando pela natureza.

— No meio da noite? Está certo. Quer me contar por que precisa de um walkie-talkie para a sua caminhada?

O homem retirou a arma do pescoço de Ash e deu um passo para onde poderia vê-lo. Era um soldado de aparência genérica em seu uniforme verde militar. Ele indicou o walkie-talkie no cinto de Ash.

— Isso parece equipamento militar.

Ash não disse nada. *Era* equipamento militar, roubado de 1997. Ele torcia para o soldado não olhar com atenção.

— Nossas câmeras mostram você cortando um buraco na cerca lá atrás — continuou o soldado. — Isso não foi muito legal da sua parte. Na verdade, chamamos de destruição de propriedade militar por aqui. Então você foi, passou pela cerca e começou a perambular pela base. Chamamos isso de invasão de propriedade militar. Você está andando sem identificação, carregando o que parece ser equipamento militar *roubado*. — O soldado coçou o queixo. — Bom, nada disso parece bom. Você e seus amiguinhos estão numa encrenca daquelas, filho. Uma encrenca do *cacete*.

— Meus amigos? — disse Ash.

Antes que pudesse responder, Willis, Zora, Dorothy e Chandra saíram da árvore, as mãos levantadas, uma linha de soldados atrás deles.

— Acha que são o primeiro grupo de crianças que encontramos fazendo bagunça por aqui? — O soldado sacudiu a cabeça. — Acontece praticamente toda semana. Não significa que vamos deixar vocês saírem assim fácil. Não, senhor. Tem um protocolo a seguir numa situação dessas. Na verdade, acredito que vamos precisar deter todos vocês lá no complexo até conseguirmos ligar para o xerife local vir pegar vocês.

O soldado assentiu para um caminho de terra permeando pela floresta, fazendo um gesto com a arma para indicar que deveriam começar a andar. Ash se forçou a andar para a frente, entrando em fila atrás de Dorothy.

Ela deu uma piscadinha enquanto ele passou por ela, os cílios abaixando tão rapidamente que poderia ter imaginado. Ele bateu o ombro contra o dela quando o soldado não estava olhando. Se estivessem sozinhos, ele poderia tê-la agarrado e beijado.

Deter todos vocês lá no complexo, o soldado tinha dito. O que significava que o plano maluco dela tinha funcionado.

Estavam dentro.

A ideia de Dorothy havia sido extraordinariamente simples. Invadir o Forte Hunter era impossível. Então eles nem sequer tentariam invadir o Forte Hunter.

— Quer que prendam a gente? — perguntara Zora, boquiaberta.

— Tive a ideia quando mencionaram invadir um banco — explicara Dorothy. — Entrar em um banco é na verdade bastante difícil. Há guardas no caminho, portas trancafiadas e toda a segurança. Mas assim que você é *pego* tentando invadir eles o levam diretamente para esperar pela polícia. E se tiver sorte e o deixarem sozinho em um escritório, entre todos os lugares, você fica apenas a uma porta de separação do resto do lugar. — Ela erguera um dedo. — *Uma* única porta, e provavelmente é uma com uma tranca normal e tudo. Qualquer tolo pode passar por isso.

— Forte Hunter não é um banco — dissera Ash, cético.

— É claro que não, mas *esta* saleta é claramente para deter pessoas que não estão autorizadas a andar no terreno. — Ela erguera o tablet de Willis para Ash olhar, indicando uma salinha identificada como *detenção*. — Nota algo especial nela?

Ash apertara os olhos para a imagem borrada. Era dentro do complexo, ao lado do que parecia algum tipo de estrada. Ele seguiu a estrada retorcida com os olhos, o entendimento assentando nele. Levava até a base.

— Podemos chegar a qualquer lugar que quisermos dali — dissera ele.

Dorothy abaixara o tablet, o rosto triunfante.

— *Exatamente.*

Agora os soldados os levavam em um jipe verde quadrado. Ash olhou para Dorothy conforme todos subiram atrás.

Ela já estava o observando, as sobrancelhas franzidas, mas desviou o olhar no segundo em que seus olhos se encontraram, seus traços suavizados de novo.

Ele deixou seu olhar se demorar por mais um segundo, perguntando se estava nervosa. Talvez, sob o exterior calmo, ela estivera tão preocupada quanto ele que seu plano não funcionaria. Ela sempre parecia tão confiante. Ash nunca considerou que ela pudesse estar fingindo.

Ninguém falou enquanto eram levados no carro. Árvores, arbustos e grama ficavam borrados na janela, pedras e mato sendo esmagados pelos pneus enormes do jipe. Seguiram o caminho de terra que retorcia pelas árvores e os deixaram em uma estrada pavimentada ladeada por cercas de arame farpado. A entrada para o Forte Hunter estava logo à frente.

Ash engoliu em seco. Ele passou os últimos onze meses dizendo a si mesmo que encontrar o Professor era a solução para todos os problemas. E agora a solução estava *ali*, naquele prédio.

Ele não conseguia imaginar se isso era o suficiente. Será que seu futuro já havia mudado? Talvez nunca encontrasse com a mulher de cabelos brancos, nunca subiria naquele barco, nunca sentiria o calor de sua adaga.

Talvez isso — voltar no tempo, vir aqui — seria o suficiente para alterar tudo.

Uma linha de soldados estava parada na frente da entrada, as armas a postos. Holofotes brilhavam acima deles, e a chuva caía na frente dos seus rostos, refratando a luz amarela.

Ash olhou para Zora e viu que ela também observava os soldados. Só que seus olhos estavam estreitos, e estava franzindo os lábios profundamente. Havia algo errado.

Ash tentou chamar a sua atenção, mas ela sacudiu a cabeça, indicando os homens armados sentados na frente deles. *Agora, não.*

Os soldados guardando a entrada deram um passo para o lado, e o jipe rugiu pelas portas. As portas arqueadas abriam em um espaço branco cavernoso. Holofotes monstruosos estavam pendurados no teto, lançando uma luz estéril no chão preto de concreto. Dezenas de jipes preenchiam o espaço, cada um rodeado por uma unidade de soldados vestidos de verde militar, os rifles pendurados nos ombros. O burburinho da conversa zunia por ele, abafado pelo vidro espesso do jipe.

Sala dos portões, pensou Ash, lembrando esse ponto no mapa de Willis. Ele examinou os rostos enquanto passavam, sem fôlego cada vez que via um relampejo de cabelo grisalho. Nunca era o Professor, mas poderia ser. Ele poderia estar em qualquer lugar. Poderia estar próximo.

Ash desviou a sua atenção para a parede mais longe, a única parede feita de gesso em vez de pedra. Quatro selos separados o encaram:

Comando Norte dos Estados Unidos

Comando da Defesa do Espaço Aéreo Norte-Americano

Comando Espacial da Força Aérea
Agência de Defesa de Projetos de Pesquisa Avançados

Eram intimidadores, com bandeiras dos Estados Unidos e águias estoicas estampadas encarando a distância. Estavam penduradas em um círculo no gesso, rodeadas por um letreiro preto gigante que lia: BEM--VINDOS AO COMPLEXO FORTE HUNTER.

Ash sentiu a adrenalina no estômago. Ele era um soldado indo contra o seu país. Estava cometendo *alta traição*. Se ainda estivesse no exército, ele iria ao tribunal e seria expulso.

Vai valer a pena, ele disse a si mesmo. *Vai valer a pena se eu conseguir ficar vivo.*

O jipe saiu da sala dos portões e continuou em um túnel escuro com canos e arames emaranhados nas paredes curvadas. O som do motor ecoava pela parede de tijolos suja conforme desacelerava. As luzes aqui eram menores e não conseguiam manter a escuridão distante.

Ash contou três câmeras de segurança antes de, enfim, pararem em uma estação branca que parecia como um pedágio exageradamente grande. O soldado cuidando da estação seguiu para o jipe, a arma pronta.

Ash segurou a respiração. *Aqui vamos nós.*

O motorista abaixou a janela do jipe. Os dois soldados pareciam idênticos, com os cabelos castanhos cortados curtos e rostos sérios e barbeados. Pareciam com os pequenos brinquedos de plástico do exército que Ash brincava quando criança. Genéricos. Intercambiáveis. Ele duvidava que conseguiria distinguir os dois se o motorista não estivesse usando um chapéu verde puxado sobre a testa.

— Encontramos esse grupo de civis perambulando pelo terreno dentro do perímetro — disse o Militar Número Um. — Sem identificação, e nenhum deles quis falar o que estavam fazendo aqui.

Militar Número Dois apertou a mão na arma, olhando para além do motorista para o assento de trás. Ash manteve seu olhar distante para não precisar fazer contato visual.

— Foram interrogados?

— Negativo. Procedimento diz que devemos levá-los diretamente para detenção.

Militar Número Dois examinou Ash por mais um momento, os olhos levemente estreitados. Finalmente, ele assentiu, dando um passo para o lado para prosseguirem.

Ash exalou pelos dentes. *Até agora, tudo bem.*

Ele resistiu ao impulso de olhar para Dorothy. Mas conseguia senti-la no assento atrás dele. O joelho dela encostava nas costas da sua cadeira cada vez que se mexia. Ele pensou de novo naquele momento na floresta, quando ele imaginou pegá-la e beijá-la, e sentiu uma pontada de algo no seu âmago.

Foi só empolgação, ele se convenceu, afastando o pensamento, mas a imagem permaneceu.

A palavra *detenção* fez Ash pensar em portas pesadas e janelas com cadeados engordurados, mas a área de detenção do Forte Hunter era só uma sala branca de teto baixo com bancos parafusados no chão, as paredes feitas inteiramente de vidro.

Para poderem nos observar, pensou Ash. Isso fez sua pele se arrepiar.

A sala estava vazia, mas um soldado estava em pé ao lado da porta de aço. Ele não deu atenção ao jipe, sequer olhou para Ash e seu grupo enquanto foram levados para dentro, as mãos atrás da cabeça, os olhos sempre em frente. Três soldados os seguiram até a porta, as armas brilhando na luz tênue.

Ninguém ousou falar até a porta se fechar atrás deles, deixando-os sozinhos na salinha. Ash observou através do vidro os soldados subirem de volta no jipe e irem embora.

Ele respirou fundo, tentando encontrar algo calmo para se concentrar. Estavam fazendo isso por *ele*, afinal. Encontrar o Professor e salvar a vida dele. E até agora, o plano de Dorothy tinha funcionado sem problemas.

Talvez não tivesse sido a pior coisa do mundo ela ter subido a bordo de sua nave.

Ele se virou. Dorothy havia se abaixado no banco, parafusado na parede mais distante, as mãos dobradas no colo, a cabeça levemente inclinada enquanto o observava.

— Pronto? — perguntou ela.

— Pronto — disse ele, engolindo em seco. — Tudo bem, Dorothy. Vamos ver o que você sabe fazer.

25
DOROTHY

Dorothy. Ash a havia chamado pelo nome.

Parecia como um pequeno triunfo, apesar dela não conseguir distinguir exatamente o motivo.

Algo no seu estômago se apertou conforme ela o observava andar pela unidade de detenção, andando em círculos e estalando os dedos, sacudindo os ombros para cima e para baixo como se algo houvesse prendido sua jaqueta. Ele parecia culpado demais. Faria todos eles serem pegos.

— Você pode se acalmar? — Ela fingiu examinar um pedaço de sujeira sob a unha enquanto observava o soldado do lado de fora da sala com o canto do olho. — Ele vai te *ver*.

Quando os olhos dela voltaram para os dele, ela notou que ele já a encarava. Calor subiu pelo pescoço. O olhar dele se demorou por um momento, então ele o desviou.

— Como é que é para eu ficar calmo? Estamos numa prisão militar, caso você não tenha notado.

— É uma unidade de detenção, não uma prisão. Não seja tão dramático.

— Nós podemos ser julgados por *traição*.

Minha nossa, pensou ela, tentando conter o riso.

— Mas não seremos. Não os ouviu conversando? Acham que somos crianças brincando pela floresta. O pior que receberemos será um tapinha na mão. Nunca foi preso antes?

Chandra soltou uma risadinha.

— Ash? Preso? Por favor, ele é um total escoteirinho.

Dorothy franziu o cenho. Escoteiro?

— É uma expressão — explicou Willis. — Chandra está dizendo que Ash é bonzinho demais.

As sobrancelhas de Ash se ergueram em desafio.

— E você, princesa? Passou muitas noites em celas de cadeia?

Dorothy grunhiu internamente. *Então voltamos ao princesa*. Ela deveria saber que ele ter usado seu nome de verdade havia sido apenas um engano.

— Defina "muitas" — disse ela.

— Mais do que duas.

Ela mordeu os lábios. Havia sido presa quatro vezes (e duas dessas não foram culpa dela), mas ela não queria dar a ele a satisfação de admitir isso.

— Você é mesmo um escoteirinho — murmurou ela, contente que agora tinha uma palavra desagradável para chamá-lo. Ela se ajoelhou na frente da porta. — Para sua sorte, eu não sou, ou nunca conseguiríamos sair daqui.

A boca de Ash estremeceu nos cantos quando ele disse:

— Suponho que isso seja verdade.

Quase um elogio. Dorothy escondeu um sorriso e virou-se para a porta.

Não havia uma fechadura na maçaneta — deveria ser apenas acessível pelo lado de fora. Não era nenhuma surpresa. Ela não esperava de verdade que fosse ser tão fácil quanto mexer em alguns grampos.

Ela olhou pela janela, estudando o pescoço magro e rosado do guarda. Ele era mais jovem do que os outros que haviam encontrado, a barba por fazer nas bochechas ainda com falhas. Se estivessem em qualquer outro lugar, ela o teria comendo na sua mão como um cachorrinho empolgado dentro de alguns minutos, mas duvidava que até mesmo esse garoto seria tolo o bastante para flertar com uma prisioneira.

Ela mordiscou o lábio inferior, examinando-o. Ele estava usando um chaveiro gigantesco no cinto ao redor da cintura. Dorothy poderia ter conseguido aliviá-lo daquele peso sem dificuldades, mas não havia muito o que conseguiria fazer com aquela parede de vidro separando-os.

Ela flexionou os dedos. Isso deixava apenas uma opção. Esticou a mão para o bolso, onde havia guardado a garrafinha de xarope de ipeca que havia caído da maleta médica de Chandra, destampou e bebeu.

Era um xarope doce. Dorothy fez uma careta e guardou a garrafinha.

— Fiquem prontos para irem quando abrir a porta — disse ela aos outros. — Não sei quanto tempo…

Um gosto ácido e forte subiu à sua garganta. Ela fechou a boca, engolindo-o. Fora rápido. Cobrindo a boca com uma das mãos, ela ficou em pé e deu uma batidinha na janela.

O soldado encostou a arma contra o vidro.

— Senhorita, preciso pedir para que você fique longe da parede.

— Não estou me sentindo bem, senhor.

Dorothy enfatizou a palavra *senhor*. Ela sabia por experiência própria que os homens eram mais propensos a bancar os heróis quando pensavam que eram respeitados.

O jovem soldado olhou em volta, como se procurasse ajuda.

— O departamento do xerife deve chegar em breve.

Dorothy mudou o braço da boca para o estômago. Ela deixou suas pernas bambearem, e caiu contra a parede de vidro, gemendo. O soldado estava com a arma para cima em um segundo, o punho apoiado contra o ombro.

— Senhorita, eu vou precisar pedir *de novo* para se afastar da parede.

— Acho que não consigo levantar.

— Não me faça usar força!

— Por favor...

O estômago de Dorothy estremeceu. Ela gemeu e se encolheu. Os joelhos estavam de fato tremendo agora. Pensou que talvez fosse desmaiar. O soldado estava gritando algo, mas ela não conseguia ouvir sua voz acima do sangue que parecia pulsar na sua cabeça. Ela se inclinou para a frente, vomitando.

Ela ouviu o tilintar de chaves, seguida do som de metal rangendo e uma fechadura se abrindo. Agora parecia uma ótima hora para desmaiar. Tomando cuidado com a bagunça, Dorothy caiu para trás, desmontando-se no concreto. Não era a primeira vez que fazia isso, e ela se certificou de parecer real. Piscou as pálpebras e deixou seus lábios estremecerem. Sob a camisa, o seu peito inchava.

O som da porta se abrindo, e o som de passos do soldado entrando na cela.

— Contra a parede! — rosnou ele.

Dorothy estava de olhos fechados, mas ela imaginava que estava apontando a arma de uma maneira masculina para Ash e os outros ficarem contra a parede. Ela estremeceu o lábio mais uma vez.

— Senhorita? — A voz dele estava mais próxima agora, acima dela. — Pode me ouvir? Você está bem?

Dorothy não respondeu, os olhos ainda fechados. Ela o ouviu pegar alguma coisa, então, em uma voz mais profissional:

— Aqui é o Soldado Patrick Arnold, na detenção. Temos uma situação...

Dorothy abriu os olhos, olhando para o soldado por baixo dos cílios.

Ele abaixou o dispositivo em formato de caixote onde estava falando. De perto, parecia ainda mais com um garoto. Olhos castanhos grandes que ocupavam a maior parte do rosto, e o princípio de um bigode esparramado sobre seu lábio superior.

— Senhorita? — Ele engoliu em seco, o gogó subindo e descendo. — Você está bem?

— O q-que aconteceu? — A voz dela falhou de verdade. A mãe ficaria tão orgulhosa.

— Você desmaiou. Você precisa...

Willis colocou um braço ao redor do pescoço do garoto, facilmente o levantando no ar. Dorothy não pensara que seria possível para um homem daquele tamanho ser tão furtivo, mas Willis havia cruzado a cela sem emitir som nenhum, os coturnos silenciosos no chão de concreto.

O pobre Soldado Patrick Arnold se debateu desesperadamente contra o braço do gigante. Ele perdeu o controle da arma e ela caiu no chão. Seus lábios estavam pálidos.

— Shh... — murmurou Willis, os músculos inchados ao redor do pescoço magro do soldado. — Durma.

Os olhos do Soldado Arnold piscaram. Dorothy se colocou de pé, desgostosa com o gosto amargo na boca. Gostaria de uma folha de menta ou algo do tipo para mascarar o sabor do vômito.

— Acha que ele tem algum refrescante de hálito? — perguntou ela, quando os olhos do soldado se fecharam, a cabeça pendendo para o lado. O coitadinho estaria com problemas sérios quando acordasse. Ela quase sentia pena dele.

Willis colocou o corpo inconsciente do Soldado Arnold no chão do outro lado da cela, tomando cuidado especial para não deixar a cabeça bater no concreto. Ele revirou os bolsos do soldado, tirando de lá uma lata branca e vermelha pequena.

— Altoids? — Dorothy esticou a mão para pegar a bala. — Eu já ouvi falar desses.

Ela colocou uma na boca, os olhos se movendo para o bolso do soldado. Ele provavelmente estava com uma carteira.

A mão de Ash de repente apoiou no seu braço.

— *Não.*

Ela se empertigou.

— Ele já está desmaiado. Será fácil.

— Ainda assim vai ser um *roubo*.

A maneira que ele falou *roubo* fez Dorothy sentir uma pontada de vergonha. Ela emitiu um som exasperado.

— Acredito que mereço algum tipo de recompensa por nos tirar daqui — murmurou ela.

O aperto no braço diminuiu, mas Ash não retirou sua mão.

— Não acredito que isso funcionou de verdade.

Ele não parecia estar rindo dessa vez. Examinou o rosto dela, franzindo a testa.

— Onde você aprendeu tudo isso?

— Não soe tão surpreso — murmurou Dorothy, mas sentiu algo quente no estômago. Nunca havia recebido elogios por seu trabalho em um golpe antes. — Já te disse, eu sou muito habilidosa.

Ash pigarreou e abaixou a mão, mas não antes de Dorothy ver o mais leve corar das bochechas dele.

— Bom — murmurou ele. — Foi bem impressionante.

Dorothy mordiscou o lábio. O olhar que ele lançara… era como se ela, enfim, tivesse obtido o respeito dele.

Aquele pensamento causou um batimento estranho no peito. Ela não percebera o quanto queria aquilo.

O dispositivo falante fez um chiado de onde estava no chão, então uma voz disse:

— Soldado? Está aí? Contato, Soldado…

Ash pegou o dispositivo do chão e o levou à boca.

— Aqui é o Soldado Arnold — disse ele, em uma imitação surpreendentemente razoável do soldado inconsciente. — Desculpem pelo alarme falso. Está tudo certo por aqui.

Mais estática.

— Entendido — veio a resposta.

— Ele vai acordar dentro de alguns minutos — disse Willis, indicando o Soldado Arnold. — Precisamos estar em outro lugar quando isso acontecer.

Ash pegou a arma do chão, do lado do soldado inconsciente, e a entregou para Zora, que tirou o carregador, erguendo-o para a luz e apertando os olhos.

— Tem trinta rodadas cheias — disse ela, colocando de volta no lugar com clique. — Parece que nosso garoto não teve chance de atirar com essa coisa.

Ash continuou apalpando o soldado.

— Com sorte, nós também não iremos. Pegou o modelo?

— SG 542. Todos estão com esses. É bem fácil de usar.

— Por que estamos falando sobre armas? — Dorothy olhou para a porta, os dedos nervosos batendo contra a perna. — Nós não precisaremos...

As palavras morreram antes de chegarem aos lábios. Havia um túnel ao lado da sala de detenção. Dorothy sabia que estaria ali, é claro. Havia sido parte do seu plano. Ela havia notado nas plantas baixas de Willis, tinha seguido o caminho sinuoso que fazia através do complexo com seu dedo.

Só que ela não sabia que as paredes do túnel seriam feitas de tijolos cobertos por sujeira e gesso. Assim como em sua visão.

— Dorothy? — perguntou Ash.

Só que ela já estava caminhando em direção ao túnel, as mãos abaixando para as paredes. Ela sabia, antes de tirá-los dali, que seus dedos estariam úmidos.

— Dorothy?

Ash tocou suas costas tão levemente que pensou que poderia ter feito por acidente. Ela estremeceu.

— Sim? — murmurou ela.

Ash disse algo sobre estar pronta para ir, mas ela mal o ouviu. Sua mente estava em outro lugar.

Você não deveria confiar neles.

A memória da voz de Roman fez a adrenalina percorrer o sangue. Aquilo também era real? Um aviso do futuro?

Dorothy mordeu o lábio. Se *era* real, não fazia sentido acreditar naquilo. Roman a havia raptado. Havia *atirado* nela. Se havia alguém em quem ela não poderia confiar, era ele.

Ainda assim, algo a incomodava. A sensação de *déjà vu* quando viu o rosto dele pela primeira vez. A forma como ele havia a provocado.

Você está tentando me dizer que viu o futuro?

Talvez. Talvez até tenha visto o seu.

Ela não sabia de alguma coisa, tinha certeza disso.

Mas, por mais que tentasse, ela não conseguia descobrir o que era.

DIÁRIO DO PROFESSOR — 21 DE JANEIRO DE 2075
07H15
ACADEMIA DE TECNOLOGIA AVANÇADA DA COSTA OESTE

A missão de hoje: encontrar nosso guarda-costas.

O guarda-costas é uma necessidade que todos concordamos. Imagino que vamos viajar para alguns lugares bem assustadores, então a proteção do nosso time precisa ser de prioridade máxima.

Nós discutimos por um tempo se deveríamos encontrar o maior homem, ou o melhor lutador, mas, no fim, decidimos trabalhar com o pressuposto de que um homem *grande* funcionará como dissuasão sem que precise necessariamente lutar. As pessoas podem aprender a lutar, afinal de contas.

Encontrar o maior homem da história foi mais fácil do que esperava.

Willis Henry trabalhava em um circo como levantador na virada do século. Aos dezesseis anos, ele já tinha mais de dois metros e pesava quase trezentos quilos. E não parece ter terminado de crescer. Meu chute é que ele tem algum tipo de gigantismo. (Gigantismo é uma condição endocrinológica rara que causa o corpo a secretar quantidades excessivas de hormônios de crescimento.) Nós precisaremos examiná-lo quando chegar em 2075.

De acordo com a informação que Natasha encontrou, Willis trabalhou no circo começando em 1914 e desapareceu abruptamente em 1917. Há dezenas de fotos dele no arquivo, mas surpreendentemente pouco é mencionado sobre seu estado mental e emocional. O circo o colocou como algum tipo de monstruosidade, mais fera do que homem. De qualquer forma, pensei que era mais seguro deixar Zora e Natasha em casa nessa viagem. Roman, porém, insistiu em vir comigo.

"Eu nunca fui a um circo antes", ele me disse.

O circo em questão era um dos bons. O circo de Sells-Floto começou no início dos anos 1900 e seguiu até 1929, quando se tornou parte da Corporação Americana de Circo. No fim dos anos 20, era considerado um dos maiores atos na terra. Quando chegamos a 1917, era bastante claro que estavam a caminho de obter essa distinção. O ar cheirava a amendoim e pipoca. Havia acrobatas saltando do lado de fora da tenda, um homem cuspindo fogo e *elefantes* de verdade. Eu tinha cinco anos quando os elefantes foram extintos, então só tinha visto figuras. Fiquei sem fôlego.

Roman ficou fascinado com as tendas do circo, de uma forma peculiar. As tendas antigas eram essas estruturas brancas monstruosas feitas de lona dura. Eu não entendi qual era o fascínio até Roman falar que elas o lembravam das barracas de emergência no campus.

Consegui notar que ele estava nervoso ao mencionar isso. Nossas brigas só aumentaram durante as últimas semanas. Tentei falar para Roman se mudar para nosso quarto de visitas, mas ele insiste em morar na Cidade das Barracas. Diz que gosta de lá, mas não sei como isso é possível. Houve mais tumultos e protestos. Ninguém mais sabe como ajudar as pessoas da Cidade das Barracas. O estado está sem dinheiro, e não há como encontrar novos lares para as pessoas.

A maior parte da cidade finge que as barracas nem estão lá.

Enfim, estou divagando.

Encontramos Willis no trailer atrás da tenda principal. Se não fosse pelo tamanho dele, duvido que o teria reconhecido. As fotos mostravam um homem-fera rosnando, mas Willis não era nada daquilo. Ele estava sentado em um barril deitado, jogando paciência com cartas marcadas e velhas, e ele parecia... solitário, por falta de uma palavra melhor. Quando nós aparecemos, ele pareceu ficar feliz de ter alguém com quem conversar.

Não sei se ele acreditou na minha história sobre viagem no tempo e o futuro, mas concordou em vir conosco de qualquer forma.

"Não gosto muito da vida do circo", explicou ele, conforme voltamos para a *Estrela Escura*. "Todo mundo te trata como uma aberração, e as barracas são frias à noite. É cansativo ver as pessoas passando por você e te encarando."

Não tenho certeza de que ouvi corretamente, mas tenho quase certeza de que Roman disse:

"Sei exatamente como é."

A vida na Cidade das Barracas é assim?

E se ele odeia tanto assim, por que não nos deixa ajudar?

26

ASH

17 DE MARÇO DE 1980, COMPLEXO FORTE HUNTER

Ash encarou o túnel de serviço — vazio. Quem quer que estivesse do outro lado do walkie-talkie do soldado Arnold ou tinha engolido a mentira de que tudo estava chuchu beleza, ou não estava com pressa de verificar as coisas por aqui.

— Willis? — disse Ash. — O mapa?

Willis tirou o tablet do cós da calça (onde o tinha guardado para que os soldados não pudessem ver a tecnologia avançada) e bateu na tela, fazendo uma luz azul dançar sobre as paredes de tijolo encardidas.

— De acordo com o diário do Professor, ele estava procurando por algo *aqui*, na ala leste. — Willis inclinou a tela na direção de Ash, apontando para um corredor longo na lateral do mapa. — A rota mais direta é por essa estrada de serviço, mas significa passar pela sala dos portões de novo, que é a parte mais lotada do complexo. Isso seria tranquilo se tivéssemos chegado às duas da manhã como planejado, mas agora…

— Agora vai estar movimentado. — Ash mordiscou a parte interna da bochecha. — Tem alguma outra rota direta que podemos pegar? Alguma que evite pessoas?

— Poderíamos tentar entrar pelo complexo por outra porta. Talvez aqui. — Willis apontou a porta do outro lado da ala. — Mas pode levar horas, e não tenho certeza de que vai fazer tanta diferença assim. Tem câmeras daqui até lá. Muitas delas.

Zora se virou para Willis.

— Você consegue encontrar onde deixam os vigilantes de segurança nessas coisas?

— Claro... parece que tem uma sala de controle dois andares acima de nós, no corredor norte. — Willis apontou para a escuridão com a cabeça. — Há uma escadaria a uns vinte e cinco metros para aquele lado.

— Ash e eu vamos até lá para ver se conseguimos deixar a câmera num loop. Isso cuida das câmeras, mas o resto de vocês precisam encontrar um jeito de passar pelos portões para a ala leste sem serem vistos. Encontramos vocês lá.

Ash franziu o cenho. Ela disse tudo aquilo como se fosse um plano com o qual já tinham concordado, mas não era. Todos deveriam ir para a ala leste juntos.

Ele abriu a boca para discutir, mas Willis falou antes dele:

— Não tenho certeza de que isso será possível.

— Tenha fé, Willis. Tenho certeza de que vocês vão conseguir — disse Zora, dando um tapa no ombro dele. Então, abruptamente, ela começou a correr, a arma roubada batendo contra o quadril.

Ash ficou encarando-a, a mente em um vazio momentâneo. Então, quando percebeu que ela não estava planejando esperar por ele, soltou um palavrão e correu atrás dela.

— Hum, tá, vejo vocês na ala leste.

Ele conseguiu dar um único passo na direção do túnel antes de Dorothy pegar o braço dele. O aperto era leve, mas Ash sentiu o calor queimar por sua pele.

— Nós deveríamos mesmo nos separar? — perguntou ela, a voz deixando passar medo.

O batimento cardíaco dele acelerou.

Não, ele queria dizer. *Não deveríamos.*

Só que Zora já estava descendo o corredor, o som de suas botas ecoando no vazio das paredes. Ele não sabia o que estava errado, mas não podia deixá-la sair sozinha.

Ele retirou a mão de Dorothy do seu braço gentilmente.

— Preciso ir atrás dela.

A expressão de Dorothy mudou, mas Ash não podia exatamente decifrar o que era. Por um único segundo, era como se uma cortina tivesse sido puxada para trás, então, Ash pensou que viu... preocupação. Ela estava preocupada com ele.

Ash não conseguia se lembrar da última vez que alguém além do seu time havia se preocupado com ele. Houvera algumas garotas durante a guerra, mas ele não havia ficado com nenhuma por tempo o suficiente para que sentimentos verdadeiros aflorassem. Claro, haviam feito promessas para esperarem um pelo outro, declarado sua devoção, mas tudo parecia superficial. Como um teatro.

Isso era diferente. Hesitante. Ash tinha a sensação de dois predadores circulando ao redor do outro, esperando o outro piscar.

— Vou tomar cuidado — disse ele.

Dorothy simplesmente assentiu e desviou o olhar.

Só que, enquanto corria pelo túnel, Ash não conseguia afastar a sensação de que algo entre eles havia mudado.

Ash alcançou Zora mais rápido do que o esperado. Ela não estava mais correndo, apenas andando determinada, a expressão sombria.

— Que droga foi essa? — Ash disse. — Achei que o plano era ficarmos juntos.

Os olhos de Zora desviaram-se na direção dele. Inacreditavelmente, ela parecia amedrontada.

— Os planos mudam.

— Você acha mesmo que consegue colocar as câmeras em loop?

Zora deu de ombros sem responder. Ash examinou o perfil dela na luz fraca. Ele nunca vira Zora ser imprudente, mas tampouco a vira com medo. Não sabia o que o incomodava mais, mas ocorreu então que, se Zora estivesse assustada, ele também deveria estar.

— Você viu alguma coisa — disse ele, pensando em como os olhos dela haviam se estreitado para a fileira de soldados de guarda na entrada do complexo.

Zora chupou o lábio inferior.

— Roman — disse ela, a voz irreconhecível.

Ash não entendeu.

— O que tem o Roman?

— Ele estava parado com os outros soldados, na entrada principal. — Os lábios dela se retorceram. — Como se fosse um deles.

— Isso é impossível.

— Você acha que eu não sei disso?

— Ele não tem matéria exótica nenhuma. Mesmo se aquela máquina do tempo que ele construiu funcionasse, fisicamente, ele *não consegue* voltar no tempo.

— Mas era ele, Ash. Eu apostaria minha vida nisso.

Ash engoliu em seco. Deixando de lado a questão de *como* Roman havia voltado, por um instante, ainda havia o *porquê*. Com toda a história diante dele, por que Roman voltaria para 1980? Por que invadir uma fortaleza militar no meio da floresta?

Só que Ash sabia a resposta para aquilo, claro. Ele pensou na voz inumana de Quinn Fox.

Esse homem descobriu o segredo da viagem no tempo... Ele poderia salvar milhares de vida, mas ele se recusa.

O Cirko Sombrio estava procurando pelo Professor também. E Roman tinha lido o mesmo diário que eles.

Uma sensação fria se esparramou no corpo de Ash conforme as peças do quebra-cabeça se alinharam. No último ano, ele e Zora haviam pensado em dezenas de motivos pelos quais o Professor poderia não ter voltado. Ele poderia ter se distraído por um experimento, ou talvez estivesse se escondendo, ou talvez tivesse um plano infalível para salvar o mundo.

Ou o Cirko Sombrio poderia tê-lo pegado primeiro.

Ash olhou para Zora e viu que ela já tinha chegado a essa possibilidade sozinha.

— Precisamos chegar na sala de controle — disse ela. Estava segurando a arma com tanta força que os nós dos dedos estavam brancos. — Se Roman está aqui, precisamos achá-lo antes que encontre meu pai.

Eles percorreram o caminho pelo túnel e subiram dois lances de escada em silêncio. Ash parou assim que chegaram ao corredor, erguendo uma das mãos para indicar que Zora ficasse para trás. Ele olhou pela esquina do corredor.

Uma luz fraca amarela brilhava da sala de controle. A porta estava aberta, e, através dela, Ash conseguia ver um único soldado examinando uma parede de televisões de tubo, todas exibindo imagens granuladas de corredores preto e branco.

O soldado usava fones de ouvido grandes que cobriam os ouvidos e não pareceu ouvir a aproximação. Zora tirou a arma do ombro.

Ash se moveu rapidamente, passando uma das mãos pela boca do soldado e usando a outra para agarrar seu braço e retorcê-lo atrás das costas. O soldado ficou em pé e cambaleou para longe da cadeira, os fones caindo no chão.

Zora apareceu, erguendo a arma.

— Boa noite, senhor.

O soldado tentou dizer alguma coisa. Ash apertou mais a mão contra a boca dele.

— Olha, Tab — disse ele, indicando a lata de refrigerante rosa na escrivaninha do soldado. Ele se ajoelhou, uma das mãos ainda segurando o braço do soldado, então retirou a mão da boca do soldado para arrancar um cabo da extensão na parede. — Sempre quis experimentar.

— O que vocês estão fazendo aqui? — cuspiu o soldado. — O que vocês querem?

Ash começou a amarrar o cabo ao redor das mãos presas do homem.

— Nada do que é seu, então não se dê ao trabalho de bancar o herói. Eu só vou pedir para que fique sentado aqui alguns minutos enquanto damos uma olhadinha no sistema.

Ash forçou o soldado a se sentar na cadeira, então amarrou o cabo ao redor das costas, terminando com um nó que nem mesmo Willis conseguiria desmanchar.

— Meu oficial de comando vai vir a qualquer instante — continuou o soldado.

Ash grunhiu e olhou em volta. Havia um punhado de guardanapos na escrivaninha, provavelmente descartados de seja lá o que foi que esse soldado tinha comido no café da manhã.

— Quando ele chegar, ele vai…

Ash enfiou os guardanapos na boca do soldado.

— Sinto muito por isso, mas não dá pra me concentrar com você abrindo tanto a boca. Senta e fica quietinho. — Ele pegou um gole da lata do refrigerante na mesa. — Nada mau. Tem gosto de açúcar gaseificado.

Zora revirou os olhos.

— Comece a procurar.

Eles encararam as telas de segurança em silêncio por um momento, estudando as imagens em preto e branco piscantes. Havia uma dúzia, empilhadas em quatro fileiras de três, e as imagens em si mostravam centenas, talvez milhares de pessoas passando por corredores e salas.

Ash não conseguia imaginar como é que conseguiriam encontrar qualquer um naquela bagunça. Os olhos dele passaram pelos rótulos na parte inferior de cada tela. *Central de Comando de Defesa Aeroespacial da América do Norte*, dizia um. Outra lia: *Aviso de Estratégia Global/Central de Sistemas de Vigilância Espacial.*

O batimento cardíaco dele acelerou. Ele sempre soubera que o Professor deveria ter voltado no tempo para estudar algo importante ou prevenir algo terrível de acontecer. Mas, encarando agora esses monitores de segurança, ele percebeu como aquele motivo poderia ser sério. O Comando de Defesa Aeroespacial monitorava mísseis e ataques direcionados na América do Norte. E a vigilância espacial era... o quê? *Alienígenas?*

Ash segurou a respiração enquanto examinava os monitores da ala leste. *O que ficava na ala leste?*

— Então... — Zora murmurou, os olhos nunca deixando a tela. — A Dorothy é bonita.

Ash a olhou de soslaio. Ele sabia o que ela estava fazendo. Zora não sabia lidar com as próprias emoções, então, quando as coisas apertavam, ela fazia as outras pessoas falarem das suas para que ela pudesse fingir que era serena, madura e acima de tudo aquilo, por comparação.

As pessoas não costumam notar que você está surtando quando estão falando sobre si mesmas, ela havia dito a ele uma vez.

Ele sabia de tudo isso, e ainda assim viu que estava apertando a mão ao redor da lata de refrigerante.

— Você realmente quer falar sobre isso agora?

Zora estava olhando para as telas de televisão, mas agora os olhos dela se voltaram para o rosto dele. Ela rapidamente desviou o olhar, mas não antes de Ash ver um vislumbre de algo cru e vazio. Ele se sentiu de repente culpado.

Ele sabia que muito da vida dele dependia de encontrar o Professor. Tanto, na verdade, que às vezes esquecia que era o pai de Zora. Que ele era a única família que restara para ela. Oferecer essa distração era um ato de misericórdia.

— Bonita? — disse ele, suspirando dramaticamente. — Eu não notei.

— Qual é. — Um pequeno sorriso passou pelos lábios de Zora, o único agradecimento que ele teria por oferecer seus assuntos pessoais como sacrifício para o bem maior. — Vi o jeito que você estava olhando para ela.

— Eu olho para ela como se fosse uma garota. Fim.

— Não, você olha para ela como se ela fosse uma *garota*. — Zora remexeu os ombros de uma forma que fez Ash se sentir decididamente desconfortável.

Ele deu um tapa no braço dela.

— E daí que ela é bonita? Existem muitas coisas bonitas. Um pôr do sol é bonito.

— Não é só isso. É o jeito que você fala com ela, fazendo ela cair nessa conversa de *docinho*. *Provocando* o tempo todo. Nunca vi você agir desse jeito perto de uma garota. — Ela lançou um olhar comprido para Ash. — Você gosta dela.

Ash grunhiu.

— Não é nada disso.

— Ela também gosta de você.

— É, como uma cobra gosta de um rato.

— Ah, Ash, não seja um idiota. Você deve ter notado. Ela flerta com você. Fica encontrando razões bobas para tocar em você. Diz coisas que sabe que vão te deixar irritado só pra ver sua reação. Ela *gosta* de você.

Ash corou, lembrando-se do momento do túnel, a emoção que poderia ter jurado ver no rosto de Dorothy antes de ela dizer para ele tomar cuidado.

Ele considerou que talvez Dorothy não estivesse tentando manipulá-lo. Que Zora estava certa, e ela gostava dele.

Ele gostava dela?

— Você poderia pensar nisso de maneira mais estratégica, sabe — disse Zora.

— Sua boca ainda está se mexendo?

— Estou falando sério. Sabemos que Dorothy não é a garota das suas visões. Fora o fato óbvio que ela não resolveu mudar para uma versão albina de si mesma, você não era nem para ter encontrado ela. Trazer ela para o futuro pode ter alterado as coisas. — Zora olhou de novo para ele, examinando-o. — Talvez se você se apaixonar pela Dorothy em vez dessa garota de cabelos brancos, você pode prevenir a coisa toda do...

Zora grunhiu, deixando a língua para fora da boca conforme fazia uma mímica de ser apunhalada.

— Nossa, essa merecia um Oscar. Você perdeu a sua oportunidade.

Zora deu de ombros e voltou para a televisão.

— Ainda sou nova.

Ash tentou se concentrar nas telas, mas sua visão estava embaçada. Durante o último ano, ele evitou qualquer garota que ousou olhar para ele. Dizia que isso tornaria as coisas mais fáceis. Que a sua melhor chance de impedir que o futuro o alcançasse seria se excluir de tudo. E se isso fosse abraçar uma existência solitária, bem, ao menos ele ainda conseguia ter uma existência.

Só que Zora tinha um bom argumento. Dorothy não deveria estar aqui.

Ash pigarreou, afastando o pensamento por enquanto. Zora estava inclinada para a frente, apertando os olhos para uma de muitas figuras na tela.

O pulso de Ash acelerou. *Aqui vamos nós.*

Ela exalou.

— Ash...

Se ela disse mais alguma coisa, Ash não ouviu. O homem na tela era alto demais para ser Roman. Ele tinha pele escura e cabelo preto curto, pontuado por um pouco mais de branco do que Ash havia visto antes. Usava um casaco preto longo familiar aberto em cima de jeans e uma camiseta desbotada.

Zora pressionou a mão contra a imagem preta e branca granulada do homem na tela.

— Pai? — sussurrou ela, a voz rachando.

27

DOROTHY

Dorothy apertou o lábio inferior, tentando muito não franzir o cenho. Ela, Willis e Chandra passaram os poucos minutos desde que Zora e Ash haviam desaparecido pelo túnel tentando encontrar um plano para passar pela sala dos portões lotada.

Até agora, Chandra era a única que tinha uma ideia. Dorothy queria demonstrar apoio, mas tudo aquilo soava…

Bem, soava ridículo.

— Perdão? — disse Dorothy, o mais educada que conseguia.

Chandra voltou à sala de detenção e se ajoelhou ao lado do soldado inconsciente, com dificuldade de desabotoar a camisa dele com apenas uma das mãos. Ela parecia se esquecer que um de seus braços estava aprisionado em uma tipoia, o que resultava em contorções estranhas do seu corpo enquanto ela tentava usar os dedos.

— Droga — murmurou ela, observando um dos botões arrebentar e sair voando pelo chão. — Olha, vai ser fácil. Você só precisa colocar as roupas desse cara, fingir que é um soldado, e andar pela sala como se fosse para você estar lá. Simples. Eu mesma poderia fazer isso, mas eu sou baixinha e... redonda, e esse cara é bem alto e magro. E o Willis não dá, porque... Bom, dã.

Agora Dorothy de fato franziu o cenho.

— Dã?

— Quer dizer "óbvio", mas é uma conotação negativa. — Willis olhou para o soldado. — Ele é de fato um homenzinho delicado.

— Valeu, Capitão Literal — murmurou Chandra. — Enfim, Dorothy pode levar nós dois pela sala como se fôssemos os prisioneiros dela. Viu? *Fácil*.

Outro botão estourou na camisa do soldado. Willis se impeliu para a frente, prendendo-o embaixo da bota.

— Não tenho certeza, Chandra — disse ele. — Parece... bobo.

Chandra tirou um dos braços do soldado da camisa.

— Se vestir como um inimigo é um subterfúgio comum nos filmes dos anos oitenta. Fizeram em *Star Wars*, lembra? "Não é baixinho demais para um Stormtrooper?" Você amou essa cena.

Willis franziu o cenho. Era uma expressão que parecia envolver cada músculo de seu rosto endurecido como pedra. As sobrancelhas estavam franzidas, a mandíbula apertada. Até mesmo seu bigode parecia tristonho.

— Sim, mas não estamos em um filme. Pessoas vão nos notar.

— E não sei como um uniforme pode me fazer parecer um homem — acrescentou Dorothy. — Meu cabelo...

— Tem soldados mulheres agora — disse Chandra. — Espera, em 1980... tem soldados mulheres?

— Acredito que tenham algumas — respondeu Willis.

— Enfim, você não precisa se parecer com um homem. Você só precisa nos levar pela sala dos portões sem levar um tiro.

— Há uma possibilidade alta de levarmos tiros? — perguntou Dorothy, sua garganta estranhamente apertada.

Chandra tirou a camisa do soldado com um grunhido final e a entregou a Dorothy.

— Não se parecer que ali é seu lugar.

Chandra deu de ombros, os dedos remexendo as hastes de metal da fivela do cinto do soldado.

— E às vezes você precisa beijar um cara contra a parede para ninguém ver seus rostos, mas acho que isso não se aplica nessa situação.

Dorothy continuou de cenho franzido. A camisa do soldado cheirava forte demais a odor corporal.

Chandra enfim desafivelou o cinto, mas não conseguiu tirá-lo. Willis a observava com os lábios apertados, um dedo batendo contra seu queixo em ritmo constante.

— Isso é um curso de ação altamente problemático — disse ele após um momento. — E há apenas uma pequena probabilidade de sucesso…

— Qual é o *seu* plano, então? — perguntou Chandra. (Grunhido. Puxão). — Porque você acabou de dizer que a única forma da gente chegar na ala leste é atravessando a sala. E o único jeito de atravessar aquela sala é…

— Ao colocar as calças desse cavalheiro — terminou Dorothy.

— É. Isso.

Willis continuou a observar Chandra se debater contra as calças com uma das mãos por outro momento antes de se abaixar ao chão do lado dela e tomar a dianteira da tarefa.

Dorothy sentiu um aperto ao observá-lo. Havia algo de resignado na forma como ele retirava as calças do soldado; ele não aprovara a atitude, mas isso não significava que ele não ajudaria. Era tocante, de uma forma estranha. Ninguém nunca havia feito nada para ela assim.

— Não acho que conseguiremos ir com você. Ninguém vai acreditar que somos prisioneiros. — Willis olhou para Dorothy, entregando as calças do soldado. — Você precisará atravessar a sala dos portões sozinha.

Dorothy franziu o cenho.

— E vocês? Não podem só ficar esperando o departamento do xerife aparecer.

— Acho que Chandra e eu voltaremos para a *Segunda Estrela*. Se conseguir pilotá-la, poderemos encontrar um lugar melhor para pousar e reencontrar Ash, Zora e você assim que encontrarem o Professor. Acredito que tem um heliporto acima da ala leste que deve resolver.

Dorothy engoliu em seco. Nada naquele plano parecia particularmente inteligente. Estavam pedindo que ela arriscasse sua vida para salvar esse tal de Professor, a quem ela nem sequer conhecia. E por quê? Porque ela cabia nas calças de um soldado?

Loretta nunca concordaria com isso, a não ser que recebesse algo em troca. Ela imaginou a mãe sentada, estoica, no bar, esperando para ver se Dorothy conseguiria escapar do seu sequestrador, e endureceu. Ela sabia exatamente o quanto a mãe estava disposta a arriscar por outras pessoas.

Ela queria mesmo ser assim? Não confiar em ninguém? Ficar sempre sozinha?

Dorothy olhou por cima do ombro, mas foi só depois que viu o túnel vazio atrás dela que percebeu que estava esperando ver Ash ao longe.

Ela sentiu um relampejo repentino e estranho de calor, lembrando-se de como ele havia corrido escuridão adentro atrás de Zora, recusando-se a deixar a amiga sozinha. Dorothy não conseguia determinar o motivo de achar aquilo tão reconfortante. Parecia muito corajoso para ela, mas era mais do que isso: era o oposto de como se sentiu por tantos anos, observando Loretta pressionar um único dedo em uma gota de conhaque no bar.

Precisava saber que você podia tomar conta de si mesma.

Ela sacudiu a memória das palavras da mãe. Ash não deixaria Zora para lidar com tudo sozinha. Eles eram um time. Ajudavam uns aos outros.

Dorothy percebeu que ela queria isso: se tornar parte de um time. E se isso significava passar pela sala dos portões sozinha porque era a única que cabia no uniforme...

Bem, parecia um preço pequeno a pagar.

Resignada, ela aceitou as calças.

Só precisa passar pela sala sem levar um tiro, pensou Dorothy, passando as calças do soldado pelos quadris. *Uma probabilidade pequena de sucesso.*

Quando terminou de amarrar os cadarços das botas, a sensação era como se alguém estivesse segurando-a pelo pescoço e espremendo os últimos restos de oxigênio do seu corpo.

— Como estou? — ela disse, engasgando.

Chandra começou a chupar sua unha. O bigode de Willis rebaixou.

— Ande rápido — disse ele. — E não faça contato visual com ninguém.

DIÁRIO DO PROFESSOR — 6 DE FEVEREIRO DE 2075
17H01 HORAS
ACADEMIA DE TECNOLOGIA AVANÇADA DA COSTA-OESTE

Como se determina quem na história tem a "mais brilhante mente médica"?

Repassamos essa questão nas últimas semanas. A escolha seria a mais tecnologicamente avançada? O maior Q.I.? Mais experiência? Gênio puro? Não tenho absolutamente ideia de qual critério deveria usar aqui.

Na noite passada, Natasha me mostrou o *Suśruta samhitā,* que é um texto sânscrito antigo sobre medicina e cirurgia. É tão antigo que precisou pedir permissão especial só para tirá-lo da biblioteca. É a fundação da prática medicinal tradicional indiana chamada Ayurveda. Aparentemente, os indianos antigos eram brilhantes com medicina, muito à frente de Hipócrates. Usavam plantas para tratar doenças, e foram o primeiro povo da história a realizar uma cirurgia.

Natasha tinha um bom argumento. "Vamos viajar através de toda a história, então não vamos ter como saber aos quais equipamentos médicos teremos acesso, ou que tipo de condições vamos encontrar. Precisamos de alguém que esteja preparado para *tudo*. Então faria sentido encontrar alguém treinado na forma mais primitiva de medicina, e depois atualizá-lo com tecnologia moderna aqui, certo?"

O problema é, claro, encontrar alguém capaz de tudo isso. Os registros da Índia antiga não são exatamente robustos. Estamos trabalhando com material de pesquisa que diz "achamos que ele viveu entre os anos 1500 e 500 a.C.", sério mesmo.

Isso é um período de mil anos. Não ajuda em nada.

Natasha encontrou algo interessante, porém. Há o relatório de uma garota tentando estudar no centro de estudos em Taxila, no ano de 528 a.C. Taxila foi uma das primeiras escolas medicinais, mas garotas não eram aceitas como pupilas, então cortou todo o seu cabelo e fingiu ser um garoto. A universidade descobriu, infelizmente, e a expulsaram ao fim do primeiro ano. Ela teria cerca de quinze anos. Nós procuramos e procuramos, mas ela nunca mais é mencionada.

Preciso admitir que tenho certas ressalvas contra isso. Uma coisa é pegar um piloto da Segunda Guerra Mundial ou um homem de circo, mas estamos falando de nosso médico.

Natasha, por outro lado, não para de falar sobre essa garota de quinze anos que tentou enganar as mentes médicas mais brilhantes em toda a Índia. Eu pedi a ela que me explicasse o que achava tão fascinante, e ela me disse:

"Essa menina desistiu de tudo quando tentou ingressar na escola, e tudo porque queria estudar medicina. Talvez ela desista de tudo por nós, também."

Ela me venceu com essa fala.

O nome da menina é Chandrakala Samhita, e precisamos de três viagens no tempo para encontrá-la. Como mencionei, os registros não são confiáveis, e não conseguimos entender quando exatamente em 528 a.C. ela fora expulsa. Por sorte, Taxila é um lugar fascinante para explorar. Passamos ao lado das esculturas de Gandhara, painéis entalhados do Lorde Buda e estupas acima de montanhas verdes, rodeadas por árvores robustas e montanhas distantes. Mais de dez mil estudantes ficavam em Taxila, vindos desde a China até a Grécia, e inundavam as calçadas primitivas, tornando difícil para andar em volta do campus. Era mais quente do que eu esperava, mais de trinta e cinco graus quando chegamos em meados de maio, pelo calendário moderno. O ar era pesado e úmido.

Nós encontramos Chandrakala, enfim, em um espelho-d'água em um monastério budista. Natasha precisou falar, já que Chandrakala não falava inglês. Por sorte, Natasha fala tanto prácrito e páli. Não demorou muito até ela convencer a garota a nos acompanhar.

Infelizmente, o sucesso de nossa viagem final para Taxila foi prejudicado, de certa forma, por outra visão. A visão tem acontecido com mais frequência (consigo vê-la agora toda vez que entro na fenda) e é sempre a mesma:

Vejo uma cidade inteira submersa, então sou atingido por uma sensação de tristeza profunda e arrebatadora, como se o sol houvesse apagado.

Me faz ter calafrios só de pensar.

A parte científica de mim quer ser lógica sobre isso. Há pesquisas infinitas sobre as propriedades preditivas da memória humana. É possível que o que eu esteja vendo seja um tipo de "pré-lembrança", que ao entrar em uma fenda no espaço-tempo tenha criado caminhos neuropatas dentro do meu cérebro onde não deveria existir nenhum, permitindo que eu tenha vislumbres breves do futuro.

É uma hipótese adequada.

Mas, meu Deus, espero que eu esteja errado.

28

ASH

17 DE MARÇO DE 1980, COMPLEXO FORTE HUNTER

Ele estava ali.

Ash não tinha percebido como lhe restava pouca esperança até aquele instante, mas o Professor estava mesmo ali. Depois de quase um ano de buscas, Ash o tinha encontrado.

Imagens passaram por sua mente como um furacão: um barco balançando na água, cabelos brancos dançando ao vento, árvores brancas brilhando na escuridão.

Ele estava contando os meses até aquele momento. Então semanas, dias...

Agora, ele sentia que a areia na sua ampulheta havia congelado. Encontrar o Professor significava que ainda havia uma chance de impedir aquilo de acontecer.

Sorrindo, Ash se aproximou de Zora, os olhos grudados na tela. O Professor aparentava estar...

Assoviando. Ele estava descendo o corredor de uma das fortalezas militares mais seguras na história de todo o tempo, e estava *assoviando*.

Ash riu, encantado.

Então, a imagem de segurança piscou. O Professor havia passado rapidamente pela tela, parando diante de uma porta. Ele hesitou por um momento, então a abriu e desapareceu lá dentro.

Era uma porta de segurança metálica pesada, marcada com uma única palavra: Área restrita.

Zora tirou a mão da tela.

— Para onde isso leva?

— Não sei — respondeu Ash.

Ele procurou pelas outras imagens de segurança, mas havia pessoas demais agrupadas nas telas. Sentiu o coração estremecer no peito. *Não*. O Professor estava aqui. Ele estava no prédio.

Ash tinha *acabado* de vê-lo.

Zora puxou a arma mais para cima no ombro.

— Você encontra o Roman. Eu vou atrás do meu pai.

— Espera — disse Ash, mas ela já tinha dado um passo para trás e estava saindo corredor afora, as botas ecoando pesadamente pelo chão de concreto.

Ele sabia que deveria correr atrás dela, mas se viu virando de costas de novo, os olhos baixando para a etiqueta embaixo da tela onde tinha acabado de ver o Professor.

Modificação Ambiental.

Ash franziu o cenho. Era só isso? A misteriosa ala leste era dedicada à pesquisa ambiental? Ele ergueu uma das mãos e moveu o dedo contra as palavras, como se o gesto pudesse ajudá-lo a compreender melhor.

Por que o Professor viajaria centenas de anos no passado para estudar o *clima*?

Conforme Ash contemplava aquilo, outra pessoa apareceu na tela. Ele se sentiu endurecer, esperando ver Roman, mas não era ele. Era uma garota.

Ela se virou para a câmera, e Ash viu a curva branca desenhada de uma cauda de foca pintada na frente do seu casaco escuro.

Quinn Fox. Ash encarou, inquieto. Se Quinn estava aqui, isso significava que haviam conseguido. O Cirko Sombrio havia encontrado uma maneira de viajar no tempo sem matéria exótica.

Quinn ergueu as mãos, empurrando o capuz que cobria seu rosto.

Ela estava virada para a câmera, e, a princípio, tudo que viu foi sua cicatriz. Talhava metade do seu rosto, uma coisa deformada e retorcida que deixava difícil se concentrar no restante dela. Ash estremeceu ao vê-la. Não era incomum ver cicatrizes feias e deformidades em Nova Seattle — os serviços médicos não eram mais como antes. Só que agora entendia o motivo de Quinn esconder o rosto. A próxima coisa que saiu do capuz foi seu cabelo, caindo sobre seus ombros em uma massa emaranhada de cachos.

O coração de Ash parou de bater. Dentro das profundezas do seu corpo, suas veias começaram a vazar uma substância ácida.

Ele nunca tinha visto o cabelo de Quinn antes. Sempre esteve escondido sob seu capuz, e agora ele se sentia idiota por não ter somado dois mais dois.

Brancos. Os cabelos de Quinn Fox eram brancos.

Na tela, uma Quinn Fox em preto e branco passou longos dedos pelos cabelos, tirando algumas mechas do casaco. Ela não estava olhando mais para a câmera, então Ash encarou a mão dela, estudando cada detalhe que conseguia discernir na tela granulada. As unhas curtas. A dobra nos seus nós dos dedos. Uma mancha preta pequena que parecia uma tatuagem.

Ele ergueu uma das mãos para a bochecha, pré-lembrando o toque dos dedos dela na pele dele, segundos antes de deslizar uma lâmina entre as costelas.

Ela começou a andar de novo, entrando no corredor mais profundamente antes de desaparecer pela mesma porta que o Professor.

Ash se virou, escaneando as outras telas monocromáticas enquanto a esperava reaparecer, mas ela havia desaparecido na multidão de pessoas.

— Mas que inferno!

O punho dele conectou com a escrivaninha com mais violência do que tinha planejado. As telas estremeceram, e o soldado amordaçado soltou um grunhido assustado, como um animal em uma armadilha. Ash se sobressaltou. Ele havia se esquecido por completo do soldado ali.

— Sinto muito, cara — murmurou Ash, os olhos na tela.

O cérebro dele ainda estava tentando entender o que tinha visto. A mulher com cabelos brancos era Quinn Fox.

Quinn Fox, a canibal de Nova Seattle. A garota cujos lábios sempre cheiravam a sangue. A ideia de pensar naqueles lábios fez seu estômago se revoltar. Era impossível.

Só que a visão não poderia estar mentindo, não depois de todo esse tempo. Ash iria se apaixonar por um monstro, e ela então enfiaria uma adaga nas suas entranhas. Ela o veria morrer.

O batimento cardíaco dele se acelerou. Ele rodou os ombros para trás, mas a tensão nos seus músculos se recusava a soltar. Sentia como um fósforo aceso, panos úmidos de gasolina e os motores ligados há muito tempo, quentes.

Isso não fazia sentido. Quinn era o pior tipo de monstro. Violenta e desalmada. Ash não conseguia pensar que ela seria capaz de amar. Levi tinha contado que ela havia assassinado um homem com uma *colher*.

Ele lembrou-se da voz grave dela no endereçamento noturno do Cirko Sombrio.

Junte-se ao Cirko Sombrio, e nós viajaremos no tempo para construir um presente melhor, um futuro melhor.

Ela significava tudo aquilo que ele era contra.

Ele nunca poderia — nunca seria *capaz* — de se apaixonar por ela.

Só que mais do que isso: ele, enfim, sabia quem iria matá-lo. Sabia seu nome, seu rosto. Sabia para onde ela ia naquele momento.

Esqueça isso de Roman ou Professor. Ash sabia exatamente como impedir a pré-lembrança de acontecer.

Ele só precisava encontrar Quinn e matá-la antes que ela o matasse.

Calmamente, Ash se ajoelhou no chão de concreto. Ele tirou uma pistola — uma Sauer P226 — do coldre do cinto do soldado e verificou o carregador. Havia mais seis rodadas. Nada mau. Ele não havia treinado com aquela arma, mas parecia bastante direta. Tudo que precisava fazer era mirar e atirar.

A porta marcada como área restrita ficava no mesmo corredor que levava a ala leste. Ash virou o soldado amarrado para que pudesse ver as telas, e tirou os guardanapos da boca dele.

— Preciso que me diga como chegar lá — disse ele, apontando.

O soldado piscou.

— A ala leste?

— Preciso chegar naquele corredor sem atravessar a sala dos portões ou passar pelas câmeras. Você tem alguma ideia? Precisa ter outra entrada ou algo do tipo.

Ele pousou a mão na pistola, caso o soldado precisasse de mais um incentivo.

— T-tem uma escada — disse o soldado, engolindo em seco. Os olhos dele estavam fixos na arma. — Descendo o corredor. Vai para a ala leste, mas vai ter um guarda…

— Isso está ótimo. Desculpe por deixar você assim. — Ash colocou a pistola no jeans e a cobriu com a jaqueta. — Mas eu preciso ir atrás de uma garota.

29
DOROTHY

Dorothy parou na ponta da sala dos portões, tentando não parecer tão desconfortável quanto estava se sentindo no uniforme roubado. Ela conseguia ver o corredor que levava a ala leste do outro lado da sala, talvez a uns cinquenta metros de distância. Zora e Ash estariam esperando-a ali, e talvez o Professor também.

O problema eram as cenas de soldados uniformizados de verde-vômito que preenchiam o espaço entre ela e a porta.

Dorothy os viu aglomerar, cautelosa. Canos de arma brilhavam pretos nas luzes fortes. Automóveis de verdade passavam roncando pela sala; os motores soavam tinindo conforme ecoavam pelas paredes distantes e teto enorme. Quase como brinquedos.

Ela inalou o mais profundamente que conseguia sem chamar a atenção para si.

Só é preciso atravessar a sala sem levar um tiro, pensou ela. *Uma pequena probabilidade de sucesso.*

Brevemente, ela considerou ir embora. Era provável que poderia sair pela entrada usando o uniforme. É verdade que ela não tinha dinheiro ou amigos nesse novo período de tempo, mas isso nunca a tinha impedido antes.

Só que então ela pensou em Willis, ajoelhando-se para ajudar Chandra, mesmo tendo tanta incerteza do plano. Pensou em Ash correndo atrás de Zora no escuro.

— Time — murmurou ela, os lábios mal se mexendo enquanto soltou a palavra.

Segurando a respiração, ela adentrou a multidão.

Era só mais um golpe, e como todos os golpes, poderia se despedaçar com um único passo em falso ou uma frase escolhida levianamente. Naquele momento, ela era apenas um soldado na multidão, mas já conseguia sentir como os olhares dos homens se demoravam nela por alguns segundos a mais do que o necessário. Os olhares a deixavam com calafrios de medo percorrendo a espinha. A beleza nem sempre era uma vantagem. Certamente não demoraria até que algum deles notasse que ela não pertencia àquele lugar.

As pernas dela coçavam para ir mais rápido — para correr —, mas isso apenas chamaria mais a atenção. Ela se forçou a se mover devagar. Já tinha atravessado metade da sala agora, o corredor que levaria a ala leste provocante e perto. Não sustentou o olhar de nenhum soldado, mas conseguia senti-los quando a percorriam. Ela beliscou a parte de dentro da palma da mão, a respiração acelerada. O corredor estava logo a frente.

Dorothy se viu começando a relaxar. Apesar dos longos olhares e da multidão, aquele plano ridículo parecia estar funcionando. Havia simplesmente pessoas demais, e estavam todas apressadas. Alguns homens olhavam duas vezes para o soldado pequeno demais e o uniforme desajustado, mas ninguém se incomodou em um terceiro olhar. Todos presumiam que ela pertencia ali. Que era um deles.

Sem se preocupar que levaria um tiro a qualquer instante, Dorothy permitiu mexer a cabeça, olhando para o espaço ao redor.

Em uma palavra, era *extraordinário*. Nada como o mundo que havia deixado para trás em seu próprio tempo, mas, de alguma forma, era familiar. Como um lugar que havia passado em um sonho. O teto era arqueado muito acima da cabeça, subindo eternamente, e apesar das paredes começarem como uma pedra de penhasco, rapidamente mudavam para um aço reto e duro, arame e vidro. As luzes penduradas do teto eram maiores do que qualquer coisa que Dorothy havia visto antes — do tamanho de carruagens, pelo menos — e tão fortes que ela não conseguiria olhar diretamente para elas.

E em todos os lugares, *todos os lugares*, havia pessoas. Na maior parte, eram homens, mas algumas eram mulheres: mulheres sérias de postura ereta, vestindo roupas que ocultavam suas formas, o rosto livre de maquiagem. Não eram mulheres que tentavam agradar aos homens ao seu redor. Eram guerreiras. *Lutadoras*. Dorothy precisou lembrar a si mesma de manter a boca fechada conforme passavam por ela. Mulheres assim não existiam no lugar de onde ela vinha. Mesmo a mãe, que odiava homens, havia construído a vida ao redor deles. Essas mulheres eram diferentes.

Dorothy lembrou-se do sentimento estranho e vazio que tinha sentido na manhã do casamento.

É isso, pensou ela, furiosa. *Era isso que eu estava procurando.*

Um sorriso ameaçava aparecer em seus lábios, mas Dorothy o engoliu. Os dedos coçavam para entrar em bolsos alheios, descobrindo mais tesouros, mas ela resistiu ao impulso. Se quisesse mesmo ser parte de um time, ela precisava provar ser digna de confiança. O que significava ajudar os outros a encontrarem esse tal de Professor, em vez de ela mesma se aproveitar do conteúdo dos bolsos estranhos.

Ela estava quase lá...

— Soldado!

Dorothy parou de andar, a coluna reta como um cabo. O soldado a quem esse uniforme pertencia não era um soldado qualquer coisa?

Isso significava que o grito era direcionado a ela?

Raios. Ela conseguia distinguir a aproximação rápida de passos através da multidão de botas atrás dela. O medo fez um arrepio correr por seus braços. O corredor que levava a ala leste estava logo ali. Talvez a uns trinta metros. Menos de quinze metros. Os músculos na perna se apertaram.

— Soldado!

Não adiantava — ele estava perto demais. Correr apenas destruiria seu disfarce. Ela se virou devagar, sacudindo as pernas para soltar a tensão. Um homem estava passando pela multidão de soldados. Ele usava o mesmo uniforme que ela, mas sem o chapéu. O cabelo dele estava raspado tão próximo ao couro cabeludo que conseguia ver o seu escalpo rosa através das mechas castanhas espetadas.

— Eu... — começou ela.

O homem olhou para ela, franzindo o cenho, então virou o olhar. Ele ergueu a mão para parar uma mulher baixa e musculosa com uma trança preta comprida que estava a alguns metros de distância além deles.

Dorothy se virou de novo, sentindo alívio e ansiedade em medidas iguais. Do canto do olho, ela viu o soldado se virando para olhar para ela de novo. Ela continuou andando, um pouco mais rápido.

Vinte metros... doze... cinco...

As paredes se estreitaram enquanto Dorothy saiu da sala dos portões e entrou no corredor escuro. Felizmente, estava vazio. Sentiu-se relaxar dentro do uniforme grande demais, as pernas bambeando nos joelhos conforme olhou para a esquerda. O corredor acabava em uma porta simples, claramente marcada com as palavras *Ala Leste*.

O Professor deveria estar atrás daquela porta. Dorothy começou a andar naquela direção quando um vislumbre de metal chamou a sua atenção. Ela se virou e viu que havia outra porta no corredor estreito e curto. Essa era de um metal fosco, marcada com duas palavras:

Área Restrita.

Ela perdeu o fôlego. A realidade pareceu se dobrar em si mesma. Ela piscou, quase esperando estar de volta na *Segunda Estrela*, a fenda rodopiando ao redor dela.

Já tinha visto isso antes, assim como tinha visto o túnel.

Antes de conseguir se impedir, ela deu um passo em frente e tentou a maçaneta — *trancada*. É claro. Estava igualmente trancada na sua visão. Os olhos dela foram para baixo, encontrando o teclado de metal abaixo da maçaneta. Exatamente como antes.

Ela olhou por cima do ombro. A ala leste só estava a alguns metros. O plano era ir diretamente para lá. Reunir-se com os outros. Encontrar o Professor. Provar que poderia ser parte de um time. Agora não era a hora de um desvio.

Você não deveria confiar neles, pensou ela, lembrando-se das palavras de Roman. Algo a tomou.

Ela não conseguia se obrigar a sair dali. Era como se a porta sussurrasse para ela, pedindo a aproximação. Precisava saber o que havia do outro lado.

Ela abaixou a mão para o teclado. Havia doze teclas, de número 1 a 9, além de um sinal de cerquilha, asterisco e zero.

A visão dela não havia durado tempo o bastante para mostrar um código. Apesar de que se de fato fosse algum vislumbre do futuro, percebeu ela, teria só provavelmente a mostrado parada ali, confusa.

Ela pressionou o cinco, e uma luz verde brilhou — ela se sobressaltou, retirando a mão. A luz piscou mais três vezes, então ficou vermelha, emitindo um chiado irritado. Depois de um momento, desapareceu.

Dorothy mordeu o lábio, pensativa. Se aquilo fosse um cofre, ela conseguiria abri-lo em minutos, mas não sabia quantos números aquele código requeria, ou o propósito do asterisco e da cerquilha no teclado. Mesmo se pudesse adivinhar os números usados na combinação ao estudar o quanto as teclas estavam degradadas (a número um e a quatro pareciam particularmente gastas), havia possibilidades demais para considerar.

— Raios — murmurou ela, apertando o nariz entre dois dedos.

Isso não era impossível. *Não poderia* ser. Ela só precisava pensar. Combinações de cofre eram tipicamente feitas de três números... mas três números poderiam conter dígitos duplos, então, na verdade, era qualquer coisa entre três e seis números. Ou talvez...

— Você aí... soldado!

Dorothy congelou. Ela reconheceu aquela voz. Era o soldado da sala dos portões, o que ela pensou que chamara seu nome.

Passos ecoaram no corredor atrás dela. Dorothy se endireitou, mentalmente passando qualquer desculpa que poderia ter por estar dentro do complexo militar, vestindo um uniforme roubado, e tentando passar por uma porta trancada.

Não precisou de muito tempo, porque só havia *uma* opção, a verdade, e ela não pensava que esse soldado acreditaria que ela precisava passar por aquela porta porque era uma viajante do tempo que tinha tido uma visão e agora desesperadamente precisava ver o que estava do outro lado.

Ah, Deus, os passos estavam se aproximando...

Havia apenas uma coisa que Dorothy poderia fazer, a única coisa além de arrombar fechaduras na qual ela era de fato boa. Ela relaxou o rosto, torcendo para que os homens em 1980 fossem tão tolos quanto os homens de 1910, e se virou.

O soldado parou de andar, e aquela expressão familiar de possessividade e malícia passou pelo rosto dele, estreitando seus olhos e torcendo o canto de sua boca.

Dorothy sentiu uma pontada de decepção, misturada a alívio. *Toda santa vez.*

O soldado pigarreou, a expressão desaparecendo.

— Você é, hum, nova, não é? Não acho que te vi por aqui antes.

Queixo para baixo. Cabeça inclinada. Cílios baixos. Dorothy registrou aquelas ações sem pensar nelas. Era instinto — como um gato caindo de pé após uma queda.

— É tão óbvio assim? — perguntou ela, os lábios se curvando em um sorriso suave.

O soldado engoliu em seco, o gogó subindo e descendo pela garganta. Ela deu um passo na direção dele, um movimento que era muito mais difícil dado as botas grandes nos seus pés.

— Talvez você possa me ajudar. Sabe, eu sou tão boba, e acho que esqueci o código...

DIÁRIO DO PROFESSOR — 9 DE MAIO DE 2075
16H42
ACADEMIA DE TECNOLOGIA AVANÇADA DA COSTA-OESTE

Agora que temos um time completo, a NASA e a ATACO trabalharam juntas em um regime de treinamento. Isso consiste no treinamento médico e aulas de inglês para Chandra, escola de pilotos para Ash, e vários treinamentos em artes marciais e armas para Willis. A ATACO concordou em aceitar Natasha como a historiadora da tripulação, e ela passou os últimos dias estudando os períodos de história nos quais ela não tem tanta *expertise*, e eu oficialmente contratei Zora como nossa mecânica reserva.

A NASA me encheu o saco por isso, até que eu disse que, até agora, minha filha ajudou na construção de *duas* máquinas do tempo, comparada ao restante da população da Terra, que é *zero*. Ela é mais qualificada do que qualquer outra pessoa viva.

A programação é extenuante para todo mundo. Horas de aulas e treinamento, seguidas por sessões em grupo com Natasha onde estudamos a história, mas não a história normal. Não estudamos guerras ou políticos ou datas e coisas desse tipo.

Estudamos o preço do leite em 1932. A maneira correta de cumprimentar um estranho em 1712. Fabricações e modelos de automóveis em 1964. Música popular em 1992.

Em outras palavras, a parte chata da história.

Já fizemos algumas pequenas viagens, mas essas no geral são feitas para integração de equipe. A NASA quer saber se trabalhamos bem juntos antes de nos mandar em qualquer lugar empolgante. Na semana passada, fomos para 1989 ver a queda do muro de Berlim, e há alguns dias, eu levei o time para 1908 em Chicago para ver os Cubs ganharem o mundial.

Só que essa noite vai ser ainda melhor.

Essa noite, nós vamos ver o homem pousar na Lua.

30

ASH

17 DE MARÇO DE 1980, COMPLEXO FORTE HUNTER

Ash encontrou a escadaria exatamente onde o soldado tinha dito que encontraria. Verificou por cima do ombro para se certificar de que ninguém o seguia, então entrou. A porta se fechou atrás dele com um baque ameaçador.

O soldado dissera que a entrada teria um guarda, então Ash tomou cuidado de andar silenciosamente, respirando pelo nariz e rolando o pé para manter as solas da bota de estalarem. Verificava pela beirada da escadaria a cada intervalo de minutos, os olhos procurando movimento.

Ele já tinha descido vários lances de escada quando avistou a ponta de um uniforme verde militar e ouviu o barulho baixo de outra pessoa pigarreando.

Aqui vamos nós. Ash ficou perto da parede, deixando as sombras o esconderem. Ele esperou até o soldado estar de costas, então se esgueirou atrás dele, pressionando a Sauer contra a sua nuca.

— Boa noite, senhor.

O soldado se sobressaltou e esticou a mão para o walkie-talkie no cinto, mas Ash o pegou pelo pulso e virou o braço atrás das costas, empurrando o rosto dele contra a parede.

— Sinto muito, mas não posso deixar você fazer isso.

O soldado grunhiu.

— Quem é você?

Só um viajante no tempo amigo da vizinhança, pensou Ash. Ele apertou o pulso do soldado, pressionando mais a arma contra o pescoço. O homem estremeceu.

— Nós vamos dar uma caminhada — disse Ash. — Tudo que você precisa fazer é ficar calmo, e aí tudo vai ser ótimo. Isso parece bom para você?

Ele manteve a arma pressionada contra a cabeça do homem até que ele assentiu devagar.

— Para onde vamos? — perguntou ele.

— Descer o corredor — disse Ash. — Vamos, se mexendo.

Ash empurrou o soldado pelo corredor vazio, parando quando chegaram à porta por onde Quinn Fox e o Professor haviam desaparecido fazia apenas alguns instantes.

Ele indicou a porta.

— Abra.

O soldado colocou alguns números no teclado. As luzes brilharam verdes e um *bipe bipe bipe* rápido indicou a Ash que estava destrancada. Ele a abriu com o ombro, arrastando o soldado consigo.

— Vou te amarrar agora — Ash avisou ele. — Nada pessoal, mas não posso deixar que você avise a alguém que estou aqui. Entendeu?

O soldado engoliu em seco, então assentiu.

— Forte e silencioso — murmurou Ash. — Gosto disso.

Ele tirou uma bandana do bolso da jaqueta e começou a amarrá-la em volta dos pulsos grossos do soldado. Quando terminou, Ash tirou a arma e o walkie-talkie do bolso dele e acrescentou ao próprio.

— Agora vou confiar que você vai ficar aqui até eu voltar. Entendido?

Ele assentiu, estremecendo. Ash deixou o soldado onde estava e passou pela porta.

A escuridão se abria diante dele. Ash deu outro passo adiante, então parou. Ele não conseguia ver mais do que alguns metros à frente, mas o ar parecia rarefeito, e seus passos ecoavam. O cheiro de fumaça e graxa de motor parecia grudar nas narinas.

Ele inalou, profundamente, inclinando a cabeça para trás. Tinha a sensação que a sala subia até perder de vista.

Que lugar é esse?

Devagar, seus olhos se ajustaram a escuridão. Ele conseguia distinguir os contornos de objetos pendurados no teto e se erguendo do chão. Algo longo e curvado se destacava no breu, e ele poderia jurar que viu uma auréola retorcida de hélices, sombras cobrindo as pontas.

Era um hangar, ele percebeu, e sentiu uma pontada de empolgação, misturada com decepção. Queria que estivesse mais claro. Teria gostado de ver quais aeronaves o governo dos EUA mantinha escondidas em um bunker secreto dentro de uma montanha.

Não que tivesse tempo de admirar aviões agora, de qualquer forma. Ele adentrou o hangar, a arma erguida, os olhos atentos. Nenhuma outra sombra se movia pela escuridão, e nenhum outro som ecoava das paredes.

— Aonde você foi, Quinn? — murmurou, surpreso com a ferocidade da própria voz. A adrenalina percorria seu corpo.

Ele iria mesmo fazer isso? Assassinaria alguém a sangue-frio?

Ele já tinha matado uma pessoa antes. Afinal de contas, fora um soldado em época de guerra. No entanto, aquelas pessoas estavam armadas. Estavam atirando nele.

Ash engoliu em seco, imaginando a adaga de Quinn brilhando prateada na escuridão. A pontada fria da lâmina cortando a pele logo abaixo das suas costelas.

Não precisa acabar assim.

É claro que precisa.

Ele não queria matar ninguém — mas também não queria morrer.

Ele apertou a arma na mão, desviando o caminho de um velho caça. Seu coração estava acelerado como um coelho dentro do peito. Quinn tinha que estar aqui. As pessoas não desapareciam do nada.

Um leme cortou a escuridão, chamando a sua atenção. Ele apertou os olhos, se esquecendo de Quinn por uma fração de segundo.

Havia uma aeronave escondida nas sombras. Tinha o formato de uma bala, como os zepelins dos anos 1940, mas menor. Conforme seus olhos se ajustaram a escuridão, ele conseguiu distinguir o formato de estrelas escuras brilhando no metal.

Ash se aproximou mais, sua respiração um emaranhado na garganta. Ele quase esperava ser uma cópia, como o *Corvo Negro*, mas não. A nave era real, tão real que o fez se sentir um idiota por confundi-la — mesmo que por um segundo — com a impostora na garagem do Fairmont.

A *Estrela Escura* estava aqui.

O coração dele deu um sobressalto. *Por que* estava aqui?

O Professor não teria levado a máquina do tempo para dentro do complexo consigo. Ele teria a deixado na floresta, escondida, para que pudesse voltar para lá depois. A máquina do tempo estar aqui significava que os soldados a haviam encontrado, que a tinham trazido para cá. Isso significava que sabiam que o Professor havia invadido o complexo.

Ash segurou a pistola diante de si, aproximando-se da nave como um cavalo que poderia se assustar. A porta já estava aberta.

Ele subiu os degraus, dois de cada vez. O mundo dele havia se estreitado para um único ponto focal. Nenhum barulho saía de dentro da nave, nenhum passo, nenhuma respiração. Ash conseguia praticamente ouvir o próprio coração batendo no silêncio, ecoando, fazendo as paredes de aço da *Estrela* estremecerem.

Ele sentiu o cheiro primeiro: fumaça de cachimbo, pós-barba e café queimado. O cheiro do Professor. Era como ver um fantasma — ou sentir o *cheiro* de um fantasma —, e Ash precisou de toda a sua força para não deixar a arma cair bem ali.

Ele apertou os dedos, o plástico da Sauer protestando. O Professor também havia vindo para cá, não? Ele poderia até mesmo estar aqui, agora, tentando tirar a nave dali antes dos guardas o encontrarem.

— Professor? — sussurrou Ash, esgueirando-se para a frente.

O painel de controle da nave brilhava no escuro, feito de madeira bem lubrificada e aço cromado brilhante. Professor Walker tinha estilo, e ninguém poderia negar. A *Estrela Escura* era bem maior que a *Segunda Estrela*, projetada para levar o time confortavelmente. Ash passou pelas três áreas principais da máquina — cabine de passageiro, cabine de piloto e o compartimento de carga. Todos estavam vazios.

— Quinn? — Ash tentou em vez disso.

Ele imaginou que ouviu uma risada — algo leve, não mais do que uma respiração — e se virou, os dedos estremecendo no gatilho da arma, mas havia apenas cadeiras vazias e paredes sombrias e nada.

Os olhos de Ash estavam cansados de se esforçar na escuridão. Ele relaxou o suficiente para apalpar as paredes da máquina do tempo em busca da luz. A escuridão desapareceu, e viu que a cabine estava vazia. Ninguém estava ali além dele.

Ash exalou, abaixando a pistola. Talvez devesse estar aliviado, mas não estava. Sentiu como se algo houvesse sido tirado dele. Viu o Professor entrar na sala e Quinn o seguir, mas nenhum dos dois estava ali.

Era como se houvessem desaparecido. E, com eles, qualquer esperança que Ash tinha de impedir que a pré-lembrança se concretizasse.

Ele sentiu o ar mudar — ficar mais frio, mais parado. Colocou a arma de volta no cinto, os olhos percorrendo o para-brisa da *Estrela Escura*. Não tinha notado no breu, mas agora viu que estava coberto de pequenos números apertados, escritos na caligrafia do Professor.

Curioso, ele se aproximou.

2071—4.7

2073—6.9

2075—9.3

2078—10.5
2080—13.8

Ash sentiu os pensamentos dele sobressaltarem. Ele pensou reconhecer os números. Certo? O primeiro obviamente parecia um ano, e o segundo um número de magnitude, que era um número utilizado para quantificar a escala de um terremoto.

Ash só tinha chegado a Nova Seattle em 2075, então não tinha memória do terremoto de 2073, apesar de, claro, ter ouvido o Professor, Zora e até mesmo Roman comentarem sobre o assunto. Ele parecia lembrar que era algo em torno de 6.9. E é claro que se lembrava do terremoto de 2075. Aquele definitivamente tinha sido um 9.3.

— Dois mil e setenta e oito — murmurou Ash, os olhos descendo a lista. — Um dez ponto cinco.

Só que esse número não poderia estar certo. Nunca houve um terremoto acima de 9.5 em toda a história. A devastação seria catastrófica. Um terremoto daquele tamanho destruiria toda a América do Norte. Talvez até mesmo todo o hemisfério oeste. Causaria um evento de extinção em massa parecido com o que havia matado os dinossauros.

E, abaixo:

— Treze ponto oito — Ash leu em voz alta.

Ele quase riu. A ideia de um terremoto chegar a 13.8 na escala Richter parecia impossível.

Um degrau rangeu.

O corpo de Ash reagiu antes da sua mente: as mãos se esticando, as pernas se virando, braços se erguendo. Ele apertou as mãos ao redor do cabo da arma, o cano mirando na entrada da *Estrela*. O primeiro nervosismo chegou no segundo que o dedão pressionou o cão.

Outro rangido, e um soldado apareceu na porta.

Ash piscou. Não era um soldado, era Dorothy. Estava vestindo um uniforme verde-militar, o cabelo escuro enfiado em um chapéu quadrado. As roupas eram grandes demais para ela, e havia algo sugestivo na forma que as calças estavam baixas demais no quadril. Ou talvez na forma que ela estava parada. Ou talvez era o fato de que Ash nunca tinha visto uma mulher usando uniforme antes.

Os dedos dele estremeceram, e sentiu suas orelhas arderem.

— Pensei ter visto você entrar. — Os olhos de Dorothy abaixaram. — Vai atirar em mim?

Ash percebeu que ainda estava apontando a pistola, o dedo se demorando no gatilho. Ele abaixou o braço.

— Onde estão Willis e Chandra?

— Não conseguiram encontrar um jeito de passar pela sala dos portões, então vim sozinha. Eles vão buscar a *Segunda Estrela* e achar um lugar mais perto para nos encontrar.

Ash franziu o cenho.

— Como você chegou aqui?

— Do jeito normal. Roubei o uniforme de um soldado inconsciente, dei um golpe em outro soldado para me dar a senha da porta de segurança. Ele ainda está lá, aliás. — Ela se virou. — É essa a máquina do tempo?

Ash assentiu sem ouvi-la.

Ela também gosta de você, Zora tinha dito.

— Ash? — Dorothy se aproximou, franzindo o cenho. — O que houve?

Ash engoliu em seco. Algumas mechas do cabelo de Dorothy haviam se soltado do chapéu e emoldurava seu rosto em cachos castanhos suaves, fazendo-a parecer...

— Não foi nada — murmurou Ash, desviando o olhar.

Zora tinha dito que precisavam da matéria exótica da *Estrela Escura* para voltar a 2077. Dissera que a *Segunda Estrela* não voaria sem ela, e a *Estrela Escura* estava atualmente trancada num hangar militar, então não conseguiriam levar a nave maior de volta.

Ele se ajoelhou, grato por uma distração, e procurou no painel de controle pela chave extra que o Professor mantinha ali.

Dorothy se abaixou ao seu lado, e agora ele conseguia sentir o cheiro dela. Aroma de sabão antiquado e lírios. O aroma ainda se prendia a ela, mesmo depois de tudo que tinham passado. O nariz de Ash estremeceu. Como aquilo era possível?

Ela estava tão perto que se ele virasse o rosto, eles se tocariam.

A respiração era um caroço na garganta. Parecia uma distância inacreditável.

Ela também gosta de você.

Ash se atrapalhou com a chave e a derrubou no chão entre eles.

— Desculpe — murmurou ele, esticando a mão.

Ela também esticou, as mãos roçando.

Ele se sobressaltou para trás, tentando não pensar na maciez da pele dela.

— Está tudo bem? — Dorothy não estava sorrindo, mas havia algo nos lábios dela que indicava isso. — Porque você está agindo de forma estranha.

Ash assentiu, mas não desviou o olhar.

Ele havia chegado aqui esperando encontrar o Professor. Esperando impedir a sua morte.

Então esperava ter vindo aqui para matar Quinn Fox e — mais uma vez — impedir a sua morte. E ele tinha fracassado. *Duas vezes.*

Ash conseguia sentir a dor fantasma da adaga no lado. A pressão suave dos lábios dela contra os dele. Coisas que ainda não tinham acontecido.

Coisas que não precisavam acontecer. *Talvez se você se apaixonar pela Dorothy em vez dessa garota de cabelos brancos...*

Ash não tinha certeza de que Zora estava certa. Só que o Professor não estava aqui, nem Quinn. Mas Dorothy estava.

Talvez ele ainda pudesse mudar seu futuro.

Dorothy soltou uma respiração baixa enquanto Ash se inclinou para a frente, curvando uma das mãos ao redor do pescoço dela. Por um segundo, ele esqueceu tudo da água escura, das árvores mortas e cabelos brancos. Esqueceu-se de sentir o aço frio cortando sua pele e o coração partindo no peito.

Em vez disso, o que havia era Dorothy, os lábios quentes dela contra os seus. A mão dela tocando a sua nuca.

Então, ela se afastou.

— Por que fez isso? — murmurou ela, os olhos ainda fechados.

A voz de Ash estava espessa.

— Pensei que...

As luzes se acenderam, preenchendo a *Estrela Escura* com um brilho branco fantasmagórico. Os olhos de Dorothy arregalaram.

O som ecoante de centenas de coturnos batendo no concreto retumbou pelo hangar. Houve movimento, então um som que Ash conhecia bem demais: o som de dezenas de cães de armas sendo puxados para trás.

— Vocês estão cercados — disse uma única voz profunda. — Por favor, saiam do veículo com as mãos erguidas.

DIÁRIO DO PROFESSOR – 21 DE JULHO DE 1969
08H15
A ESTRELA ESCURA, FENDA DO ESTUÁRIO DE PUGET

Minhas mãos ainda estão tremendo. Tenho certeza de que dá para notar, minha caligrafia está uma bagunça.

O pouso na Lua foi ainda mais incrível do que pensei que seria.

Lá nos anos 1960, a NASA teve um trabalhão para certificar que o pouso na Lua seria transmitido ao vivo. Eles até mesmo enviaram uma antena erétil com Buzz e Neil para que não precisassem esperar por uma estação entrar no perímetro.

Achei que isso significaria que seria fácil encontrar um lugar para ver o pouso na Lua acontecer. Afinal de contas, o país todo estava vendo! Certamente poderíamos encontrar uma TV sobrando!

Eu estava enganado, para dizer o mínimo. Natasha gentilmente disse que os anos sessenta foram a era de ouro da televisão. Os dias de se aglomerar ao redor de uma calçada para ver as televisões em uma loja de esquina se foram. Todo mundo tinha uma TV em casa! Estariam assistindo ao pouso em casa.

O que não tinha problema, exceto que nós somos viajantes do tempo e, portanto, não temos acesso a uma casa em 1969.

Foi aí que vieram minhas ideias. O hotel Fairmont, em Seattle, existe desde os anos 1920. As pessoas hospedadas no hotel precisariam de um lugar para assistir ao pouso na Lua também, e eu duvido que havia televisões em todos os quartos. Mas haveria uma televisão no saguão. Achei que poderíamos nos esgueirar no saguão e assistir ao pouso na Lua ali. Eu até mesmo estava disposto a pagar por um quarto. Na minha opinião, é um preço pequeno a pagar para vivenciar um dos momentos mais cientificamente importantes da história.

Funcionou brilhantemente. Havia já uma multidão aglomerada ao redor da tela monocromática no saguão, e nem mesmo notaram a presença de seis viajantes do tempo entre eles. (Isso foi graças a Natasha, que passou o dia aperfeiçoando nossas roupas de 1969, mas, infelizmente, precisou ficar de fora da viagem já que estava gripada e preferiu ficar em casa.)

Nunca ouvi um silêncio tão perfeito. A imagem na tela estava granulada e difícil de decifrar, mas as pessoas esperaram prendendo o fôlego para ver Neil Armstrong descer aqueles degraus e murmurar suas mais famosas palavras:

É um pequeno passo para o homem, e um salto para a humanidade.

Então, tudo irrompeu em aplausos. Pessoas se abraçaram. Gritaram. Foi como mágica.

Ainda estou atônito. Estamos quase em casa agora. Estou escrevendo isso no assento do passageiro enquanto Ash pilota a *Estrela Escura*, e consigo ver o rodopio familiar de nuvens que marca o ano de 2075.

Isso foi... uau. Realmente uma experiência. Escrevi tudo que vi para poder contar a Natasha. As roupas! A energia! A empolgação! Foi intoxicante!

Inferno, até *eu* quero ser um astronauta agora!

Nós estamos saindo da fenda agora e...

Ah.

Algo parece errado. Não consigo ver as luzes na baía, e tem algo diferente na orla. Parece que foi inundada.

Não. Não só a orla. A cidade inteira foi inundada.

Eu... eu não entendo o que estou vendo. Nós voltamos só algumas horas depois de termos ido embora. Houve outro terremoto? O que pode ter acontecido?

Tudo se foi. A cidade inteira está submersa.

Eu já vi isso. Assim como na minha visão.

Minha nossa...

Natasha.

PARTE TRÊS

O tempo persegue todos nós.

— *Peter Pan*

31
DOROTHY

17 DE MARÇO DE 1980, COMPLEXO FORTE HUNTER

— Vocês estão cercados — gritou uma voz. — Por favor, saiam do veículo com as mãos erguidas.

Dorothy não conseguia registrar o que estava acontecendo. A mente dela ainda estava presa ao beijo, relutante em deixar a memória partir mesmo que as circunstâncias exigissem que ela tomasse uma atitude. Ash se afastou dela, o rosto uma sombra borrada pela luz branca. Dorothy sentiu o ar gélido circular sua cintura onde as mãos dele haviam estado.

— Quantos são? — perguntou ela. A voz não parecia pertencê-la.

Ash estava olhando pela janela da máquina do tempo, de costas.

— Uma centena. Talvez mais. — Ele esfregou uma das mãos na mandíbula. — Estão armados.

Armados. Isso significava armas, uma centena delas mirando nos dois. Distraída, Dorothy levou uma das mãos a garganta, a sensação do medo passando por ela.

— Fique aqui — Ash estava dizendo. — Eu vou descer. Aposto que não sabem que estamos em dois. Provavelmente consigo convencê-los de que estava sozinho aqui. Então você pode… ir a um lugar seguro.

Seguro. Ele dizia como se estivesse fazendo um favor a ela. Ela abriu a boca, e nada saiu a princípio. Então, precipitada:

— Você acha que eu ficarei *para trás?*

— Se nós dois formos pegos, estaremos ferrados.

— Quem disse algo sobre ser pego? — Dorothy franziu o cenho. — *Eu* não sou pega.

— Você não ouviu a parte que falei que estavam armados?

— *E daí?*

Ela odiava a ideia de ser deixada para trás, como se fosse alguém que precisasse de proteção dos perigos do mundo lá fora. Pensou nas mulheres que tinha visto na sala dos portões — mulheres fortes, *soldados* — e sentiu uma pontada no peito.

Não inveja. *Desejo.*

Ela não era diferente daquelas mulheres, não de uma forma significativa. Por que todos insistiam em tratá-la como se fosse alguém que precisava ser protegida?

Dorothy pensou no momento no bar, quando Ash falou em viagem no tempo pela primeira vez. Ela pensara que ele estava sendo um tratante, provocando-a.

Depois, então, percebeu que era a verdade, e ela apreciou que ele havia falado a verdade diretamente em vez de titubear com os fatos, agindo como se ela fosse surtar.

Ela queria dizer algo sobre isso agora, explicar, mas Ash já estava guardando o depósito de ME sob a jaqueta. Causava uma protuberância estranha abaixo do braço. Ele subiu o zíper até o pescoço.

— Não temos tempo de brigar por isso. — Os olhos dele se voltaram para a janela, estreitos. — Espere aqui pelos outros. Consegue fazer isso?

Não, pensou Dorothy. Ela cogitou insultos variados em sua mente, mas nenhum era o que ela queria.

— Não sou um objeto — cuspiu ela, por fim. — Não pode me deixar aqui quando é conveniente e esperar que ainda esteja no mesmo lugar quando você voltar.

Ash lançou um olhar firme.

— *Por favor.*

Ele disse isso com um estremecimento na voz, como se implorasse. Dorothy não queria parar de brigar, mas o tom de voz a pegou de surpresa, e ela não disse nada por tempo demais. Ash pareceu entender isso como concordância.

Por um momento, Dorothy pensou que ele a beijaria de novo. Ele se inclinou para a frente, e ela sentiu o queixo se levantar, os lábios se erguendo para encontrar os dele sem perguntar a seu cérebro se estava tudo bem.

Ela se precipitou para trás quando percebeu o que estava acontecendo, o batimento acelerado. *Lábios estúpidos.*

Se Ash notou, não demonstrou. Ele deu um passo para trás e ergueu as mãos acima da cabeça em um gesto de rendição. Por um momento confuso, Dorothy pensou que ele poderia estar se rendendo para ela, então ele saiu da *Estrela Escura* e se foi.

Com esforço, Dorothy desviou o olhar da janela. Por algum motivo, pensou em Zora, nas calças masculinas, a expressão tão indecifrável quanto sempre.

Ash não a teria deixado para trás. Os dois teriam descido as escadas lado a lado, preparados para enfrentar o exército que os aguardava juntos. Isso fez Dorothy sentir um ciúme estranho. Ela queria aquilo, ser a aliada de alguém, e não só um prêmio.

Algo atrás dela rangeu.

O medo era algo engraçado. Dorothy mal o sentiu quando Ash dissera que havia uma centena de armas miradas nas paredes finas demais da máquina do tempo. Mas bastou um gemido leve e um peso se levantando — quase como um passo — e cada nervo em seu corpo pareceu chiar.

O som não pertencia àquela sala. Ela deveria estar sozinha.

Ela se virou, os pés praticamente tropeçando nas botas grandes demais. Viu apenas sombras, mas sabia que não deveria confiar nelas. Alguém estava ali. Alguém a estava observando.

A escuridão engrossou e começou a mover-se. Então, alguém disse:

— Como é que dizem nos filmes? "Então, nós nos encontramos de novo?"

Dorothy reconheceu a voz de Roman antes de ver seu rosto. Aquele tom baixo, como se estivesse rindo dela. Os olhos dele apareceram em seguida, um azul brilhante devagar se separando das sombras que o ocultavam. Estavam inclinados para cima. Divertidos.

Por um instante, sua realidade pareceu despedaçar. Ela viu Roman parado na sua frente, então, em um vislumbre, outro Roman por cima dele, como uma miragem.

Esse Roman estava inclinando-se na direção dela. Um músculo em sua mandíbula estremeceu enquanto seus lábios se abriram.

Você não deveria confiar neles.

Uma sensação fria se espalhou por ela, mas, quando piscou, ela viu que o falso Roman havia desaparecido, e havia apenas esse momento, esse tempo.

O Roman de verdade estava segurando uma arma, o cano pequeno e preto mirando no peito de Dorothy. O que quer que ela havia visto, ainda não tinha acontecido. Mas iria acontecer.

Sem fôlego, ela ergueu as mãos para se render.

32

ASH

Ash hesitou na porta que saía do hangar, virando a cabeça tempo o suficiente para ver a *Estrela Escura* de novo. Uma sombra se movia na janela, e ele corou, lembrando-se da sensação do corpo de Dorothy curvado contra o dele, o jeito com que os dedos dela passavam por seu cabelo.

Uma arma espetou contra as suas costas.

— Continue andando — resmungou o soldado atrás dele.

Ash desviou seu olhar para longe da nave e andou para a frente, o pescoço pegando fogo. Seus lábios ardiam.

Ele pensara que seria tão simples evitar se apaixonar. Pensara que algumas regrinhas fáceis o manteriam seguro. Sem namoro. Sem flerte. Sem beijos.

E *parecera* simples, quando o amor era apenas uma visão de uma garota de cabelos brancos sem rosto, apenas uma sensação que desaparecia assim que a pré-lembrança acabava.

Só que Dorothy era sangue pulsando em suas veias e cabelo emaranhado nos dedos. Os lábios dela eram mais macios do que qualquer outro que já tinha sentido antes. A boca dela tinha gosto de menta.

Ele não estava apaixonado por ela, mas conseguia sentir algo se movimentando dentro de si, e percebeu, de repente, como havia sido estúpido em pensar que poderia usar um truque ou escapar por completo. Essa coisa era uma força da natureza. Estava o impelindo para a frente quer ele quisesse ou não.

Então, um pensamento lhe ocorreu. Havia sido uma traição beijar Dorothy quando ele sabia que se apaixonaria por outra pessoa? Era certamente falacioso. Como fazer uma promessa que ele sabia que não poderia cumprir. Mas isso seria apenas se o beijo não mudasse nada. Certamente que beijar Dorothy significava que ele não iria se apaixonar por Quinn.

Certo?

A alegria feroz do beijo estava começando a se esvair, e a realidade retornava. A cabeça de Ash estava a mil conforme ele tentava entender o que tinha acabado de acontecer. O que aquilo significava.

Será que seu futuro havia mudado? Ou só havia arrastado Dorothy consigo?

Os pensamentos o assombravam enquanto os soldados o levavam por um labirinto de corredores escuros, o único som o bater das botas do uniforme contra o concreto. Tarde demais, Ash percebeu que deveria ter prestado mais atenção, marcando quando viravam à esquerda ou à direita para procurar uma forma de fugir, encontrar o Professor e reunir-se com Willis e Chandra. Em vez disso, havia repassado o beijo, como um soldado passional na guerra.

— Maneiro — murmurou ele, por entre os dentes.

O soldado atrás dele riu.

— Pode repetir — disse ele, acrescentando mais uma pontada da arma como ênfase. — Você nem sabe como seu dia acabou de ficar ruim.

Por fim, eles pararam do lado de fora de uma porta metálica pesada. Um soldado a abriu com um rápido movimento de mão, revelando um quartinho escuro sem nenhuma janela.

— Sente-se — disse o soldado, a arma mirando as costas de Ash. — E sem falar nada até ele chegar.

— Falar? — retrucou Ash.

O soldado acendeu o interruptor. Uma lâmpada simples estava pendurada no teto, zumbindo gentilmente. Havia apenas duas cadeiras na sala: uma estava vazia.

Na outra, Zora estava sentada.

Ash sentiu um embrulho no estômago. Ela também não havia encontrado o Professor. De alguma forma, os dois tinham fracassado.

Zora estreitou os olhos para a luz repentina, então o olhar parou em Ash, e seu rosto ficou cabisbaixo.

— Ah, inferno, pegaram você também?

33

DOROTHY

Dorothy estava parada, rígida, os olhos descendo até o cano da arma de Roman pela segunda vez em menos de vinte e quatro horas.

Faz mesmo apenas vinte e quatro horas?, pensou ela.

Parecia ter sido mais tempo do que isso. E também, menos. Era como se houvesse tempo nenhum e todo o tempo do mundo desde que ela havia subido a bordo da máquina do tempo de Ash.

— Está com medo? — Os olhos de Roman eram frios, mas a voz dele tinha uma certa cadência de provocação.

Dorothy não respondeu, mas a ferida de bala no seu braço ardeu, lembrando-a de que ele nem sempre era tão cuidadoso quanto deveria ser armado com aquela coisa.

— Só estou perguntando porque você está tremendo — disse Roman.

Dorothy fechou os punhos, furiosa consigo mesma por dar a ele a satisfação de vê-la amedrontada. Lembrou-se de como Willis havia pulado em Roman nas docas, afastando a arma como se fosse um brinquedo. Ela desejou ser uma pessoa bem maior do que era, e não pela primeira vez.

Ela desviou os olhos para a porta. Estava mais perto do que Roman. Se conseguisse correr...

— Você estaria morta antes de chegar à escada. — Roman usou a arma para gesticular para o assento do piloto. Ele fez aquilo casualmente, como se estivesse gesticulando com a própria mão, em vez de uma arma mortal. — Sente-se. Não tem motivos para ter medo.

Dorothy sustentou o olhar dele. Ela duvidava daquilo.

— Prometo, eu só quero conversar.

Roman ergueu as mãos, em um gesto de rendição, e agora a arma estava pendurada em seu polegar. Dorothy não se deixaria enganar. Uma arma ainda era uma arma, não importa o quão casualmente estivesse sendo manejada. Os homens que tratavam suas armas como brinquedos eram aqueles que verdadeiramente precisavam ser vigiados.

Ela se afundou na cadeira, as mãos enroscadas no colo.

— Está vendo? Não foi tão difícil, foi? — O canto da boca de Roman estremeceu. Ele estava rindo dela.

Com os dentes cerrados, Dorothy perguntou:

— O que você quer?

— Ah, então você sabe falar!

Dorothy inclinou a cabeça, em silêncio, e Roman deixou escapar um suspiro profundo e sôfrego.

— Quero fazer um acordo — continuou ele. — Como você certamente notou, nosso amigo *Asher* acabou de ser capturado.

Os lábios dele se curvaram quando disse o nome de Ash, como se tivesse um gosto desagradável.

— Não tenho certeza de que Ash diria que você é um amigo — disse Dorothy.

— Provavelmente não. Ainda assim, estou aqui para resgatá-lo.

Dorothy conseguia sentir que ele queria que aquela informação fosse chocante, então ela se esforçou para manter o rosto sem emoções.

— Por quê? — perguntou ela, educada. — Para ser bonzinho?

A ideia de que ele poderia ser bonzinho pareceu divertir Roman.

— Nossa, não — disse ele, soltando uma risada surpresa. — Mas por que isso iria te impedir?

Os olhos de Dorothy se voltaram para as sombras nos fundos da máquina do tempo. Roman estava esperando ali. De alguma forma, ele sabia que ela viria até a máquina do tempo. Sabia que Ash seria levado pelos soldados. Sabia de tudo isso antes de ter acontecido.

Você está tentando me dizer que viu o futuro?

Talvez. Talvez até tenha visto o seu.

Um calafrio percorreu sua nuca quando ela percebeu o que a incomodava. Tudo isso parecia planejado. Dorothy não gostava de planos que não tinham sido feitos por ela mesma.

Ela encarou a arma de Roman.

— O que acontece se eu recusar?

— Você não vai recusar.

— Eu já disse que não quero trabalhar com você.

— E eu disse que você mudaria de ideia sobre esse assunto.

— Por que eu faria isso?

Roman abriu um sorriso com metade da boca. Parecia errado. Como algo que havia aprendido em um livro.

— Te deixei um presentinho, no hotel Fairmont. Você lembra, não é? Um diário de capa de couro. Costumava pertencer ao Professor Zacharias Walker.

Dorothy piscou.

— Foi *você*?

— O plano era você roubá-lo e levar até Ash e seus amigos, para que lessem o último registro do Professor e descobrir para onde na história o mentor deles havia fugido.

— Você queria que eles viessem até aqui? — a voz de Dorothy soava vazia.

— Confesso que usar você foi ideia minha — continuou Roman. — Eu roubei o registro na noite que o Professor desapareceu. Sempre soube exatamente quando e onde ele estava, mas sem nenhuma matéria exótica eu não poderia exatamente voltar para buscá-lo, certo? Eu precisava que Ash fizesse isso por mim. Só que ele não sabia onde procurar, e não confiaria em nenhuma informação que eu desse. Nós precisávamos de alguém que pudesse ser o intermediário. Então nós te raptamos, colocamos o diário em um lugar onde você certamente ia encontrar. Aliás, você foi esplêndida fazendo sua parte.

— Pare — disse Dorothy, mas era tarde demais. As palavras dele já haviam encontrado um meio de entrar no cérebro dela.

Você foi esplêndida fazendo sua parte.

Eles a haviam enganado — enganado todos eles.

Em um bom golpe, o artista faz seu melhor para convencer o alvo que todo o jogo era ideia da outra pessoa. Ele balança uma tentação na frente do alvo, algo que diz que não pode ter, mas que sabe que quer. No fim das contas, o alvo implora para ser ludibriado.

Dorothy havia encontrado o diário e presumido que era valioso. Ela o havia roubado, e então o entregou a Ash na primeira oportunidade, como a boba perfeita que era.

Ela sentiu os olhos arderem quando percebeu, horrorizada, que estavam preenchidos de lágrimas. Piscou, determinada a impedi-las de cair por pura força de vontade. Nunca havia sido alvo de um golpe antes. Tinha passado a vida toda engambelando os outros, fazendo com que confiassem nela, que contassem seus sentimentos, para então roubá-los de tudo que tinham de valioso e ir embora antes que percebessem sua tolice.

Ela nunca pensou que estaria do outro lado do golpe.

— Ainda assim, eu não entendo — disse ela, cautelosa. — Como você está *aqui*? Ash disse que você não poderia viajar no tempo, a não ser que... — Ela pensou no compartimento de carga na nave de Ash, o que ela havia se escondido para ir para o futuro. — Você se esgueirou a bordo da *Segunda Estrela*?

— Ah, esse foi um bom truque, mas não foi o caso. — O sorriso de Roman se abriu. — Encontrei uma forma muito mais elegante de voltar no tempo. Obviamente não posso dizer como fiz, mas espero que você descubra em breve.

A cabeça de Dorothy estava a mil. Eram informações demais, nós demais para tentar desfazer.

Com a voz firme, ela perguntou:

— E agora? Você vai encontrar o Professor antes de Ash, e nos deixar aqui?

Roman olhou para ela, divertido.

— Dorothy — disse ele, cuidadoso. — O Professor já foi embora.

DIÁRIO DO PROFESSOR — 10 DE MAIO DE 2075
23H47
A ESTRELA ESCURA

Missão: Afrodite 1

Estou escrevendo perto da fenda, onde me encontro no assento de piloto da *Estrela Escura*. Preciso escrever tudo isso o mais rápido possível antes de levar a nave de volta no tempo. Deixei o resto do time em casa. Eles não sabem o que estou fazendo. Não quero dar esperanças falsas a Zora, caso eu esteja errado.

Objetivo: voltar para a manhã de 9 de maio de 2075, e tirar Natasha Harrison de casa antes que essa seja destruída no megaterremoto da falha de Cascadia.

Estou consciente do loop causal. É claro que estou consciente da droga do loop causal.

Só que isso é diferente. Não encontraram o corpo de Natasha nos destroços. Há uma possibilidade de eu já ter voltado no tempo. Eu já a salvei.

Ela não está morta.

DIÁRIO DO PROFESSOR — 18 DE JUNHO DE 2075
23H41
A OFICINA

Missão: Afrodite 22 27

Até agora, todas as tentativas que fiz para salvar Natasha se provaram um fracasso.

Sinceramente, não sei o que estou fazendo de errado.

Primeiro, tentei voltar para a manhã de 9 de maio de 2075. Cheguei sessenta minutos antes do terremoto atingir Seattle, achando que isso seria tempo o bastante para localizar Natasha, convencê-la a ir embora comigo e voltar para a fenda.

Aproximadamente na primeira dúzia de viagens de volta, procurei por Natasha em casa e na vizinhança. Ela estava doente naquele dia, eu me lembro, então seria lógico concluir que não iria muito longe. Só que ela não tinha ido a nenhum dos lugares que ia sempre. Todas as vezes, eu fracassei em encontrá-la antes do terremoto começar.

Depois daqueles primeiros fracassos, parei minha busca por um tempo breve para elaborar um novo plano. Procurar por Natasha uma hora antes do terremoto não estava funcionando, então deveria procurar ainda mais cedo. A última vez que a vi com vida foi na praia, no Golden Gardens Park. Ela fora acompanhar nossa decolagem. Meu novo plano era voltar para aquele momento, interceptá-la nos poucos minutos antes de ela dizer adeus e seguir para uma localização desconhecida no seu veículo.

Infelizmente, quando tento sair da fenda naquele instante, eu me vejo surgindo no estuário quinze minutos depois que partimos, e nessa altura, Natasha já entrou no carro e dirigiu para longe.

É um erro estranho do túnel do tempo, e, se as coisas fossem diferentes, eu talvez procurasse pesquisar mais sobre esse fenômeno.

Na situação atual, meus únicos pensamentos se concentram em encontrar minha esposa.

DIÁRIO DO PROFESSOR — 4 DE NOVEMBRO DE 2075
02H13
A OFICINA

Missão: Afrodite 53

Já faz quatro meses desde a última atualização.

Não, espere aí, cinco meses.

É estranho que, para alguém que passou a vida toda estudando o tempo, eu tenha tão pouca noção dele. Parece que faz muito mais, e também como se o tempo estivesse passando devagar, lento demais.

Desde então, eu procurei por minha esposa no supermercado, na biblioteca da universidade, na farmácia, no consultório do médico dela, na casa de sua mãe. Voltei horas antes e fiquei o máximo de tempo que conseguia. Às vezes eu só chegava à fenda *segundos* antes do terremoto atingir.

Repassei minha teoria original de novo e de novo, examinando-a de todos os ângulos. Mesmo com o loop causal, *ainda assim faz sentido*. Natasha não pode estar morta.

Veja bem, eu não estou salvando a vida dela, eu estou a tirando do passado e trazendo-a aqui, assim como fiz com Ash e Chandra e Willis. Estou *retirando-a do passado* antes que o terremoto possa matá-la.

Por que isso não está funcionando?

DIÁRIO DO PROFESSOR – 18 DE FEVEREIRO DE 2076
11H04
A OFICINA

Missão: Afrodite 87

A biblioteca do centro é um dos lugares favoritos de Natasha em toda a cidade. Eu não sei o motivo de não ter pensado nisso antes. Quando não está se sentindo bem, ela sempre vai à biblioteca e encontra a maior e mais poeirenta biografia ou livro de memórias para se perder nas páginas até que se sinta melhor.

Eu agora tentei entrar na biblioteca em cinco missões diferentes, mas fui impedido de chegar ao meu destino todas as vezes.

Durante minha última viagem, consegui chegar aos degraus da biblioteca e estava prestes a esticar a mão e abrir a porta quando um homem foi de encontro comigo, me jogando para trás. Acordei vinte minutos depois dentro de uma ambulância e precisei forçar meu caminho para a rua, então correr até a máquina do tempo, enquanto sangrava de uma ferida na cabeça, para conseguir chegar à fenda antes do terremoto.

Minha teoria atual é que Natasha está dentro da biblioteca. É a única coisa que faz sentido. Se eu puder encontrar uma maneira de entrar sem que nada dê errado, vou conseguir trazê-la de volta para casa.

DIÁRIO DO PROFESSOR — 9 DE MAIO DE 2076
19H07
A OFICINA

Não sei como estou escrevendo isso.

Quero dizer, literalmente. Estou encarando minha mão e não entendo como é que está se mexendo. As palavras que estão sendo escritas não parecem ser minhas.

Como poderiam ser?

Minha mente está em branco. Adormecida. Vazia.

Encontraram o corpo de Natasha hoje. Alguns voluntários estavam limpando os destroços da biblioteca do centro na esperança de que alguns dos andares mais altos fossem habitáveis.

Eu... eu não consigo escrever o que me contaram sobre o estado do corpo dela. Foram capazes de identificá-la usando a carteira de motorista, que estava dentro do que sobrou do bolso dela, e listava o endereço de casa. Eles trouxeram a carteira para mim, então disseram onde eu poderia encontrá-la, caso quisesse dar a ela um enterro decente.

Eu estava certo esse tempo todo. Natasha estava na biblioteca, mas eu não consegui chegar até ela. Se ao menos eu tivesse conseguido. Já faz um ano. Tentei salvar minha esposa centenas de vezes, de centenas de formas diferentes. Só que nada funciona.

Natasha morre todas as vezes.

34

ASH

17 DE MARÇO DE 1980, COMPLEXO FORTE HUNTER

— Junte-se à sua amiga — o soldado disse, com uma última cutucada alegre da arma.

Ash cambaleou para a frente, quase tropeçando na cadeira de metal parafusada ao chão no meio da sala de interrogatório.

Ele sentiu algo afiado nas entranhas. Medo, ou o início daquele sentimento.

Ele se sentou, tomando cuidado para não olhar para Zora. O soldado se ajoelhou ao seu lado, removendo as algemas, e o algemou de novo na cadeira parafusada. Satisfeito, ele se juntou aos outros soldados na porta, e sem dizer mais uma palavra, todos saíram para o corredor, fechando a porta. Estavam sozinhos.

Os olhos de Ash deslizaram para Zora.

— Você está…

O som de passos o interrompeu. Ele escutou murmúrios no corredor, então a porta se abriu, mais uma vez, e um novo soldado desconhecido entrou.

O homem não estava uniformizado, mas usava uma jaqueta verde sobre uma camisa cáqui e gravata, o chapéu embaixo do braço. Ele tinha o rosto de um buldogue, os olhos eram vazios e pretos, como os de um tubarão.

Os olhos de Ash seguiram para as tiras nos ombros, verificando sua posição. Folhas prateadas gêmeas de carvalho o encararam.

De repente, a garganta de Ash estava seca. Aquelas folhas marcavam o homem como o comandante de toda a base.

— Meu nome é Tenente-Coronel Gross — disse o homem, depois de um instante. — Minha unidade me informou que houve uma violação séria em nossa segurança.

Ele encarou Ash, como se esperasse que ele respondesse.

Ash o encarou de volta. Ele sentiu o sangue pulsando nas orelhas, quente e constante, e percebeu, de uma forma desconectada da realidade, que aquilo era pânico. Ele estava em pânico.

Antes de conseguir inventar algo para dizer, houve uma batidinha rápida, e de novo a porta se abriu. Mais dois soldados entraram, empurrando uma televisão quadrada em um carrinho de metal.

— Meu objetivo é tornar tudo simples para vocês — continuou Gross. — Vocês são pouco mais velhos do que crianças, e não gosto de machucar crianças. Mas, já que isso é um problema de segurança nacional, eu talvez não tenha outra escolha.

Ele ligou o botão da televisão e uma imagem monocromática granulada acendeu a tela.

O Professor estava subindo correndo um lance de escadas, o peito arfando. Ele chegou a uma porta de metal e parou para olhar por cima do ombro. As luzes acima refletiram nos seus óculos, deixando as lentes brancas.

Gross pressionou um botão na televisão, e a imagem congelou.

— Esse vídeo foi feito hoje de manhã, aproximadamente às quatro horas. Esse senhor que veem na tela entrou na instalação sem ser detectado, de alguma forma conseguindo obter uma informação ultrassecreta sobre uma arma de destruição em massa.

Arma de destruição em massa?, pensou Ash.

O que o Professor queria fazer com uma *arma*?

Mas Gross já estava seguindo em frente, e Ash não teve tempo de pensar muito.

— Nós acreditamos que ele está trabalhando contra o governo dos Estados Unidos, e, assim, suas ações constituem um ato de guerra. — Gross se virou para Ash, os olhos pretos estreitando. — Você, jovem, foi descoberto dentro do veículo aéreo deste homem, que encontramos abandonado na floresta do lado de fora do complexo. Agora pode entender o porquê isso nos leva a acreditar que você também está trabalhando contra o governo dos Estados Unidos. Se cooperar, se nos contar quem era esse homem e para qual agência trabalhava, talvez possamos ser persuadidos a ser flexíveis, com relação a punição que receberá.

O sangue de Ash gelou. Ele engoliu em seco.

— Era?

Gross não piscou.

— O homem em questão foi encontrado no telhado há quinze minutos, tentando escapar. Ele foi executado.

35

DOROTHY

— Foi embora? — repetiu Dorothy, uma sensação gelada a inundando. — Como foi embora? Nós estamos dentro da máquina do tempo dele!

— Esquece isso. — Roman se inclinou contra a parede da máquina do tempo, os braços casualmente cruzados sobre o peito, a arma dependurada nos dedos. — Tem outra coisa que eu preciso obter desse lugar. É a última peça de um quebra-cabeça muito específico, e, acredite ou não, você é a única pessoa que pode consegui-la para mim.

Dorothy estreitou os olhos.

— Por que acha que eu te ajudaria?

— Porque eu sei como salvar Ash, e você não.

Ela hesitou, seu batimento cardíaco acelerado. *Raios.*

Dorothy tinha certa suspeita de que estava sendo pega por outro golpe, mas Roman parecia ter um plano para recuperar Ash, e ela nem sequer sabia para onde os soldados o haviam levado. Ela precisava de Roman. Pelo menos por enquanto.

E ainda tinha o pequeno problema que era sua visão. Parecia... *perto*, se essa descrição de alguma forma fizesse sentido. A pele dela sofria calafrios por antecipação.

Você não deveria confiar neles, pensou Dorothy.

Por quê?, ela queria perguntar. *Por que eu não deveria confiar em Ash e seus amigos?*

Ela precisava admitir que, na visão, parecia que estavam trabalhando juntos. E era mais fácil escolher trabalhar com Roman quando isso parecia inevitável. Uma decisão que ela já havia avaliado e feito. Um futuro que não poderia evitar.

Ela examinou seu rosto.

— E você vai nos deixar partir assim que acabarmos?

As sobrancelhas de Roman subiram, como se movidas por um fio invisível.

— Naturalmente.

Ele estava mentindo, mas os olhos dela seguiram para a arma em sua mão, e ela percebeu que não havia uma escolha de qualquer forma. Apenas a ilusão de uma.

— Está bem — disse ela, cautelosa. — Então o que é que você precisa que eu pegue?

Roman desviou-se da pergunta com um movimento da mão.

— Não se preocupe, você vai saber quando vir. Por enquanto, precisamos nos concentrar em Ash. É muito importante que a gente o ajude a escapar. Ele é o único que pode levar todos vocês de volta.

Roman retirou algo do bolso interno do casaco. Era uma engenhoca pequena, não muito diferente do computador de Willis, porém mais volumoso, com pedaços de fios torcidos nas laterais, e um bastão metálico salientando-se de uma extermidade. Vários dos painéis tinham cores diferentes, e um tipo de material metálico prateado envolvia os fundos.

Roman se inclinou para a frente, inclinando o instrumento para que Dorothy pudesse ver. Dezenas de filminhos passavam na tela ao mesmo tempo.

— Eu desviei todo o feed das câmeras de segurança do complexo para enviar as imagens para cá — explicou Roman. Ele colocou o dedo em um dos pequenos filmes e expandiu para tomar o espaço de toda a tela. Agora a imagem mostrava Ash e Zora sentados em uma salinha, aparentemente presos aos seus assentos. — Isso é alguns andares para baixo, na Sala 321A.

O nervosismo de Dorothy zumbia. Ela queria tocar a tela, mas se segurou.

— Vamos, então.

Roman a lançou um olhar desgostoso.

— Se fosse fácil assim, você acha que eu precisaria de você? — Ele pegou outra imagem, dessa vez de dezenas de soldados armados, em posição de atenção em frente a uma porta. — Essa é a cena do lado de fora da salinha do seu garoto.

Os lábios de Dorothy arderam, lembrando-se do beijo.

— Ele não é *meu*...

Roman ergueu uma das mãos, interrompendo-a.

— Eu não dou a mínima pra relação de vocês. Para passar por esses homens, precisamos entrar na sala de controle e anular os protocolos do sistema de segurança central do complexo. — Ele pressionou um botão no instrumento, e outra imagem apareceu: um soldado, parado em um corredor vazio, com exceção de si mesmo. — Com algumas linhas de código, consigo fazer esse lugar ficar um caos. Sem luzes. Sem trancas. Sem câmeras. Acho que tem algum tipo de zumbido horrível, também. — Ele ergueu a arma, fazendo círculos no ar com o cano. — De qualquer forma, todo mundo vai ficar correndo por aí, aterrorizado. Vai ser incrível.

— Incrível — repetiu Dorothy, encarando o soldado. Ela tocou a tela com um dedo, os olhos voltados para Roman. — E qual a sua proposta para passar por ele?

O sorriso de Roman era frio.

— É aí que você entra.

* * *

Meia hora depois, os dois estavam agachados no fim de um corredor, encarando a imagem de segurança piscando no aparelho de Roman. O soldado na frente da sala de controle não parecia ter se mexido.

— Você entendeu o plano? — perguntou Roman.

Dorothy assentiu. Era razoavelmente simples, considerando todos os golpes que ela conhecia. Ainda estava vestida com o uniforme, então deveria andar até o soldado a postos e informá-lo de que ela estava ali para substituí-lo. Roman até mesmo havia encontrado um código para ela usar. Dorothy não sabia nada sobre a cultura do exército, mas Roman parecia achar que dizer a palavra *fênix* convenceria o soldado que suas ordens vinham de...

Bem. Quem quer que estivesse no comando.

— Beleza, então. — Roman indicou o corredor com o queixo. — Sua vez.

Dorothy ficou em pé. Ela não gostava daquele plano. Dependia da sua habilidade de imitar um soldado corretamente, o que parecia uma coisa grande demais para se esperar de alguém que nunca havia *encontrado* um soldado antes do dia de hoje.

Só que ela não tinha conseguido pensar em nada melhor, e Roman parecia acreditar que o código era tudo de que precisavam.

Ela torcia para ele estar certo.

Dorothy virou o corredor, forçando um sorriso nos lábios como se não estivesse nervosa. Os olhos do soldado percorreram o rosto dela sem parecer vê-la. Em um instante, ele havia retirado a arma do ombro e a cruzado pelo peito como um aviso.

— Você tem permissão para estar aqui embaixo?

Dorothy sentiu seu sorriso hesitar. Era para ela dizer o código agora? Ou isso seria suspeito.

— Hum, eu estou aqui para substituí-lo — disse ela. Então, lembrando-se da forma que o soldado na sala dos portões a havia chamado, acrescentou: — Soldado.

Ela deu mais um passo na direção dele, e ele apertou a arma ainda mais.

— Essa é uma área reservada. Vou precisar que dê meia-volta e volte para onde veio.

Dorothy conseguia sentir Roman atrás dela, observando seu fracasso. Ela umedeceu os lábios.

— Fênix — disse ela, a voz pouco mais alta do que um sussurro.

O soldado nem sequer piscou.

— Você vai precisar voltar para onde veio.

O coração de Dorothy parou de bater rápido demais. Ele não parecia nada inclinado a permitir que ela passasse. Ela deu outro passo para a frente, e o soldado pegou a arma nas mãos, apontando diretamente para ela.

Ela ergueu as mãos a frente do peito, horrorizada. O coração vibrava, e ela não conseguia respirar.

— F-fênix — disse ela de novo, mais alto. — *Fênix*.

Um buraco negro apareceu na testa do soldado. Dorothy só registrou o som do tiro uma fração de segundo depois, quando a expressão do soldado ficou vazia. Ele ficou de joelhos, então caiu para a frente. Morto.

Medo tomou conta de Dorothy como uma névoa gélida. Por um momento, ofuscou todas as outras emoções, e suas ações pareceram estranhamente desconjuntadas, como se estivesse atuando em uma peça. Ela colocou as mãos na boca e deu um passo para trás, ofegando.

Ela repassou o momento que o buraco apareceu. A expressão vazia que tomou os olhos do soldado. O som de seus joelhos batendo no concreto.

Ah meu Deus, ah meu Deus, ah, Deus...

Uma poça espessa de sangue escorria da cabeça do soldado.

Roman abaixou uma das mãos para o ombro dela, e Dorothy estremeceu, afastando-se rapidamente dele.

— Você o matou — disse ela, que conseguia sentir algo subindo à sua garganta. — Por que o matou?

— Nós precisamos passar pela porta.

— Mas eu estava *cuidando* disso. — Mesmo com as palavras saindo da boca, Dorothy sabia que não era verdade. A sua atuação boba não funcionava. O soldado a teria matado se Roman não houvesse atirado primeiro. Ela sacudiu a cabeça, sem querer acreditar. — Eu estava conseguindo. Eu... eu tinha acabado de falar o código!

Roman se ajoelhou ao lado do soldado, abaixando a mão para o pescoço e verificando os sinais vitais. De repente, Dorothy sentiu uma vontade ridícula de rir. A bala havia passado pela testa do homem. Como é que ele poderia estar vivo?

— Não tinha um código. Eu inventei isso — disse Roman, esfregando as mãos no casaco. — É o exército. Eles atiram primeiro e perguntam depois. Não existe uma palavra mágica que vai te fazer passar por uma porta trancada com um guarda.

Dorothy abriu a boca e a fechou, o entendimento recaindo sobre ela.

— Esse sempre foi seu plano.

Ela não se deu ao trabalho de fazer soar como uma pergunta. Já sabia a resposta. Roman olhou para ela, astúcia no olhar.

— Você deveria distraí-lo por tempo o suficiente para eu entrar em posição e dar o tiro. Sem você aqui, ele teria me visto muito antes de eu conseguir mirar. Você deveria ficar orgulhosa.

Orgulhosa.

Dorothy sempre soubera que não era particularmente ética. Uma pessoa não poderia viver de mentiras e roubos e ainda acreditar que era o herói em uma história. Só que Dorothy nunca tinha pensado em si mesma como uma vilã. Não até aquele momento.

Ela encarou o soldado morto e um calafrio horripilante subiu até a nuca. Nunca havia encontrado ninguém que tivesse matado outra pessoa antes. Sua mãe carregava na bolsa uma pistola pequena, com cabo perolado, mas, até onde Dorothy sabia, nunca a tinha usado.

Ela sentiu que havia cruzado uma linha. Como se algo mudasse nela, e não havia como mudar de volta.

Ela tentou ignorar a sensação conforme seguia Roman, desviando-se do corpo e entrando na sala de controle.

Foram recebidos por um arranjo estonteante de fios emaranhados, botões e cabos. Uma parede inteira era preenchida por telas, parecidas com as do aparelho de Roman, todas piscando monocromáticas e mostrando corredores estreitos e portas fechadas. Uma mesa curvava-se atrás da parede de telas, coberta por fileiras de alavancas de metal e botões que brilhavam vermelhos e verdes. As sobras da refeição de alguém estavam deixadas em um canto.

— Sente-se — disse Roman, indicando a cadeira.

Dorothy teve o ímpeto de dizer que "não" apenas para contrariá-lo, mas os joelhos ainda estavam fracos do nervosismo. Caso não se sentasse, talvez desmaiaria, como uma tonta que havia amarrado o corpete apertado demais.

Uma substância grudenta tinha secado no chão, fazendo suas botas guincharem quando foi até a cadeira. A sala era pequena o bastante para ela e Roman ficarem lado a lado, praticamente se tocando não importa onde estivesse. Ela se empoleirou na beira do assento, cuidadosamente inclinando os joelhos para o lado.

— Vai demorar muito?

— Nem um pouco.

Grunhindo, Roman puxou uma tela para longe da parede e começou a fazer algo complicado em um emaranhado de cabos pequenos azuis e vermelhos.

— No final dos anos 2000, um monte de crianças hacker se dedicaram a fazer posts dizendo exatamente como desarmar segurança militar antiga na internet.

Ele retirou os pedaços azuis dos cabos, revelando cabos de cobre ainda menores embaixo. Fez o mesmo com os vermelhos, então torceu os cabos de cobre juntos.

— Cubra seus ouvidos.

Dorothy tinha acabado de conseguir pressionar as mãos sobre os ouvidos quando Roman esticou a mão para a alavanca no canto superior direito da mesa e a acionou. As luzes na sala de controle se desligaram imediatamente, e um alarme distante e ruidoso começou a ecoar.

— Meu Deus, eu amo os anos oitenta — disse Roman.

36

ASH

— Executado? — A voz de Zora parecia vazia, e fez Ash ficar mais estarrecido do que se ela tivesse gritado. — Como assim, executado? O que vocês fizeram?

Os olhos de Ash se fecharam. Ele não achava que conseguiria ouvir os detalhes.

Será que haviam atirado no Professor pelas costas enquanto ele fugia? Foi apenas uma bala? Será que a maior mente científica da história disse alguma coisa antes de morrer?

Ash foi tomado pelo desejo de bater em alguma coisa. Ele precisou de todo o esforço para não bater os pés e sacudir as mãos algemadas contra as costas da cadeira, só para fazer barulho.

Quando abriu os olhos de novo, ele viu Gross o examinando, a boca retorcida em um sorriso de escárnio que Ash queria muito arrancar do seu rosto.

— Como já expliquei — disse Gross —, este homem foi apreendido no telhado, há quinze minutos. Ele…

— *O que* fizeram com ele? — Zora empurrou as palavras por entre os dentes, e Ash sentiu seu batimento cardíaco acelerar ainda mais.

— Zora... — disse ele, como aviso.

Os olhos de Gross voltaram-se para Zora.

— Você, minha jovem, não está em posição de...

— Você é um mentiroso! — Zora se jogou contra as algemas, e o som de metal raspando no metal preencheu a salinha. Gross não estremeceu, nem piscou. — Ele não morreu! O que fizeram com ele? *O que vocês fizeram?*

Um soldado deu um passo em frente e retraiu o braço para...

Ash viu o que ia acontecer um segundo antes.

— Não! — gritou ele, tentando se levantar, mas ainda estava algemado à cadeira, e a cadeira estava parafusada no chão. O metal prendeu os punhos, puxando-o para baixo de novo.

O punho do soldado desceu contra a bochecha de Zora com força, e a cabeça dela desviou-se para o lado violentamente.

A raiva explodiu no peito de Ash.

— Seu filho da puta! — Ele se impeliu para a frente, sem se importar com o metal apertando os punhos, ou que alguma coisa molhada estava grudando e quente debaixo das algemas.

Eles machucaram Zora. Ele iria matá-los.

Zora estava gritando de novo, mas ele não decifrou as palavras. Ash não ouvia nada além do sangue pulsando nos ouvidos. Ele tinha uma vaga noção de que Zora estava se debatendo contra as algemas na cadeira ao lado dele, gritando...

A voz de Gross ficou acima do barulho:

— Tirem-na daqui.

Não era um pedido.

Um dos soldados se mexeu na direção de Zora, uma das mãos descansando no cabo da arma.

Ash não sabia o que fariam com ela, apenas que ele não poderia permitir que a levassem, não poderia deixar que ela ficasse longe de vista.

O soldado se ajoelhou ao lado da cadeira de Zora. Ash escutou o clique das algemas se abrindo...

Então as luzes se apagaram, banhando-os na escuridão.

Por uma fração de segundo, era como se todos na sala estivessem prendendo a respiração. Então, uma sirene começou a uivar, o som ruidoso lembrando Ash do vento na fenda.

Uma luz vermelha piscava, acendendo e apagando, acendendo e apagando.

Ash viu, como em câmera lenta, Zora desvencilhar o braço e se virar, um punho conectando a têmpora do soldado ajoelhado.

Ash não conseguia ouvir nada acima do alarme ressoando, mas viu o soldado piscar, aturdido. Os dedos dele relaxaram da arma, então a arma estava caindo. Foi derrubada no chão mas não foi acionada, então Zora a estava parando com sua bota, agachada, a arma na mão. As algemas estavam penduradas no pulso.

O segundo soldado atirou. A bala passou perto do rosto de Zora, e Ash prendeu a respiração, jurando que havia acertado, mas Zora saiu do caminho antes que isso pudesse acontecer. Ela correu para a frente, grunhindo enquanto acertava o topo da cabeça no peito do soldado. Ela o atingiu de novo e ele se esforçou para recuperar o equilíbrio.

— Não se mova! — Gross tirou a arma do cinto em um movimento fluido, fácil. — Eu disse para não...

Ele atirou e Zora abaixou, a bala explodindo na parede atrás dela. Ela se abaixou e rolou no chão, uma perna voando para a canela de Gross e, então, subindo, para seu joelho. O pé dela conectou duas vezes — *pop, pop*.

O rosto de Gross se desmanchou conforme cambaleou para trás, deixando a arma cair.

Zora ficou em pé, sua arma mirando na cabeça dele.

— As chaves — disse ela.

Gross a encarou como se fosse um animal selvagem.

— Escute aqui, garota. Todos os soldados na base vão procurar por você depois disso. Você não tem...

Zora bateu com o punho da arma na têmpora dele, e ele caiu ao chão como os outros.

— Isso foi impressionante — disse Ash, mas não tinha certeza de que ela ouvira acima da sirene.

Ela ajoelhou ao lado de Gross, olhando para porta enquanto vasculhava o conteúdo dos bolsos dele, como se esperasse soldados entrarem a qualquer instante. Retirou uma chave prateada do bolso dele e começou a trabalhar nas algemas de Ash.

Ash gesticulou com o queixo para o Gross inconsciente.

— Ele está certo, sabe. A base inteira vai estar em *lockdown* depois disso.

As algemas se abriram e Ash grunhiu, revirando os punhos.

— Se quisermos sair daqui vivos, precisamos de um plano.

Zora ergueu o queixo. Luzes vermelhas dançavam em seu rosto, acumulando sombras sob os olhos e nas maçãs do rosto.

— Você acha mesmo que vamos conseguir sair vivos daqui? — disse ela, amarga.

37
DOROTHY

Botas ressoaram do lado de fora. Dorothy não conseguia ouvi-las acima do ruído da sirene, mas sentiu o chão tremer. Abriu a porta apenas poucos centímetros e espiou o corredor. Vários soldados haviam aparecido, encarando as miras de armas pretas e grandes. As luzes vermelhas pintavam seus rostos com sombras profundas. Pareciam demônios.

— Achei que o plano era impedir os soldados de nos encontrarem — sussurrou ela, irritada. — Não dizer nossa localização para metade da base!

Roman estava olhando as imagens no aparelho.

— O plano era tirar eles da sala onde Ash e Zora estavam. Olha só.

Ele inclinou a tela na direção dela, mas Dorothy estava distraída demais pelo que acontecia no corredor e a afastou sem olhar. Ela estava com o rosto pressionado tão forte contra a porta que conseguia sentir a madeira cutucando sua pele.

O soldado à frente do grupo congelou quando ele viu o homem morto no chão na frente da porta da sala de controle. Ele ergueu uma das mãos para alertar os homens atrás dele, então seus olhos se desviaram do homem morto para a porta através da qual Dorothy espiava.

Ela se sentiu ficar imóvel. Era impossível, mas parecia, por um instante, como se ele pudesse ver além da luz vermelha piscante e as sombras, e localizá-la do outro lado da porta entreaberta. Ela segurou a respiração.

Então, a mão de Roman segurou seu braço, e ele estava a puxando para o chão, um dedo pressionado contra os lábios dela.

Os olhos dele viram a abertura da porta. As sombras moviam-se além daquela fresta de espaço aberto. Roman xingou em silêncio e gesticulou para Dorothy se esconder atrás da escrivaninha. Ele engatinhou para ficar ao lado dela.

Eles estavam bastante próximos, os rostos a centímetros um do outro. Dorothy conseguia sentir o cheiro de menta na respiração de Roman. Contar as sardas que pontilhavam sua pele entre a ponta do nariz e o lábio superior. Era familiar, de uma forma dolorosa, e por um momento, ela o encarou, seu batimento acelerado no peito.

Era agora. O momento de sua visão.

Agora que percebera o que estava prestes a acontecer, ela se viu impaciente para acabar logo. Como era mesmo que começava? Roman se inclinaria na direção dela, um músculo na mandíbula estremecendo. Ele diria então: *Você não deveria confiar neles.*

A lembrança parecia tão real que Dorothy poderia acreditar que havia acabado de acontecer. A pergunta *por que* se demorou nos lábios dela…

Roman se virou para ela, e Dorothy sentiu algo no seu peito parar. Seu coração apertava por antecipação.

O corpo dele pressionado contra o braço dela, o calor da pele dele espalhando pelo tecido do seu uniforme roubado.

Um músculo na mandíbula dele estremeceu.

Ela não aguentou mais.

— *Por que* eu não deveria confiar neles? — explodiu ela.

Era uma mudança tão pequena — *ela* dizendo as palavras, em vez de Roman —, mas Dorothy a sentiu ondular pelo ar. Agora, o momento que ela havia visto não aconteceria, *não poderia* acontecer.

Ela havia roubado a fala de Roman.

Roman piscou.

— Como você sabia o que eu ia falar?

— Eu... eu vi — admitiu Dorothy. — Quando estávamos vindo, na máquina do tempo. Foi como uma visão.

Ele franziu o cenho.

— E aconteceu igual?

— Bem, não, na verdade. Na visão, você dizia que eu não deveria confiar em Ash e nos outros, e eu perguntava o porquê, mas acabou antes que você pudesse explicar. Só que agora eu vi que iria acontecer de novo, e, bem, suponho que fiquei impaciente.

— Fascinante — disse Roman, os olhos reluzindo.

Dorothy não se importava muito se havia conseguido mudar um futuro do qual ela nada sabia. As pessoas mudavam o futuro o tempo todo, apenas por continuar a viver.

Só que o aviso de Roman ainda a assombrava.

— Você vai me contar o motivo de dizer algo assim? — perguntou ela.

— Mas eu *não* disse.

Dorothy o estudou por algum tempo. Ele a encarou de volta, o sorriso afiado. De novo, ela sentiu o estranho *déjà vu*. Esse momento parecia o eco de um outro, um que ela conseguiria lembrar se apenas se esforçasse.

— Me diga o motivo de não poder confiar neles.

Roman sacudiu a cabeça, desistindo.

— Você é uma estranha. Eles são um time, um por todos, todos por um, essa baboseira toda. Só que você não está no time, e nunca vai estar. Você não se provou digna.

Dorothy pensou na fotografia rasgada na parede da cozinha de Ash. *Roman Estrada.*

— Foi por isso que você os traiu? Por que não pensavam em você como parte do time?

Em um instante, todo o charme cuidadoso e a malandragem despreocupada se esvaiu do rosto de Roman.

— Não — disse ele. — Não foi.

— Então por quê?

— Temo que nós não nos conhecemos tempo o suficiente para contar essa história — respondeu ele, pigarreando. — Mas quem sabe? Talvez um dia eu te conte todos os meus segredos.

Ele retirou algo pequeno e preto do bolso do casaco.

— Isso é uma bomba de fumaça.

Dorothy franziu o cenho para o objeto. Nunca tinha ouvido falar de uma bomba de fumaça, mas ela sabia o que era fumaça e o que era uma bomba, e a ideia daquelas duas coisas juntas não parecia inteiramente agradável.

— Vou jogar a bomba de fumaça como distração. Assim que eu fizer isso, você precisa correr.

— Para onde devo ir?

— O telhado.

Ele disse aquilo como se fosse óbvio. Dorothy franziu o cenho, vagamente se lembrando de discutir o assunto com Willis apenas algumas horas antes. Ele disse que se encontrariam no heliporto acima da ala leste. Aquilo ficava próximo ao telhado?

— Seus amigos vão estar lá — continuou Roman. — Confie em mim. Vou ficar por aqui e lidar com — ele gesticulou na direção da porta — *aquilo ali*.

Dorothy sentiu algo em seu peito apertar.

— Por que está me ajudando?

Roman pareceu irritado.

— Eu já te disse que…

— Você precisa que eu te traga algo — disse Dorothy, lembrando-se da conversa na *Estrela Escura*. — Algo que apenas eu posso obter.

Só que isso não fazia sentido. Ela não *tinha* nada, e mesmo se tivesse, ela certamente não *entregaria* para ele de mão beijada.

O que ela não estava percebendo?

Roman apertou um botão ao lado da pequena bomba preta, e uma fita de fumaça sibilante subiu ao ar.

— Melhor você se apressar. Não quer que eles te deixem para trás.

Ele piscou e, em seguida, rolou a bomba de fumaça pela fresta na porta, diretamente entre as pernas do soldado mais próximo.

Os soldados todos olharam para baixo, tossindo conforme o fio de fumaça se tornava uma nuvem cinzenta, escondendo todos eles.

DIÁRIO DO PROFESSOR – 15 DE SETEMBRO DE 2076
07H07
ACADEMIA DE TECNOLOGIA AVANÇADA DA COSTA OESTE

Eu não mantive o diário atualizado.

Admito que parecia sem sentido agora que a Agência de Proteção Cronológica debandou.

Eu mencionei que era assim que havíamos decidido nos chamar? Natasha foi a pessoa que inventou esse nome. É baseado em um discurso velho do Stephen Hawking.

Não que isso importe agora.

Suponho que não debandamos oficialmente, mas não vejo razão para continuar. A Academia de Tecnologia Avançada da Costa Oeste está quase inteiramente embaixo d'água. Eu consegui arrumar alguns dos andares mais altos, e nós estávamos nos acomodando lá nessas últimas semanas, mas quanto a antiga diretoria e o dr. Helm…

Estão todos mortos.

A NASA não teve muito mais sucesso. Houve um terremoto em Washington no mês passado, um 8.2. Atingiu a falha de Nova Madri, que não tem um terremoto acima de 5.4 em mais de cem anos. Pelo que ouvi, a cidade está em ruínas.

Isso é mais difícil do que eu esperava que fosse. Nessas últimas frases, já abaixei minha caneta várias vezes, desesperado demais para continuar. Mas acho que Natasha teria preferido que eu continuasse a fazer um relatório do que está acontecendo aqui. É o que ela teria feito.

Eu vou tentar me ater aos fatos.

O terremoto da falha de Cascadia foi um 9.3 na escala Richter, o maior que nosso país já viu.

Então veio o tsunami.

Para aqueles de vocês que não estudam sismologia por diversão, o terremoto em si foi só um aperitivo. Quando as placas tectônicas se mexem sob o solo oceânico, elas deslocam uma quantidade colossal de água do mar, que então sobe em uma velocidade excepcional. Imagine uma montanha de oceano atingindo uma cidade que já foi danificada e despedaçada. Foi isso o que o tsunami fez. Quando tudo parou de tremer e a água recuou, Seattle estava além da salvação. A cidade que costumava existir aqui se foi.

Ao menos, foi assim que o governo dos Estados Unidos tratou o assunto. A destruição foi tão grande que eles nunca seriam capazes de reconstruir, então, em um gesto nobre, nos chutaram para fora do país. Mudaram as fronteiras e começaram a nos chamar de "territórios ocidentais". Filhos da puta.

Isso aconteceu há um ano.

Existem pessoas aqui que ainda não desistiram. Estão tentando reconstruir, transformar a cidade em... alguma coisa. Não sei por que se dão ao trabalho. Mesmo se conseguíssemos construir uma cidade nova em cima de toda essa água, o próximo terremoto só vai nos derrubar.

A Costa Oeste está perdida. Talvez o país inteiro esteja perdido.

Às vezes penso naquele dia, há tanto tempo, quando conheci Roman. Ele estava sentado na Cidade das Barracas, tentando criar um programa que preveria terremotos. Me pergunto o que aconteceu com o programa. Presumo que ele se esqueceu do assunto assim que começou a me ajudar com a minha própria pesquisa. Que pena. Aquele programa teria sido infinitamente mais útil na nossa realidade atual do que uma máquina do tempo.

Suponho que possa perguntar a ele o que aconteceu, mas Roman não aparece muito por aqui. Acho que o decepcionei. Não que eu possa culpá-lo por isso. Decepcionei a mim mesmo.

Eu provavelmente deveria parar antes que escureça. Não é bom ficar com a eletricidade ligada depois do toque de recolher.

As luzes atraem os vermes.

38

ASH

17 DE MARÇO DE 1980, COMPLEXO FORTE HUNTER

Zora tentou abrir a porta. Estava destrancada. Ela a abriu com cuidado enquanto Ash apoiava a arma no ombro e mirava, os dedos tremendo perto do gatilho. Eles entraram no corredor.

Vazio.

Ash abaixou a arma, franzindo o cenho. Havia uma dúzia de soldados parados ali alguns minutos atrás. Ele se virou para Zora, mas ela já estava na metade do corredor, apressando-se na direção de uma porta marcada como ESCADA.

Colocando uma das mãos perto da boca, Ash gritou, a voz audível acima das sirenes:

— Zora, espera!

Quando ela não se virou, Ash xingou e correu atrás dela. O corredor vazio o incomodava. *Fácil demais*, pensou ele. A arma roubada batia no quadril conforme andava, apesar de manter uma das mãos ao redor da faixa, esperando que os soldados reaparecessem, as armas atirando loucamente, as balas voando. Só que ninguém apareceu.

Conseguiram chegar às escadas, e a porta de metal se fechou atrás dele, interrompendo o som do alarme.

Ash estremeceu e esfregou a orelha. A sirene ainda ecoava em sua cabeça.

Zora estava se precipitando pelas escadas. Ela não tinha desacelerado, sequer tinha olhado para trás para verificar se Ash ainda estava atrás dela. Ela não havia colocado a arma no ombro, tampouco, mas a carregava cruzada contra o peito, como um escudo.

— Aonde você vai? — perguntou Ash, correndo atrás dela.

Eles precisavam descer de novo para a *Estrela Escura*, achar Dorothy e descobrir onde deviam encontrar Willis e Chandra. Não tinham tempo de um desvio.

— O telhado — disse Zora.

Algo pesado se alojou no estômago de Ash. Ele não queria ir ao telhado. Não queria ver nada que provasse, definitivamente, que o Professor estava morto.

Tornava tudo aquilo real demais.

— Eles estão mentindo — Zora disse por cima do ombro, como se lesse sua mente. — Meu pai não morreu. Não tem como.

Pai. Zora não tinha usado aquela palavra havia meses. Agora ela a usara duas vezes no mesmo dia.

Ash sentiu os pelos na nuca se arrepiarem com algo que ele não conseguia nomear. Queria dizer para Zora esperar. Para falar com ele. Mesmo se Gross tivesse mentido sobre executar o Professor (e Ash não sabia por que ele faria isso), não fazia sentido eles irem ao telhado.

O que ela esperava encontrar lá em cima?

Só que já estavam passando por outra porta antes de conseguir colocar esse pensamento em palavras, a luz brilhava na escadaria, e Ash cambaleou, apertando os olhos.

Holofotes, concluiu ele, pensando no hangar da ala leste e na centena de soldados o aguardando para levá-lo embora.

Então ele piscou, e não eram holofotes. Era a Lua, baixa no céu, esticando seus dedos prateados pálidos pelo telhado.

Ash cobriu os olhos com uma das mãos, apertando-os. Esse tipo de luz tornava tudo impossível de ver. Tudo estava nas sombras. Ele mal conseguia distinguir Zora à sua frente, o corpo dela uma silhueta, o peito subindo e descendo rapidamente.

— Está vendo? — disse ela, dando uma volta. — Não tem nada aqui. Então eles não podiam…

Ash aproximou-se dela com cuidado.

— Zora.

— Se tivessem atirado nele, teria um corpo, ou sangue, ou… ou… — A voz dela era minúscula e terrível. — Eu não posso perder ele também. Não depois do que aconteceu com a minha mãe.

Ash não sabia o que dizer. Ele precisou lembrar-se de respirar.

Zora não falava da mãe. Nunca. Natasha morreu no megaterremoto da falha de Cascadia, junto com outras trinta e cinco mil pessoas. Depois disso, Zora mudou. Ela parou de falar em suas emoções — parou, de certa forma, de sentir qualquer emoção. Era como se ela pensasse que sentir alguma coisa significava que teria que sentir tudo.

Certa vez, Ash tinha tentado falar com ela sobre isso. No segundo que a palavra *mãe* saiu dos lábios dele, os olhos de Zora ficaram desfocados e os dedos frouxos. O equipamento que ela segurara caiu ao chão, mas Zora não se mexeu para pegá-lo.

Era como se estivesse catatônica. Como se ele tivesse quebrado algo dentro dela.

Ele fez um lembrete a si mesmo a nunca mencionar a mãe dela de novo.

Agora, Ash pegou Zora pelos ombros. Ele esperava que ela se afastasse, mas em vez disso ela ficou muito imóvel. Ela sempre foi um tipo de pessoa que não se mexia, mas agora parecia sobrenatural, como o ar antes de uma tempestade, o vento que parava de soprar, e todas as folhas se viravam, mostrando seu lado inferior para o céu miserável.

Com esforço, ele disse:

— Nós podemos tentar de novo. Nós voltamos antes de ele ser executado.

Ele apalpou o recipiente de matéria exótica ainda escondida dentro da jaqueta.

— Agora temos mais ME. Nós podemos voltar quantas vezes precisarmos.

Zora estava assentindo contra o ombro dele, mas Ash sabia que ela também não acreditava nele. A viagem no tempo não poderia trazer ninguém dos mortos. O Professor havia provado isso quando tinha tentado voltar para salvar a vida da mãe de Zora.

O que quer que tivesse acontecido aqui, era imutável. Estava acabado.

Isso significava que a pré-lembrança, algum dia, iria se tornar realidade, não importa o quanto tentasse lutar contra ela. Em quatro semanas, ele morreria.

Algo dentro de Ash começou a doer. Ele não conseguia colocar em palavras esse conhecimento de que sua morte estava próxima, de que não conseguiria evitá-la, após meses dizendo a si mesmo que encontraria um jeito. Era um sentimento grande demais, algo que não poderia ser contido por carne e osso.

Zora se afastou, como se esse pensamento também ocorresse a ela. Ela agarrou o braço de Ash.

— Vamos dar um jeito — disse ela, furiosa. — Eu não vou te perder. Eu te prometo. Nós… nós vamos fazer pesquisas. Vamos repassar o diário dele. Precisa ter alguma coisa…

Ela limpou uma lágrima da bochecha com um gesto irritado da mão. Ash respirou fundo, tentando ser forte por ela.

— Não se preocupe com isso agora…

A voz dele sumiu. Ele ouviu o som de um motor distante e, apesar de não conseguir distinguir exatamente quando tinha começado, de repente soube que estava mais perto.

Zora inclinou a cabeça na direção do som.

— O que é isso?

Os olhos de Ash percorreram o horizonte. Ele não conseguia ver a origem do motor ainda, mas isso não significava que não estava perto.

Ele olhou em volta. Aquilo não era bem um telhado, mas um tipo de área de pouso pequena no meio da montanha — provavelmente um heliporto, se tivesse que adivinhar. As pedras se erguiam ao redor deles, bloqueando a maior parte da floresta abaixo.

— Nós precisamos ir — disse ele, indo na direção da porta.

Ele abaixou a mão para a maçaneta...

Então congelou. Havia um som ressoando da escadaria também, abafado pela porta. Ash pressionou o ouvido contra o metal frio.

— Ash! — Zora olhou para além do telhado, de costas para ele. — Alguma coisa está vindo.

As palmas de Ash começaram a suar, deixando a maçaneta escorregadia abaixo da mão. Ele conseguia ouvir hélices cortando o céu, o motor rugindo. E, além disso, algo subindo as escadas. Ecoando pelas paredes de concreto abaixo.

É o alarme, ele disse a si mesmo, mas não era. Eram passos. Alguém estava subindo as escadas correndo.

Ash cambaleou para longe da porta, as mãos esticando para pegar a arma.

— *Ash...*

— Estamos numa situação complicada aqui!

Ele se virou, e, naquele instante, uma nave apareceu na lateral do telhado.

Não somente uma nave. A nave *dele*. A *Segunda Estrela*. Seu sorriso cheio de dentes parecia sujo na luz da madrugada, e uma rachadura havia aparecido no para-brisa. Mas ainda era a nave dele. Ash abaixou a arma, apertando os olhos para a cabine para ver quem estava pilotando. Uma sombra colossal atrás do para-brisa poderia ser apenas uma pessoa.

Ash cambaleou para trás enquanto Willis pousou a nave no telhado. O gigante abriu a porta e se inclinou para fora, prestando uma continência a Ash.

— Bom dia, Capitão.

Chandra saiu da cabine. Ela começou a falar antes mesmo de abrir a porta por inteiro, e Ash perdeu a primeira metade da frase:

— ... era para ter falado pra você que Willis não conseguia passar pela sala dos portões com você, mas achamos que você ia entrar na maior encrenca ou sei lá sozinho, e tipo, talvez precisasse da nossa ajuda? Então voltamos naquele túnel sinistro, e uau, aqueles guardas são fáceis de passar se você estiver tentando *sair* da base em vez de *entrar* nela, e aí conseguimos chegar na *Segunda Estrela*, e Willis ficou tipo "aposto que eu consigo voar", o que, de verdade, ele conseguiu mesmo. Nós não sabíamos se vocês iam chegar até aqui, no caso. Que conveniente. Ei, cadê a Dorothy? Encontraram o Professor?

— Acho que fiquei atordoada — disse Zora. O rosto dela estava fechado, os sentimentos escondidos de novo.

Ash pigarreou.

— Dorothy está na ala leste no hangar com a *Estrela Escura*, e nós precisamos...

A porta para as escadarias escancarou, interrompendo-o. Ash se virou conforme várias pessoas entraram no telhado, imediatamente os rodeando. *Soldados*.

As armas brilhavam na luz do sol esmorecendo. Os rostos estavam endurecidos pela raiva.

— De joelhos! — um dos soldados gritou. Os outros se esparramaram em um meio círculo ao redor deles, organizados, impedindo seu caminho. — E mãos ao alto!

DIÁRIO DO PROFESSOR — 20 DE SETEMBRO DE 2076
21H00
ACADEMIA DE TECNOLOGIA AVANÇADA DA COSTA OESTE

Se isso é para ser um registro fiel do que aconteceu em Seattle depois do megaterremoto da falha de Cascadia, suponho que eu deva explicar o toque de recolher.

Para qualquer coisa aqui fazer sentido, você precisa entender que a maior parte das pessoas que vivia na Cidade das Barracas morreu durante o megaterremoto. Os abrigos eram frágeis demais e a água subiu muito. Mulheres, crianças e famílias — foram todos dizimados.

Houve alguns sobreviventes. Um pequeno grupo de crianças roubou um barco e se mudou para o velho hotel Fairmont. Roman está morando com elas agora. Ele diz que as conhece de antes do terremoto, que eram suas amigas, de quando vivia na Cidade das Barracas.

Eu não sei o que ele vê nessas pessoas. São adolescentes revoltados. Violentos. Boatos de assaltos, roubos e pilhagens se espalharam. O toque de recolher foi criado para manter as pessoas seguras.

Roman não é assim.

Ele passou pela universidade ontem. Zora deve ter contado a ele que estou com dificuldades de seguir em frente, porque ele veio com uma caixa de brownies em pedaços embrulhados que costumávamos comer enquanto fazíamos nossas pesquisas, provavelmente para tentar me alegrar.

(Tenho que admitir que esqueci como esses brownies são bons. Me pergunto onde ele os encontrou — a comida na cidade está escassa.)

Conversamos um pouco. Perguntei sobre o programa que estava criando anos atrás, o que deveria antever terremotos, mas ele disse que alguém tinha roubado seu computador antes que pudesse terminar. Aparentemente, muitas coisas eram roubadas na Cidade das Barracas.

Expliquei minha teoria de que teria sido melhor se ele tivesse continuado trabalhando naquele projeto em vez de me ajudar com a minha pesquisa inútil.

Tentei explicar, pelo menos. Eu já tinha bebido um pouco, então não tenho certeza de que fui claro.

De qualquer forma, Roman só me lançou um olhar estranho.

"Está brincando?", perguntou ele, e gesticulou para a cidade submersa do lado de fora da janela. "Não acabou. Nós podemos voltar. Consertar tudo isso."

Ele continuou dizendo que sabia que eu tinha tido problemas para viajar no tempo e alterar o passado, mas que agora eu certamente via como aquilo era importante. Nós poderíamos impedir milhares de pessoas de morrer. Poderíamos salvar o mundo.

Acho que comecei a rir quando ele falou aquilo, o que, em retrospecto, foi uma escolha questionável. Eu só não consegui evitar. Minhas emoções ficaram tão estranhas no último ano. Próximas demais da superfície.

E é claro que tem o fato de que eu estava bebendo.

Falei para Roman que já havia tentado. Que voltara centenas de vezes. Que tentara salvar Natasha de uma centena de formas diferentes, e nunca funcionava. Nunca.

Eu não acho que teria dito tudo isso se estivesse sóbrio. De qualquer forma, Roman ficou furioso. Aquele delinquentezinho virou minha mesa.

"Por que você pode voltar?", ele gritou. "Todos nós perdemos pessoas que amamos. Por que você pode salvar alguém?"

Eu fiquei sóbrio bem rápido depois disso. Disse que, na verdade, eu nunca tinha conseguido salvar ninguém. Havia tentado e fracassado. Meu luto havia ofuscado meu julgamento, mas, no fim, eu só tinha conseguido provar minha hipótese original.

Viagem no tempo não era mágica. Não pode ser usada para mudar o passado ou trazer alguém de volta do mundo dos mortos.

Eu não tenho certeza de que Roman me ouviu.

"O Cirko Sombrio está certo sobre você", ele tinha dito. "Ou você é patético, ou é um filho da puta egoísta! Tem todo esse poder e não usa nada."

Naturalmente, eu fiquei confuso.

"O que é o Cirko Sombrio?", eu perguntei.

Ele não respondeu, mas suponho que não precisava. Eu já podia imaginar as crianças da Cidade das Barracas se autonomeando Cirko Sombrio, pensando que um nome ridículo faria com que as pessoas os levassem a sério. Era apenas uma questão de tempo até se tornarem oficialmente uma gangue em vez de só um grupo de marginais. Rá. É bem o que essa cidade destruída precisa.

Não há mais governo em Seattle. Não há polícia, não há leis.

Se o Cirko Sombrio quiser controlar a cidade, tudo de que precisa é de algumas armas.

Depois, quando havia ficado mais sóbrio, não consegui evitar me lembrar de nossa viagem para buscar Willis, como Roman havia ficado fascinado com a vida no circo. Como ele tinha feito perguntas a Willis e parecido entendê-lo.

Tenho certeza de que foi Roman que deu ao Cirko Sombrio seu nome.

Eu me pergunto se isso significa que ele se juntou a eles.

39

DOROTHY

17 DE MARÇO DE 1980, COMPLEXO FORTE HUNTER

Dorothy escancarou a porta da sala de controle e correu pelo corredor.

O alarme ressoava no ouvido, um gemido baixo que a lembrava do vento uivante.

Ela prendeu o fôlego enquanto passava pela fumaça cinzenta, desviando-se de cotovelos que chacoalhavam e de soldados confusos, cambaleando nas botas pesadas. Um homem tentou agarrá-la, mas a fumaça facilitava se esconder. Dorothy o observou depois que passara, as mãos segurando nada a não ser ar.

Ela virou à direita na forquilha sem considerar o motivo de saber ir naquela direção. De alguma forma, tinha certeza de que havia uma escadaria no fim do corredor. Ela se virou, então os olhos recaíram sobre uma porta de aço...

Dorothy prendeu a respiração. Ali. Quase como se esperasse por ela.

Ela disparou pelo corredor e abriu a porta com um grunhido. Uma escadaria de concreto espiralava em sua frente. Ela sabia, sem saber *como*, que a levaria para o telhado.

Não era só um *déjà vu*. Era outra coisa. Algo mais forte.

Parecia um presságio.

O tempo fluía ao seu redor como água, e, por um instante, era como se o passado, presente e futuro existissem juntos, ao mesmo tempo.

Dorothy ainda estava percorrendo o corredor, mas também estava com Roman na *Estrela Escura*, as mãos erguidas enquanto ele apontava a arma para o peito dela.

Tem outra coisa que eu preciso... Acredite ou não, você é a única pessoa que pode conseguir isso para mim.

Então os pensamentos de Dorothy sobressaltaram, e ela estava correndo de novo.

Não, pensou ela, desesperada, e se impeliu a ir mais rápido. Cada passo que dava estremecia por ela, chacoalhando os ossos, fazendo os joelhos doerem. Roman estava errado sobre isso, ao menos. Ele poderia querer algo dela, mas ela não tinha nada para dar a ele.

E, além disso, o futuro não era um ponto fixo. Ela não havia provado aquilo? Tivera uma visão de uma coisa, e viveu outra. Havia reescrito o roteiro, e talvez a mudança fora pequena, mas ainda significava alguma coisa.

O futuro não era algo que somente *existia*, independentemente das decisões que ela tomasse agora. Dorothy tinha uma escolha.

E a escolha dela era essa: voltaria para 2077 com a Agência de Proteção Cronológica. Seria parte do time.

Roman estava por conta própria.

Suas pernas já pareciam fracas sob seu peso, estremecendo com cada passo que dava nos degraus. Ela arrastou uma das mãos pela testa, e a manga estava úmida de suor. Seu peito estava começando a ficar constritivo. Cada inspiração era trabalhosa.

Vozes ecoaram pela escadaria, ficando mais altas conforme ela subia. Gritos. Tiros. Dorothy congelou. Seu nervosismo aparentava na pele, e, pela primeira vez, ela considerou que Roman a tinha encaminhado para uma armadilha. Aquelas vozes não pareciam com seus amigos. Pareciam soldados.

— Todo mundo na nave! — soou um grito, então.

Ash. Dorothy endureceu, e continuou andando. *Por favor, não vá embora.*

Era uma coisa engraçada. Apenas no dia anterior, tudo que queria era uma carona, a chance de fugir para longe, desaparecer na história. Agora, tudo que queria era estar na *Segunda Estrela*.

Ela passou pela última porta e cambaleou no telhado. A luz do sol a atingiu diretamente no rosto. Ela cobriu os olhos, apertando-os no brilho.

40
ASH

Os soldados não esperaram para abrir fogo.

O ar foi preenchido por balas. Ash sentiu o calor delas cortarem o céu, perto demais. Ele tirou a própria arma do ombro em um instante. Com o dedo no gatilho e os olhos apertados na mira.

— Todo mundo na nave! — gritou ele.

Ele mirou em uma perna — esses homens eram inocentes, afinal — e atirou.

Um soldado caiu de joelhos, xingando, e três outros se impeliram para a frente. Ash se esforçou para encontrar um lugar calmo em si mesmo que normalmente só aparecia quando estava voando. Não conseguiu encontrá-lo. Aquilo era caos. Ele mirou de novo. Atirou. Outro soldado caiu.

— Zora!

Ash arriscou olhar para a esquerda. Chandra havia subido de novo a bordo da *Segunda Estrela* e estava perto da porta da cabine traseira, uma expressão de horror sério em seu rosto. Zora estava abaixada ao lado dela, usando a porta da máquina do tempo como proteção. Era fina demais. Uma bala acertou o metal. Uma segunda arrebentou um buraco através dela.

— Acho que é hora de ir! — gritou Zora.

Ela olhou pela porta e deu um tiro — pareceu estar tentando assustar os soldados, mais do que acertá-los —, então xingou e se encolheu enquanto uma bala zuniu perto de seu rosto, passando a um centímetro do nariz.

— Precisamos levantar voo!

As palmas de Ash começaram a suar. Não poderiam ir embora ainda. Ainda precisavam trocar a ME...

E não estavam com Dorothy.

A ideia de ela estar esperando por ele na *Estrela Escura* fez um sentimento cru de culpa passar por suas entranhas. Não deveria tê-la deixado lá, sozinha. Deus, ele torcia para que ela estivesse bem.

Ele olhou para a cabine. Willis já estava descendo e indo na direção deles. Não estava armado, mas Ash notou como os soldados cambalearam alguns passos para trás quando o viram, os olhos arregalando como personagens de desenho animado.

— Aqui! — Ash entregou a arma para Willis.

O gigante a pegou com facilidade, franzindo o cenho para ela como se não soubesse para que serviria. Um soldado ergueu a própria arma para atirar, e Willis o lançou para trás com uma das mãos, fazendo-o tropeçar nos outros como uma bola de boliche contra uma fileira de pinos.

Ash se jogou na cabine, e aquela tranquilidade pela qual procurava um segundo atrás recaiu sobre ele como uma cortina. Ele começou a acionar alavancas, reconfortando-se com o movimento familiar, mesmo quando uma bala voou pela janela do assento do passageiro, rachando o vidro. Ash não desviou o olhar do painel de controle da nave. *Isso* ele sabia fazer.

De soslaio, ele viu a porta do telhado se abrir e fechar.

Droga, pensou ele, o estômago apertando. *Reforços*.

— Todo mundo pra dentro! — ele gritou.

Ele não sabia bem como, mas precisariam encontrar um jeito de voltar para o hangar depois de se livrarem dos soldados atirando.

Então, assim que estivessem longe do perigo, poderiam encontrar um lugar para pousar enquanto Zora instalava a ME que ele havia tirado da *Estrela Escura*.

Algo o incomodou, desconfortável. Se ele levasse a ME da *Estrela Escura*, o Professor não conseguiria voltar para 2077.

O Professor está morto, ele lembrou a si mesmo. *Ele não vai conseguir usar nada.*

Willis bateu o cabo da arma contra a têmpora de um soldado — o homem caiu como uma pedra — e pulou para a cabine. Zora estava prestes a engatinhar para dentro da nave atrás dele, mas uma bala ricocheteou no metal a um centímetro da mão dela. Xingando, ela se sobressaltou para trás.

— Levante voo! — gritou ela, atirando. — Eu...

Uma voz se ergueu acima dos tiros. Parecia que dizia algo como "Esperem!".

Ash franziu o cenho, olhando pela janela. Tudo que via eram soldados. Ele acionou a aceleração e a *Estrela* se ergueu do chão.

Zora tentou de novo correr para a cabine. Mais uma vez, uma bala acertou o metal, bloqueando seu caminho.

— Esperem! — a voz gritou. — Por favor!

Ash tirou a mão do câmbio e a *Estrela* pousou de novo no telhado com um baque que fez a nave toda estremecer. Ele se virou no assento, apertando os olhos pela rachadura em forma de teia de aranha na janela.

Um dos soldados era menor do que os outros. Não tinha uma arma, pelo que Ash conseguia ver, e estava abrindo caminho através dos homens armados, *contra* eles, a cabeça abaixada como se não quisesse que ninguém o observasse de perto.

Ash reconheceu os cachos escuros escapando nas laterais do chapéu do soldado. *Dorothy*.

Um sentimento rugiu dentro dele, uma felicidade tão próxima do que tinha sentido na pré-lembrança, quando tinha avistado a garota de cabelos brancos pela primeira vez, que ele se sobressaltou, como se tivesse sido atingido.

Só que o sentimento permaneceu, pulsando sob seu esterno como se fosse um segundo coração. Ele não poderia negar aquilo. Não era amor, não ainda. Mas algo que parecia o começo do sentimento.

Ele engoliu em seco, confuso e envergonhado. O que estava acontecendo? Tinha visto os cabelos brancos de Quinn Fox. Ele sabia que Dorothy não era a pessoa por quem ele supostamente deveria se apaixonar.

— Zor! — gritou ele, e indicou Dorothy com o queixo.

Zora atirou algumas vezes nos homens que rodeavam Dorothy, abrindo o caminho.

Arfando, Dorothy pulou na nave. Willis a agarrou pelo braço para puxá-la a bordo.

Ela olhou para cima, encontrando Ash na cabine.

— Achei que iriam embora...

Ash sentiu algo complicado retorcer em seu peito. Alívio ao ver que a sua garota — e ele já estava começando a pensar nela como *sua* garota — estava segura. Decepção ao ver que ela não confiava nele para encontrá-la. Ele pigarreou e se virou, tentando manter a voz firme.

— Mais um segundo e teríamos perdido você — disse ele. — Eu não falei para ficar lá embaixo?

— Sim, bem, eu nunca fui boa em obedecer a ordens. — Dorothy sorriu, e ele sorriu de volta, sem conseguir evitar.

Zora estava entrando atrás dela, ainda atirando com uma das mãos conforme esticou o braço para fechar as portas. Com os dedos apertados ao redor da alavanca de aceleração, Ash ergueu a nave, convencendo-o a subir ao céu. A *Segunda Estrela* saiu do chão com facilidade.

Boa garota, pensou ele.

— Tire a gente daqui, Ash — Zora gritou. — A gente precisa...

Outro tiro. Dessa vez, mais alto.

Então Zora estava cambaleando para trás, caindo em um joelho. Ash teve um segundo para pensar que aquilo era estranho, porque Zora não era desastrada. Então ela segurou o próprio peito enquanto o sangue começou a aparecer entre os dedos, desabrochando na camiseta como uma flor.

— Zora! — Ash gritou.

Ele largou o leme sem perceber o que estava fazendo. A *Estrela* estava a apenas alguns metros acima do telhado e começou a inclinar...

— Jonathan Asher, você coloque essa nave no ar! — Chandra se abaixou ao lado de Zora, dois dedos no pescoço, procurando um pulso. Willis fechou a porta da cabine. O rosto dele estava monstruoso.

Zora fechou os olhos.

A garganta de Ash parecia espessa, mas ele agarrou o leme e o puxou para trás antes que a *Estrela* batesse contra o chão.

— Ela está...?

— Faça o seu trabalho que eu faço o meu! — gritou Chandra.

Ash queria mandá-la ir para o inferno. Queria subir na cabine e apoiar a cabeça de Zora no seu colo. Ele nunca a havia visto tão desamparada antes. Nenhuma vez.

Aturdido, Ash olhou de novo para a frente.

— *Segunda Estrela* se preparando para a decolagem — murmurou ele, quase automaticamente.

A nave se impeliu para a frente, balas ricocheteando nas asas.

O mundo lá fora passou em um borrão pelo para-brisa, mas Ash não viu nada. Ele não sabia para onde estava os levando. Só indo embora.

Vagamente, ele tinha consciência do Forte Hunter montanhoso desaparecendo atrás dele, as balas que os seguiam ficando mais escassas, até que não sobrara nenhuma.

Ele buscou o estado de tranquilidade que voar normalmente lhe trazia, mas era como uma criança tentando pegar vaga-lumes e fechando as mãos ao redor do ar. A mente dele estava a mil, repassando de novo e de novo aqueles poucos segundos antes de deixar o telhado: Zora subindo na cabine. O tiro. Sangue aparecendo no peito dela. E ele agindo lento demais. Fazendo pouco demais.

Ash não arriscou olhar outra vez para a cabine até estarem longe do Forte Hunter. Quando olhou, viu que as pálpebras de Zora estremeciam, a respiração fina e entrecortada. Chandra estava ajoelhada ao lado do corpo dela, o rosto apertado em concentração, e Dorothy estava do lado dela, os braços preenchidos com toalhas ensanguentadas. Willis era uma sombra atrás das garotas, rezando. Ash nunca o tinha visto fazer aquilo antes.

Ele voltou para a frente, piscando, e, enfim, viu o mundo ao seu redor. Árvores. Água. Campos de nada além de grama. O perigo havia passado.

— Vou pousar — disse ele, procurando por um lugar desobstruído o bastante para descer a nave.

Ele precisava instalar o novo recipiente de ME e só poderia fazer isso com a nave no chão. Ao menos era algo com que se ocupar enquanto Chandra remendava Zora.

— Não! — Chandra não desviou os olhos do corpo de Zora. — Você precisa continuar voando.

— Não pode consertá-la no ar. — Ash sabia que ele parecia um louco, mas não se importava. Chandra era um gênio. Era por isso que o Professor tinha voltado mil anos para encontrá-la. Ela conseguia curar qualquer um. — Precisamos pousar, encontrar suprimentos, ou... ou medicamentos... ou o que você precisar.

— Eu *preciso* de uma mesa de operação, uma máquina de ultrassom, e mais gaze...

— Então um hospital.

Ash olhou pelo retrovisor pendurado no para-brisa. O peito de Zora subia e descia, pesado. O corpo dela começou a tremer. As mãos de Chandra ficaram imóveis, e ela ergueu o rosto, encontrando o olhar de Ash naquele reflexo.

— *Tempo* — disse ela, desesperada. — É disso que eu preciso. Preciso tirar essa bala antes que ela perca a consciência, mas está perdendo sangue demais. Quando eu conseguir retirar a bala, ela já vai ter...

Ash engoliu em seco e desviou o olhar de Chandra. *Partido*. Era isso que estava prestes a dizer. Quando conseguisse retirar a bala do peito, Zora já vai ter partido. Era como uma charada horrível, uma que não tinha resposta. *Quantos viajantes do tempo são precisos para parar o tempo?*

Ash apertou os dedos ao redor do câmbio.

Um pensamento o atingiu, do nada: *Em uma fenda, o tempo todo existe ao mesmo tempo.* Parecia como outra charada: *Se todo o tempo existia, qualquer tempo poderia existir?*

Ele verificou a leitura da ME: 15%. Não era seguro levar a *Segunda Estrela* para a fenda com uma leitura de ME tão baixa. Precisava pousar e instalar a nova ME. Mas, se fizesse isso, Zora morreria.

De repente, Ash sentiu-se ficar sem fôlego. Ele não era a pessoa certa para desvendar aquilo. Precisavam de Roman, cuja mente era cheia de artimanha, sempre procurando por brechas. Ou Zora, com sua lógica infalível. Só que era apenas ele. Seu palpite. Ele esperava que fosse o suficiente.

— Segurem firme — gritou ele.

Ele aumentou a aceleração para 3.700 quilômetros por hora, e a tranquilidade que tinha buscado recaiu sobre ele como um manto abraçando seus ombros.

— Tenho uma ideia.

41
DOROTHY

O hospital de Avery tinha uma área para observação do maior anfiteatro de operações, onde estudantes de medicina se reuniam para ver médicos operarem milagres. Avery tinha convidado Dorothy a comparecer uma vez, insistindo que se sentasse nos bancos de madeira duros para assistir a ele enquanto fazia o que fazia de melhor. Pensando, talvez, que ela ficaria impressionada.

Dorothy não ficara impressionada. A forma como o noivo havia falado sobre suas habilidades fazia com que parecesse que ele era um Deus, e não um homem. Ele nunca havia mencionado o grupo de outros cirurgiões e enfermeiros que o rodeavam o tempo todo, entregando equipamento e enxugando o suor de sua testa.

Ele havia salvado uma vida naquele dia, e, sim, Dorothy precisara admitir que fora tocante. Só que ela não pode evitar se sentir enjoada em como ele insistira que havia feito tudo sozinho.

Chandra era o oposto. Não havia um time, nem exército de pessoas para trazer Zora de volta à vida. Havia apenas ela e suas mãos talentosas, que pareciam conseguir a proeza extraordinária de estarem em seis lugares ao mesmo tempo. Ela mediu o pulso de Zora, segurando um pano úmido contra a ferida ensanguentada. Então pressionava um estetoscópio contra o peito da garota e pegava um par de fórceps. Havia sangue nas rugas dos nós dos dedos e sangue seco sob as unhas. Não houvera tempo para luvas.

— Pano — disse Chandra.

Dorothy pegou o pano ensanguentado das mãos dela e entregou um novo. Ela notou que a testa de Chandra estava úmida de suor. Por reflexo, Dorothy inclinou para a frente e a secou, como tinha visto as enfermeiras de Avery fazerem.

— O pulso dela está fraco — murmurou Chandra. — E ela está sangrando bem aqui, perto do ventrículo direito. Eu não acho que consiga fazer parar...

As costas de Zora arquearam. Os olhos reviraram para o fundo da cabeça. Ela começou a tossir sangue.

O coração de Dorothy pulou. *Por favor, não...*

Fazia apenas um dia. Dois dias, talvez, e essas pessoas pareciam que eram suas amigas. Zora havia sido amigável com ela, havia a acolhido no grupo e dado a ela um lugar de pertencimento. Dorothy nunca tivera isso antes. Zora não merecia morrer, especialmente não aqui, assim, quando estivera tentando salvá-la.

A escuridão tomou conta da nave. Tudo ficou muito imóvel e silencioso, exceto pelo ar. O ar zumbia como se estivesse vivo.

Dorothy ergueu o olhar e viu nuvens escuras pressionando contra as janelas rachadas. Um relâmpago cortou o ar, tornando as nuvens roxas. Haviam entrado na fenda.

Ela olhou para Ash. De sua posição no chão da máquina do tempo, conseguia ver apenas a nuca dele e os músculos tensos de seu braço.

O que ele estava pensando? A viagem pela fenda quase tinha os matado da última vez. Ela se lembrava de como ele havia se encolhido, a pele esverdeada. Não poderiam passar por isso de novo. Não com Zora...

— Dorothy.

Dorothy se sobressaltou ao ouvir seu nome. Ela ouviu um gemido e uma respiração pesada, e se inclinou sobre Zora, com um pano limpo na mão.

— O que foi? O que houve?

— Ela parou de convulsionar — disse Chandra.

Dorothy encarou as pálpebras fechadas de Zora. Estavam imóveis. *Por favor, não esteja morta*, pensou ela.

— O que isso significa? — perguntou ela, em voz alta.

Chandra parecia chocada.

— Quer dizer que ela está estável. Ela não está mais sangrando. Eu... — Chandra sacudiu a cabeça, uma risada nervosa escapando dos lábios. — Preciso retirar a bala agora.

— Como ela está? — Ash gritou da cabine.

Ele não se virou para olhá-los, mas manteve seus olhos em frente, pilotando a nave através de uma escuridão tão espessa que Dorothy era incapaz de compreendê-la.

Ele sabia, percebeu ela. De alguma forma, ele sabia que entrar na fenda salvaria a vida de Zora. E havia feito aquilo sem pensar duas vezes, mesmo quando a última viagem havia quase acabado com a própria vida.

Dorothy pensou na mãe, apenas confiando nas pessoas que ela havia pagado. E Avery, que poderia salvar uma vida em uma sala cheia de pessoas e ver apenas suas próprias mãos.

Durante toda a sua vida, Dorothy havia sido ensinada a confiar apenas em si mesma. Tinha sido dito a ela que a confiança era um luxo que pessoas como ela não poderiam ter.

Só que isso não era verdade. Era simplesmente a consequência da vida que a mãe havia escolhido.

Pela primeira vez desde que aconteceu, Dorothy pensou no beijo dentro da *Estrela Escura*. A calidez dos lábios de Ash pressionados contra os seus. O coração dele batendo contra o seu peito.

Ela passara dezesseis anos sendo ensinada que valia apenas aquilo que poderia roubar, que seu único valor vinha do seu lindo rosto e sorriso sedutor. Ela sempre quis mais. Sempre quis *ser* mais.

Ela levou um dedo aos lábios. *Isso* foi mais.

Os homens mentem, sua mãe avisara.

Você não é um deles, acrescentou Roman.

Dorothy afastou a voz deles. Não queria ouvir mais ninguém. Ela sabia exatamente o que queria.

DIÁRIO DO PROFESSOR — 22 DE OUTUBRO DE 2076
01H14
ACADEMIA DE TECNOLOGIA AVANÇADA DA COSTA OESTE

Roubado, era o que ele dissera.

Da última vez que nos falamos, as palavras exatas de Roman foram "alguém *roubou* meu computador antes de eu conseguir terminar o programa".

Não acredito que não pensei nisso antes.

Deve ter sido *eu* que o roubei. Devo ter voltado no tempo e roubado aquela porcaria.

Eu sabia que ele nunca terminaria o programa. Mesmo com o computador, ele não teria tido tempo, não com o tanto que trabalhamos nos últimos anos. Então eu voltei, peguei o computador para eu mesmo terminá-lo.

Eu dissera a mim mesmo que bastava de viagem no tempo, mas isso é diferente. Isso é para o bem maior.

Isso pode ser a chave para tudo.

Parto hoje à noite.

42

ASH

FENDA DO ESTUÁRIO DE PUGET

Ash se concentrou no caminho diretamente à frente da nave, deixando o resto da fenda ficar nebulosa e escura nas pontas. Os anos passaram por ele, as mudanças na aparência da fumaça os únicos sinais que guiavam seu caminho.

1989... 1992...

Dorothy engatinhou até a cabine e se acomodou no assento ao lado dele.

— Como ela está? — perguntou Ash.

— Chandra conseguiu retirar a bala. Ela está estável.

Dorothy se virou para ficar de frente para ele. Ash viu o movimento de soslaio.

Ela não estava tocando nele, mas tinha algo na expressão de seu rosto que causava um arrepio na pele dele.

Ele manteve os olhos firmes no para-brisa.

— Está acordada?

— Sim. Chandra e Zora estão conversando um pouco.

Ela tocou o medalhão no pescoço com um dedo, um gesto inconsciente. Ash percebeu que ela fazia com frequência quando estava pensando, e isso o assustou um pouco, que ele já notara coisas como essa como sendo familiares.

Ash se inclinou para a frente, tirando o recipiente de ME de dentro da jaqueta.

— Segura isso pra mim?

Dorothy franziu o cenho, revirando o recipiente nas mãos. Era um cilindro de vidro preenchido por uma luz do sol líquida. Então uma sombra passou acima, e a substância se transformou na cor e na textura de aço.

— O que é? — ela sussurrou.

— Matéria exótica. Bonito, né?

Ela assentiu, os olhos desfocados conforme fitavam o que agora era uma névoa azul.

— Eu vi você retirando isso da *Estrela Escura* — murmurou ela, então os olhos se concentraram de novo, seguindo para o painel de controle da *Segunda Estrela*. — Espere um pouco... não é para isso ficar dentro da nave, de alguma forma?

— É, mas a *Segunda Estrela* não tem um painel de controle interno, como o da *Estrela Escura*, então não dá pra trocar a ME no meio do voo.

— Isso é seguro?

Os olhos de Ash se voltaram para o medidor de ME. O ponteiro ainda estava estremecendo perto da marca dos 15, provocando-o. A ME nova só os protegeria se estivesse corretamente instalada dentro da máquina do tempo. No colo de Dorothy, era inútil.

— Espero que sim — respondeu ele.

Houve um momento de silêncio, então Dorothy suspirou e retirou um relógio de bolso pequeno feito de latão do bolso.

— Eu provavelmente deveria devolver isso a você.

Ash olhou de relance, mas demorou um instante para reconhecer a corrente de ouro grossa e os entalhes familiares ao redor do mostrador. As mãos dele voaram para o bolso, onde o relógio morava geralmente.

— É um pouco antigo, não é? — Dorothy perguntou, revirando o relógio nos dedos. A corrente de metal escorria da palma da mão dela. — Todos os homens do meu tempo têm relógios parecidos.

— Era do meu pai — disse Ash, enquanto ela colocava o relógio de volta na mão dele. Mais cedo, ele teria ficado irritado que ela havia roubado uma relíquia preciosa de família. Agora ele achava cativante de uma forma estranha, a forma que as falhas de uma pessoa poderiam ser encantadoras. — Bom, ele era, acho que ele estaria vivo na mesma época que você.

— Preciso admitir que estava esperando algo mais empolgante e caro de um viajante no tempo.

Os lábios de Dorothy estremeceram, como se ela o provocasse. Era um tipo de provocação diferente de quando se conheceram pela primeira vez. Naquele encontro, parecia que ela queria algo dele. Agora, era como se ela quisesse que ele risse.

— Escolha um viajante do tempo rico da próxima vez.

— Você conhece algum?

Ash riu, alto, o som o surpreendendo. Ele não deveria estar se sentindo assim logo depois de Zora ter levado um tiro, mas saber que ela estava segura, pelo menos um pouco, o deixara leve e inebriado.

Isso e o cheiro do cabelo de Dorothy, tão próximo.

Ele pigarreou.

— O sujo falando do mal lavado — disse ele, indicando o medalhão de Dorothy. — Você roubou isso da garganta de alguma velhinha simpática?

— Para falar a verdade, sim. Só que ela não era simpática, e não fui eu quem roubei.

Ash esperou, torcendo para que o silêncio a fizesse oferecer a história completa, mas ela não mordeu a isca. Ele aproveitou um segundo para examinar o entalhe.

— Isso é um gato?

— Um cachorro, creio eu. Já era assim quando eu o ganhei.

— Certo.

Ash engoliu em seco e olhou para o para-brisa. Ele colocou a mão no bolso da jaqueta, os dedos se fechando ao redor do relógio do seu velho.

O relógio era um certo tipo de máquina do tempo. Tudo que Ash precisava fazer era segurá-lo na palma da mão e seria transportado para uma plantação de milho em 1945, na fazenda da família Asher, cinzenta contra o sol se pondo. No dia que ganhou o relógio, ele estava parado na beirada da estrada de terra, um saco de lona aos pés, observando um ponto preto a distância se aproximar ruidoso. E aquele ônibus o levaria ao acampamento de voo a 1600 quilômetros de casa, o mais longe que já tinha ido.

Antes de o ônibus chegar, o pai de Ash havia colocado seu velho relógio na mão dele.

— Não morra — disse Jonathan Asher, pai, fechando a mão ao redor da do filho. — Prometa.

Ash soltou o relógio e tirou a mão do bolso. Talvez era aquilo que estivera procurando quando perguntou a Dorothy sobre o seu medalhão. Uma história. Um pequeno sinal de quem ela fora antes de encontrá-lo na floresta e subir em sua nave.

Ele a lançou um olhar rápido.

— Você é religiosa?

Dorothy começou a trançar o cabelo de um lado. Seus dedos eram rápidos, como se ela tivesse repetido o ato muitas vezes.

— Nunca tive motivos. Você?

— Eu era católico.

— Era?

Ash deu de ombros. Ele nunca havia perdido sua fé, precisamente, mas, aos poucos, ele a havia substituído pela ciência. A oficina do Professor parecia uma igreja para ele, a *Estrela Escura* e a *Segunda Estrela*, seus altares.

— Tem essa passagem na Bíblia — disse ele, depois de um instante. — Eu não lembro exatamente, mas basicamente diz que Deus sabe que horas você vai morrer antes mesmo de você nascer. Que é destino.

— Você acredita nisso?

Ash engoliu em seco.

Acreditava naquilo?

Ele pensou em cabelos brancos e água escura. Uma faca deslizando em suas entranhas. Tinha tentado muito acreditar que ainda havia uma forma de impedir tudo aquilo de acontecer. Só que aquela esperança tinha morrido quando perderam o Professor, quando ele viu um vislumbre dos cabelos brancos de Quinn Fox.

Ele não conseguia explicar, mas sentia que sabia que o futuro estava vindo até ele, independentemente do que fizesse para tentar impedi-lo. Conseguia vê-lo se aproximando como um ônibus numa estrada poeirenta. Só um pontinho a distância agora, mas se esgueirando para mais perto a cada momento que passava.

— É parecido com a viagem do tempo, não é? — Dorothy disse, interrompendo seus pensamentos. — Se Deus sabe o dia em que você morre, então sabe tudo que vai acontecer. Quer dizer que o futuro está escrito em pedra, e não há nada que possamos fazer para impedir.

Água escura. Árvores mortas. Ash assentiu, sem conseguir confiar em palavras.

Dorothy riu, mas o som era amargo.

— Então qual seria o objetivo disso tudo? Se nossos futuros já estão escritos, por que se dar ao trabalho de viver?

— Você não fica curiosa para saber como tudo acaba?

— Não se eu não puder mudar.

Os dedos de Dorothy ficaram imóveis, deixando vários centímetros de espirais castanhas perfeitas ao fim de sua trança. Ash olhou para os cabelos. Ele se perguntou se conseguiria puxar os cachos até ficarem retos, ou se seriam como molas, voltando a seu formato assim que ele os soltasse.

Dorothy umedeceu os lábios.

— Está me levando de volta? Quer dizer, para 1913?

Ash desviou o olhar do cabelo para o rosto dela, então desviou-se de novo. Doía olhar para ela. Era como se ela esperasse que ele dissesse alguma coisa, mas ele não conseguia falar. Uma dor o atingia em pontadas abaixo das costelas, mas era a lembrança da dor, não a coisa de verdade.

— Eu poderia ficar aqui. — Não havia sedução em suas palavras. Saíram da boca dela em uma torrente, tropeçando umas nas outras como cachorrinhos. — Você disse que eu não gostaria, mas gosto. Gosto mesmo.

Conte a ela, pensou Ash. Mas como ele deveria contar para uma garota que havia acabado de beijar que ele não poderia ficar com ela porque estava destinado a se apaixonar por outra pessoa? Por uma pessoa horrível.

Um relâmpago brilhou, distante. O ponteiro do anemômetro estremeceu. Ash concentrou sua atenção naquelas coisas pequenas até que não poderia aguentar mais. Então, ele olhou para ela.

Ela estava com cara de quem tinha passado pelo inferno. O cabelo estava bagunçado, os cachos com frizz ao redor do rosto, escapando da trança. Graxa e suor cobriam o rosto dela. A camiseta havia rasgado no colarinho, mostrando manchas de sujeira no pescoço dela.

Ela parecia real. E parecia mais linda do que nunca.

— Eu poderia ficar aqui — disse ela. — Ser um de vocês... Ficar com vocês.

Água escura, pensou Ash. *Árvores mortas.*

Zora disse que se apaixonar por Dorothy impediria esse futuro horrível de acontecer, mas isso não era uma maldição que poderia ser quebrada. Não era uma profecia que poderia não ser realizada.

Era uma *lembrança* de verdade, e lembranças eram coisas fixas que não podiam ser mudadas. Ash não tinha entendido antes, mas achava que entendia agora. Se estava se lembrando de algo que acontecia no futuro, era porque essa coisa *aconteceu*. Ele não ia impedir aquilo encontrando o Professor. Certamente não iria impedir nada ao beijar garotas bonitas do passado.

O que significava que ele precisava encontrar uma forma de encarar aquilo como um homem. Como seu pai teria feito. Um homem não arrastaria alguém junto com ele só porque estava com medo da queda.

A mão de Dorothy estava no braço dele, os dedos leves como penas.

— Ash...

— Eu não posso... — Ele estava planejando contar a ela sobre a pré--lembrança. Ele queria contar, mas perdeu a coragem na metade. Sacudiu a cabeça, desvencilhando-se da mão dela. — Só não dá.

43
DOROTHY

Dorothy cambaleou de volta para o assento, tomando cuidado para manter a cabeça baixa para que ninguém olhasse para ela, que se sentia como se tivesse sido atingida. Suas bochechas coraram com a humilhação, quase tão doloridas quanto se Ash tivesse lhe dado um tapa. Ela ergueu a mão ao rosto, os dedos tremendo. Quase preferia que isso tivesse acontecido. A dor física sempre parecia muito mais fácil de suportar do que essa... essa ardência.

O que ela havia feito?

Ela nem sequer poderia fingir que não fora avisada. A mãe havia ensinado sobre os perigos de depositar confiança em outras pessoas desde que era grande o bastante para andar, mas mesmo assim tinha feito isso. Por quê?

Porque tinham sido *bons* com ela. Porque ela queria ser parte de um time.

E porque estava solitária. Ela poderia não querer admitir que isso era parte do problema, mas não poderia ignorar isso agora. Sentia-se solitária nesse estranho mundo novo e desesperada por uma família para substituir Loretta. Agora, ela sentia vergonha disso.

Ela se afundou no assento, olhando pela janela. As laterais nebulosas da fenda voaram em um borrão de tons de azul, cinza e roxo. Eram lindas. Provavelmente a coisa mais linda que já tinha visto na vida, mas ela não conseguia se concentrar no que via.

Dorothy segurou com firmeza o medalhão no pescoço, fechando os olhos para impedir as lágrimas que se acumulavam. Por Deus, como fora tola.

Não é verdade, sussurrou uma voz insistente na cabeça. Ela não era tola. Sabia exatamente o que queria. Talvez não pudesse ter isso aqui, com essas pessoas, mas isso não significava que não poderia obter o seu desejo.

Havia outras pessoas. Outros futuros. Ela não acreditava em destino. Ainda poderia mudar as coisas.

Ela apertou a mão no medalhão, ignorando o aço que cortava seus dedos.

Você é uma estranha, Roman tinha dito. *Você não está no time, e nunca vai estar. Você não se provou digna.*

Dorothy pressionou as palmas da mão debaixo dos olhos para interromper o fluxo furioso de lágrimas. Dessa vez, ela teve mais dificuldade de afastar a voz dele.

Um uivo começou a sibilar do lado de fora da nave. Parecia distante no começo, como um cão que ladrava para a Lua. Dorothy conseguiu ignorá-lo por um tempo, mas então ficou mais alto. Virou uma sirene de bombeiros, aproximando-se. Ela cobriu os ouvidos com as mãos.

Alguma coisa bateu contra a nave, fazendo tudo estremecer.

Chandra se ajoelhou no chão, segurando Zora pelos ombros. Ela levantou a cabeça.

— Ash!

— A tempestade está ficando pior — Ash gritou de volta.

A chuva começou a cair. A princípio, foi leve, mal pingando contra as janelas. Durante os próximos minutos, se tornou cada vez mais pesada, até que estava martelando contra o vidro, fazendo com que as paredes da *Segunda Estrela* tremessem.

— Não consigo manter nada estável — disse Ash. — Está ficando...

Uma janela explodiu, preenchendo o ar dentro da nave com vento e vidro. Chandra gritou, jogando-se em cima de Zora para proteger o ferimento dela dos destroços. Zora tossiu, o corpo sacudindo. O rosto dela estava com uma tonalidade cinza. Apesar de estar de cinto, Dorothy sentiu seu corpo ser sugado na direção da janela, levado para fora com a força da tempestade. Ela apertou as mãos ao redor do cinto, arfando quando o vento a atingiu.

Devagar, como se estivesse andando por lama, Willis atravessou a nave. Ele pressionou com seu corpo gigantesco contra a janela quebrada, bloqueando o vento. Por um momento, tudo estava em silêncio.

— Trocar... a ME — Zora gemeu do chão. Ela tentou se sentar, mas Chandra a segurou pelos ombros.

— Você levou um *tiro* — disse ela. — O que acha que está fazendo?

— Nós não podemos arriscar sair da fenda — Ash gritou para elas. — O túnel é instável demais. A nave inteira pode se despedaçar.

Zora prendeu o fôlego, os olhos se fechando.

— Eu sei como trocar a ME no meio do voo. Eu já... fiz isso antes.

— Não depois de ter levado um tiro no peito.

— A fenda... vai me manter estável.

Chandra fechou os olhos. Ela parecia estar contando até dez para se acalmar. Depois de um instante, ela falou:

— Eu vou ser bastante clara. Se você fizer isso, você vai morrer.

A nave baixou. Dorothy sentiu a queda no seu estômago, como algo repuxando e revirando suas entranhas. Willis perdeu o equilíbrio e caiu de joelhos. O vento passou pela nave de novo, chicoteando nos cabelos. A maleta médica de Chandra deslizou pelo chão e bateu contra a parede mais distante. Alguns vidrinhos caíram e foram imediatamente erguidos no ar, rodopiando na janela.

Willis se colocou de pé e, novamente, se posicionou na frente da janela.

— Perdão — murmurou ele.

Zora grunhiu, uma das mãos segurando o ferimento enfaixado no peito.

— Se eu não fizer isso, *todos* nós vamos morrer.

— Eu posso instalar a ME — disse Willis. — Já fiz isso antes.

Zora virou a cabeça sem erguê-la do chão, examinando-o.

— Você é grande demais. A nave não vai aguentar.

As laterais da nave rangeram. Dorothy ergueu uma das mãos para tocar o alumínio que cedia. Tinha a sensação de estar dentro de uma sacola de papel que alguém estava amassando devagar.

Você não se provou digna, pensou ela.

— Eu não sou grande — disse ela, sem pensar.

Todos os olhos se voltaram para ela.

— Você não sabe como — disse Zora.

Dorothy endireitou a postura. *Imprudente*, a mãe teria dito. *Insensata*. Saber que Loretta não teria aprovado sua atitude a deixou mais determinada.

— Willis pode me dizer como.

Willis franziu o cenho, parecendo considerar a ideia.

— Não é terrivelmente complicado se souber quais fios ficam onde. E ela tem mãos firmes.

— Você não pode estar considerando isso! — gritou Ash.

Só que ele estava pilotando. Não poderia fazer nada para impedi-la.

Eles são um time, Roman tinha dito. *Você é uma estranha, e sempre será*.

Talvez não, pensou Dorothy. Se tudo que precisasse fazer era se provar digna, então isso bastaria. Ela não poderia ver como pensariam nela como uma estranha depois de ter salvado a vida de todos eles.

Dorothy caminhou até a janela onde Willis estava parado. Lá fora, um relâmpago incendiou a fenda. *Relâmpago zilch*, ela pensou, conforme as paredes do túnel se iluminaram em tons de laranja e vermelho, uma paisagem infernal de chamas e fumaça. Sentiu a tensão passar pelos ombros, apertar os músculos, mas ela não estremeceu. Uma pequena vitória.

Ela percebeu que deveria estar nervosa, mas não estava. Sentiu uma calma estranha. Aquilo era o certo. Era o que ela deveria fazer.

— Tem um cinturão na minha mochila, ali. — Zora tentou erguer o braço, mas estremeceu e caiu de volta no chão.

Seus olhos se fecharam. Chandra tirou o estetoscópio do pescoço e se inclinou sobre o corpo de Zora, pressionando o diafragma no peito dela.

— Aquela ali — disse ela, indicando uma mochila aos pés de Dorothy.

Dorothy se ajoelhou e vasculhou a mochila até localizar um cinturão grosso. Ela o entregou para Willis, que começou a amarrá-lo em volta da cintura dela.

— Você não precisa fazer isso. — Willis puxou o gancho para testar a firmeza, verificando se o nó que conectava a corda grossa ao cinturão estava firme. Não soltou, então ele assentiu, satisfeito. — Podemos encontrar outro jeito.

— Não seja um covarde. — Dorothy tentou sorrir. — Vai dar tudo certo.

Ele não pareceu convencido.

— Estarei falando com você o tempo todo. — Ele indicou o fone de ouvido que havia colocado em cima dos cachos dela. — Darei todas as instruções.

Dorothy engoliu em seco, sentindo o gosto ácido da garganta. Ela ouviu tudo que ele dissera, mas as palavras pareciam evaporar no instante que chegavam aos seus ouvidos. Ela tocou a engenhoca que ele a tinha obrigado a usar. *Fone de ouvido.*

Um relâmpago cortou o céu do lado de fora da janela. Um trovão rugiu.

— Pronta? — perguntou Willis.

Dorothy sacudiu a cabeça para cima e para baixo, tentando assentir. Ela supunha que precisava estar pronta.

Willis deu um passo para o lado da janela quebrada, e um vento gelado preencheu a nave, soprando o cabelo de Dorothy para longe do rosto e a forçando a dar um passo para trás. Ele destrancou a janela e a abriu para fora. Preparando-se, Dorothy se impeliu para a frente, apoiando uma das mãos de cada lado da janela para se manter equilibrada.

Não olhe, ela disse para si mesma, mas já estava se virando, os olhos encontrando a nuca de Ash onde ele estava sentado na cabine. Ela estudou o lugar onde o pescoço dele era macio, onde o cabelo loiro encontrava a pele queimada pelo sol. Só que ele não se virou para vê-la partir.

Ela enfiou a ME na parte de trás das calças, apertando os dedos na janela, e engatinhou para fora da nave.

44

ASH

Ash olhou um segundo depois de Dorothy já ter saído pela janela, então rapidamente desviou o olhar.

Ele queria dizer que ela deveria parar. Queria dizer que tinha mudado de ideia. Mas não podia fazer nenhuma das duas coisas, então ficou em silêncio até ela partir.

Relâmpagos brilhavam do lado de fora, e houve mais um baque reverberando contra a parede.

A conversa dos dois o corroía. Ele pensara que falar que não poderiam ficar juntos seria algo nobre, ou ao menos corajoso. Estava fazendo isso por *ela*, afinal, para que ele não a machucasse. Isso não deveria trazer uma sensação boa?

Bem, não trazia. Ash não conseguia nomear o sentimento que o atormentava, mas era perigosamente próximo de covardia, vergonha ou uma mistura terrível das duas coisas. Pareceu que ele a machucara, de qualquer forma, por mais que tivesse tentado não fazer isso.

O vento pressionava ferozmente contra as janelas, fazendo o vidro gemer tão alto que Ash se preparou para que estilhaçasse. Um objeto pequeno passou zunindo próximo ao rosto dele, ricocheteando na parede e de volta para a cabine, como uma bala.

Ele não podia acreditar que Dorothy estava enfrentando *isso*. A nave estava sacudindo na fenda como uma bolinha em um fliperama.

De repente, sentiu-se inquieto. Ele queria sair atrás dela. *Ajudá-la.* Mas tudo que podia fazer era ficar sentado e pilotar, e pedir favores a um Deus no qual ele não acreditava mais.

Não deixe ela morrer.

45

DOROTHY

Era frio na fenda. Os dedos de Dorothy imediatamente ficaram dormentes, e a umidade dos lábios congelou em uma camada fina de gelo. Seus membros pareciam desajeitados e endurecidos.

— Dorothy? Está ouvindo? Câmbio? — A voz de Willis surgiu diretamente no ouvido dela.

Câmbio? Ela franziu o cenho, e o gelo que cobria os lábios rachou.

— Câmbio? — repetiu ela, confusa.

— Ótimo! Você está soando alto e em bom som — disse Willis. — Você consegue olhar para a esquerda e me dizer o que vê?

Dorothy inalou tanto ar gélido que os pulmões ardiam com o frio. O vento puxava as suas costas, ameaçando arrancá-la da *Segunda Estrela*. Ela virou a cabeça, pressionando a bochecha na lateral da nave.

Uma escadinha estava pendurada a seu lado, os degraus só alguns centímetros acima do topo da cabeça dela.

— Tem uma escada — ela se forçou a dizer.

— Ótimo — disse a voz calma de Willis. — Agora estique a mão e pegue o degrau mais baixo.

Um medo gelado passou por ela. Agarrar-se no degrau significava retirar uma das mãos da lateral da nave, mas o vento era forte demais.

Sacudia as calças e a camiseta dela, fazendo o tecido agitar loucamente ao redor do corpo. Se ela desse um passo em falso, a arrancaria pelo túnel como se fosse um lencinho.

Ela segurou mais firme, sacudindo a cabeça.

— O vento...

— O cinturão vai te impedir de cair.

Uma voz na cabeça de Dorothy gritou: *Não! Ele está errado! Você vai morrer!* Ela estava bastante confortável ouvindo aquela voz, na verdade. Só que uma voz igualmente insistente continuava passando por cima dela. A voz soava como a mãe.

Não há espaço para covardes no nosso mundo.

Os dedos da sua mão esquerda afrouxaram, só um pouco. Ela os retirou da lateral da nave e esticou sobre a cabeça, segurando o degrau ao mesmo tempo que ela foi para o lado. O vento repuxava seu corpo, erguendo as pernas para longe da nave e a sugando para trás. Ela perdeu o fôlego...

Então havia um metal frio sob os dedos. Dorothy fechou a mão ao redor do degrau, os músculos ardendo enquanto ela arrastava o corpo para mais perto.

— Está bem. — Ela segurou-se firme na escada. — Consegui.

— Ótimo. Agora suba.

A subida foi brutal. Dorothy mal podia soltar uma das mãos da escada antes que o vento a puxasse de novo, tentando arrancá-la da lateral daquela navezinha boba como uma criança que arranca uma formiga de um tronco. E se isso não fosse ruim o suficiente, o frio fazia com que seus braços e pernas endurecessem e ficassem difíceis de manobrar. Os dedos dela estavam tão congelados que ela mal conseguia fechá-los ao redor dos degraus. Um vento forte soprava nos olhos, fazendo com que lágrimas escorressem pelo rosto, borrando a visão. Ela não ousava erguer uma das mãos para limpá-las.

— Dorothy?

— Quase lá — grunhiu ela, erguendo-se pelo último degrau.

Ela ergueu a cabeça… e arfou.

Ver a fenda através do vidro sujo da *Segunda Estrela* não era nada se comparado a isso, tão perto, com nada que os separasse exceto pelas lágrimas que ainda se acumulavam em seus olhos.

As paredes do túnel eram feitas de fumaça, nuvens e névoa. No começo, pareciam cinzentas e roxas, mas quanto mais Dorothy as encarava, mais cor parecia estar tecida em suas espirais e rodopios. Um brilho alaranjado. Uma curva vermelha. Pontos de luz brilhavam profundamente dentro da fumaça e, por um instante, fizeram com que Dorothy pensasse em estrelas. Dúzias, então centenas, então uma galáxia inteira aguardando além da névoa e fumaça. Uma brisa assoprou uma nuvem pelas paredes, e as estrelas piscaram todas de uma vez, como se nunca houvessem estado lá. Um ruído retumbante ecoou de algum lugar dentro do túnel.

Dorothy nunca fora religiosa, mas ela imaginava que era assim que as pessoas se sentiam quando rezavam. De repente, sentiu-se profundamente grata por ter a chance de testemunhar isso.

— Dorothy?

Ela piscou. Não sabia quanto tempo tinha passado encarando aquelas paredes deslumbrantes. Ela voltou os olhos para a nave.

— Estou aqui — arfou ela.

— Você deve ter chegado ao painel de controle agora. Está vendo? Vai parecer uma rachadura no metal da nave, parecido com uma porta.

Dorothy examinou a lateral da nave até ver a rachadura mencionada.

— Sim.

— Você vai precisar colocar seus dedos na rachadura para abrir.

Dorothy fez o que foi mandado e puxou. A porta abriu um centímetro. Ela colocou a mão toda na abertura e puxou…

O vento bateu contra a beirada da porta e a puxou para trás, fazendo com que batesse com tudo contra a lateral da nave. A *Segunda Estrela* deu uma guinada assustadora, então voou na direção oposta da fenda.

Dorothy se achatou contra a nave, fechando os olhos com força para não ver o que estava acontecendo. Tinha a sensação de ser rodopiada como um peão. O mundo ao redor dela se tornou um borrão vertiginoso de cores e luzes. Um gosto ácido subiu pela garganta, fazendo-a sentir como se fosse vomitar.

Então, parou. A nave parou de rodopiar e o vento acalmou. Dorothy não levantou a cabeça de imediato. Ela manteve a bochecha pressionada contra o metal frio e respirou fundo.

— Dorothy? Dorothy, você está aí? — Willis soava alvoroçado. — Você está bem?

Dorothy exalou.

— Estou aqui. Estou bem...

Um pedaço de gelo do tamanho de uma bola de tênis se destacou das paredes de nuvens e bateu contra a nave, desviando-se da mão de Dorothy por centímetros. Outro o seguiu, então outro.

— Está chovendo granizo — disse Dorothy, se encolhendo conforme um estilhaço de gelo bateu contra o calcanhar.

— Preciso que você me escute. A fenda está prestes a entrar em colapso. Você precisa instalar a ME e sair daí rápido. *Agora*.

— O que eu faço?

— Olhe para o painel de controle. Consegue localizar o recipiente atual de ME?

Dorothy engatinhou na direção do painel de controle. Os ventos ainda estavam empurrando a porta do painel para trás para que ficasse firmemente contra o telhado da nave, mas ela estremeceu ao pensar o que poderia acontecer caso o vento virasse. Imaginou a porta se fechando sobre suas mãos, cortando seus dedos nos nós. O medo subiu pela sua garganta. Ela deixou que seus olhos passassem por fios estranhos e coloridos, e pedaços de metal engraxados antes que...

Ali! Ela localizou a ME em um canto. Uma rachadura passava pelo meio do recipiente, e o material dentro estava queimado e preto. Dorothy não precisava ser especialista em viajar no tempo para saber que isso era um mau sinal.

— Encontrei — disse ela.

— Bom — Willis respondeu. — Agora, você vai ver que tem um fio acoplado a um dos lados. Um fio grosso azul.

Dorothy se aproximou mais. Localizou o fio.

— Encontrei.

— Deve estar conectado a ME por um conector de três pontas…

Um estilhaço de granizo do tamanho de uma bola de golfe bateu contra o braço de Dorothy. Ela ouviu um baque horrendo e seus dedos se soltaram da nave.

46
ASH

O painel estava em chamas.

Ash não sabia como o fogo tinha começado. Ele estava ocupado demais observando a cena de pesadelos que se desdobrava diante do para-brisa — granizos do tamanho de punhos fechados, os relâmpagos tão próximos que ele conseguia sentir o cheiro do ozônio queimado —, desesperadamente tentando obter um vislumbre da perna de Dorothy, ou uma mecha do cabelo, ou *qualquer coisa* que indicasse que ela estivesse bem.

Uma chama se desdobrou sob a válvula do anemômetro, chamuscando seus dedos. Ele se sobressaltou para trás, e a *Estrela* começou a inclinar para baixo…

Ash agarrou o leme e endireitou a nave de novo, as lágrimas se acumulando nos olhos enquanto as ondas quentes de calor do fogo lambiam os nós dos dedos. Só que ele não o soltaria, nem mesmo quando o calor fez sua pele rachar e começar a escurecer. Estavam perto demais. Ele arriscou olhar lá fora, para as paredes escuras do túnel. Estavam passando pelos anos 2040 agora…

— Como ela está? — gritou ele, cerrando os dentes para afastar a dor da queimadura.

Willis estava inclinado para fora da janela, as mãos segurando a corda amarrada ao cinturão de Dorothy. Ele voltou para dentro ao ouvir a voz de Ash.

— Ela estava ótima lá em cima, Capitão, mas eu...

O vento golpeou a lateral da nave, soprando diretamente as palavras de Willis. A *Segunda Estrela* estremecia violentamente, e Ash ouviu um baque forte que parecia muito como um homem grandalhão sendo jogado no chão.

— Willis! — Ash virou o leme para evitar um arco de relâmpago.

Willis não respondeu.

Ash virou os olhos para o espelho retrovisor. Por um longo momento, ninguém o encarou de volta. Então, Willis ficou de pé, ainda segurando a corda de Dorothy.

— Estou aqui, Capitão — grunhiu ele, amarrando a corda grossa ao redor da mão pela terceira vez. Willis ergueu o walkie-talkie à boca, e, apesar do vento uivante, Ash ouviu as palavras: — ... Dorothy... ouvindo? Fale...

— O que está acontecendo? — gritou Ash.

— Perdi o contato — Willis respondeu. Ele estava encarando a corda ao redor de sua mão, uma ruga profunda marcando a testa entre as sobrancelhas. — Ash...

— Puxe ela de volta!

O coração de Ash estava batendo rápido demais. Ele imaginou Dorothy se agarrando a lateral da nave, as mãos segurando o metal escorregadio, o corpo dela sacudido pelos ventos violentos.

Ele agarrou o leme mais forte. Do canto do olho, viu as chamas dançando mais perto de seus dedos, mas nem sequer as sentia. Eles não conseguiriam chegar lá sem a ME. Só mais uma década para chegar.

— Faça isso agora!

— Esse é o...

O para-brisa explodiu para dentro sem aviso, preenchendo o ar com vidro que parecia areia, minúsculo e afiado. Ash sentiu o corte no rosto e nas mãos, e fechou os olhos por instinto. Alguém estava gritando. Inferno, poderia até ser ele.

Ash piscou, tentando forçar seus olhos a se abrirem, mas o vento estava forte demais. Ele pensou ter visto 2074 passar. 2075...

Ele abriu os olhos um pouco mais. Vento e vidro rodopiavam ao seu redor. As paredes nebulosas do túnel formavam um pico alaranjado familiar. 2076. Quase lá. Ele mirou o focinho da *Estrela* para a curva mais escura adiante.

— Puxe Dorothy de volta! — ele gritou.

— Capitão, eu...

Um pedaço de metal afiado foi arrancado das paredes, cortando o braço de Ash conforme saiu voando. Um buraco apareceu no chão da cabine, o preto e cinza assombroso da fenda rodopiando abaixo. Ash puxou o leme para o lado e o objeto saiu em suas mãos. Ele caiu para trás, a cabeça batendo no assento. Estavam passando pelas paredes do túnel agora. Tudo era fumaça, fogo e névoa...

Ash abriu a boca para dizer aos outros que se segurassem firme quando...

Água escura e árvores mortas. Um beijo... uma adaga...

Ele sentiu a ponta de aço da adaga entrar em seu corpo, cortando músculos e pele, fazendo seus nervos gritarem. Apalpou a barriga, e as mãos saíram ensanguentadas.

Sangue *de verdade*. Um ferimento de verdade.

A *Estrela* bateu contra alguma coisa, estremecendo. Um rugido preencheu os ouvidos de Ash. Mais gritos, ele pensou. Ou talvez fosse o vento. Ele manteve as mãos pressionadas contra o ferimento, tentando estancar o sangramento. O mundo piscava, entrando em foco e saindo.

É claro que sim, alguém disse.

Então a escuridão o levou.

47
DOROTHY

— Dorothy? Dorothy, está ouvindo?

A voz de Willis soava muito baixa e distante. Aturdida, Dorothy ergueu uma das mãos à cabeça e notou que o fone de ouvido não estava mais encaixado em suas orelhas. Tinha sido entortado e agora estava emaranhado nos seus cachos.

Ela piscou, grunhindo. O outro braço estava embaixo dela, de alguma forma enganchado nos degraus da escada. Tinha a razoável certeza de que esse era o motivo de não ter sido atirada para longe da nave.

— Estou indo, Willis — murmurou ela.

Dorothy tateou para encontrar um lugar para se agarrar, e não encontrou nada, e mais nada antes dos dedos, enfim, roçarem contra a porta do painel de controle. A porta batia contra a lataria da nave como um peixe se debatendo em terra seca, acoplada por uma única dobradiça restante.

Dorothy curvou a mão ao redor da porta e puxou…

A porta quebrou com um baque e voou na direção dela. Ela sentiu um corte no rosto, seguido de uma dor como nunca tinha vivenciado antes — uma ardência quente e ofuscante. Ela tentou segurar em alguma coisa, mas sentiu apenas o ar…

Então estava voando para trás, as paredes do túnel esvoaçando na direção dela. Tentáculos de fumaça se curvaram ao redor das suas pernas e braços, como uma das mãos que procurava aderência. Ela tentou gritar, mas a fumaça preencheu a boca e adentrou os pulmões. Ela piscou, e sua visão ficou ensanguentada.

A distância, ela ouviu algo rasgar. Com o olho bom, ela viu que a corda se rompeu da *Segunda Estrela* e ricocheteou na direção dela.

DIÁRIO DO PROFESSOR — 23 DE OUTUBRO DE 2076
02H13
A ESTRELA ESCURA

Acabei de retornar. Precisei verificar meus registros anteriores para despertar minha memória, mas parece que Roman e eu nos conhecemos no dia 3 de dezembro de 2073, perto do meio-dia. Eu não queria que ninguém mais roubasse o computador dele antes que eu tivesse a chance, então voltei para a manhã seguinte, de madrugada, enquanto ele e todo mundo na Cidade das Barracas dormiam. Não tem nenhuma segurança, de verdade, na Cidade das Barracas, nenhuma tranca ou guarda, então consegui me esgueirar sem ser notado.

O computador foi razoavelmente fácil de localizar. Roman o guardava ao lado da cama. Eu o retirei debaixo dos seus dedos sem que ele acordasse, mas algo caiu no chão quando eu guardava o computador na mochila. Era um pedaço pequeno de papel branco.

Eu me ajoelhei para pegá-lo e vi que não era um pedaço de papel, e sim uma fotografia. Uma fotografia revelada, de verdade, de uma jovem com o cabelo escuro de Roman e olhos azuis. Talvez uma irmã? A foto parecia o tipo de coisa que as escolas imprimiam para os pais, como uma lembrança. Só que olhando em volta da barraca, vi que não havia pais. Nem irmã. Ninguém a não ser Roman e seu computador.

Eu teria deixado o computador dele para trás naquele instante. Não sou um monstro.

Só que Roman tinha dito que alguém o tinha roubado.

Se eu não roubar agora, outra pessoa vai roubá-lo depois.

Então, eu o roubei.

Roman estava esperando na oficina quando voltei com a *Estrela escura*. Ele estava com um revólver, e pela aparência era o revólver de Ash, e mirou no meu peito conforme eu saí da nave.

"Quando você estava?", exigiu ele. Eu sempre me perguntei se sempre houve tanta raiva em sua voz, ou se havia aparecido recentemente. Eu não tinha notado a mudança.

Contei para ele o que tinha feito, como tinha voltado no tempo para recuperar seu computador, para que pudéssemos fazer as previsões de terremotos futuros antes que ocorressem.

Eu esperava que ele ficasse bravo. Não esperava que ele não acreditasse em mim.

"Você é um mentiroso!", ele dissera. Presumi que ele gritaria e berraria e jogaria coisas na parede, como fez na oficina da última vez que brigamos. Só que a voz dele estava calma e controlada. "Você voltou para salvar sua esposa. De novo."

Eu tentei negar. Até mesmo tentei pegar o computador para mostrar para ele, mas Roman me empurrou quando tentei pegá-lo. Ele me *empurrou* de verdade.

"O passado é nosso direito", ele disse, repetindo o slogan terrível do Cirko Sombrio. "Pode ser que você seja o único capaz de viajar no tempo agora, mas isso nem sempre vai ser verdade."

Então ele me deixou sozinho, sem atirar nenhuma vez.

48

ASH

16 DE OUTUBRO DE 2077, NOVA SEATTLE

—*Ash... Ash...*

A voz atravessou na direção dele de alguma profundeza escura. Ash precisava encontrá-la. Ele nadava rápido, mas a corrente era forte demais. Repuxava os pés e pressionava os ombros.

Água escura, ele pensou, dando chutes. *Árvores mortas...*

— Ash, você está dormindo há muito tempo. Você precisa acordar.

Um beijo... uma adaga...

A dor o atingiu, e Ash se sobressaltou. Ele sentiu a calidez grudenta de sangue nos dedos e o abraço frio do metal entre suas costelas. Ele acordou sem fôlego.

— Quinn — ele engastou, tentando sentar. — É...

— Nem pense nisso — disse outra voz, mais profunda. Algo pressionou seus ombros, e ele percebeu que não era água, e sim duas mãos o segurando.

A luta se esvaiu dele de uma vez. Ash se permitiu ser empurrado de volta no que parecia ser sua cama. Alguém havia empilhado uma quantidade ridícula de travesseiros atrás dele e apertado um cobertor com tanta firmeza ao redor do seu corpo que a sensação era de que estava usando uma camisa de força.

Ele precisou piscar algumas vezes antes de o resto do quarto se concentrar. Reboco grosseiro e chão de madeira acabado. Willis e Chandra estavam inclinados sobre ele.

Ash não tinha energia para perguntar como haviam chegado em casa. Os travesseiros estavam macios embaixo dele. Seria tão bom dormir de novo. Ele se remexeu, e uma dor se alastrou das costelas mais baixas.

De repente, ele estava completamente acordado. Aquilo era dor de verdade, não uma dor pré-lembrada. Ele abaixou a mão até a barriga e sentiu curativos grossos sob os dedos.

Ele tentou falar, mas a língua estava seca, grande demais para a boca.

— Ela… ela me esfaqueou.

— O que foi? — Willis perguntou, se aproximando.

— A garota… de cabelos brancos — Ash conseguiu dizer.

Willis franziu o cenho.

— Você está perguntando do curativo? — perguntou Chandra. — Esses aí são de quando a nave bateu. A *Segunda Estrela* explodiu antes de conseguirmos sair da fenda, e um pedaço da nave fincou bem embaixo das suas costelas.

— Você estava sangrando muito — acrescentou Willis. — Não tínhamos certeza de que ficaria bem.

— É, e ficamos, tipo, encalhados no estuário sem um barco e coisa e tal, e Willis foi brilhante pra caramba. Ele pegou uma parte da nave que tinha, tipo, explodido, então conseguiu deixar você e Zora no topo, mesmo eu pensando que era pequeno demais, então, sério, você não vai acreditar, ele puxou a coisa pela água como se fosse um cavalo ou… cavalos nadam? Enfim, um golfinho, sei lá…

— Zora? — Ash conseguiu tossir, interrompendo Chandra.

— Ela está bem — disse Willis. — Ou vai ficar. Ela estava bem machucada, mas nossa Chandie conseguiu.

— Melhor médica na história do mundo — disse Chandra, com um sorriso tímido. — Eu falo isso direto pra vocês, mas ninguém me escuta.

— Parabéns — disse Ash.

Ele olhou para as mãos, surpreso ao encontrar queimaduras escurecendo a pele. Ver aquilo o perturbou. Não se lembrava de ter sido queimado. Não se lembrava de nada da colisão da nave.

Ash fechou as mãos em punhos. As queimaduras faziam com que parecessem pertencer a outra pessoa.

— Onde está a Dorothy?

Um silêncio pesado foi a resposta que obteve. Ash fechou os olhos. Tinha a sensação vaga de uma criancinha escondida debaixo do cobertor, pensando que monstros não viriam pegá-lo se não pudessem vê-lo. Ele era velho o bastante para saber que esse truque não funcionava.

— O que aconteceu? — perguntou ele, se esforçando.

— Não temos certeza — disse Willis. — Em um momento, tudo estava bem. Eu tinha a corda nas mãos e estava a guiando. Ela nem mesmo parecia assustada. Então houve um som, como uma colisão. Perdi o contato, mas a corda ainda estava esticada, então eu sabia que estava lá. Pensei que o fone de ouvido havia sido arrancado pela tempestade e esperei alguns minutos para que ela o consertasse, mas ela nunca respondeu, então comecei a puxá-la de volta...

Willis disse tudo isso com a voz de um soldado fazendo um relatório para seu superior. De alguma forma, isso era tranquilizador. Ash quase conseguia fingir que havia acontecido com outra pessoa. Que aquilo não o afetava.

— A corda... partiu. — A voz de Willis hesitou, quebrando a ilusão. — Ela se foi.

Ash apertou as mãos até que as queimaduras nos nós dos dedos ardessem. Ele era a razão de ela ter se perdido.

De repente, sentiu-se muito cansado. As costelas doíam e as queimaduras nas mãos ardiam, mas essas coisas eram apenas distrações. Um dia, iriam desaparecer, então ele precisaria pensar na coisa que de fato estava o matando. Dorothy se fora. Para sempre.

— A ME? — perguntou ele.

— Estava com a Dorothy quando... — Chandra pigarreou, sem vontade ou incapaz de terminar a frase. — Também se foi.

Ash assentiu, relaxando as mãos.

Estavam de volta à estaca zero. Haviam fracassado, completamente. Tudo isso havia sido feito para nada.

De uma forma intensa e repentina, Ash queria dormir. A exaustão tomou seus músculos e puxou seus ossos. Os olhos dele pesaram, mas, antes de fechá-los, ele pensou que viu algo estranho atrás da orelha esquerda de Chandra. Ele piscou, tentando se concentrar.

Uma mecha do cabelo dela havia ficado branca.

17 DE OUTUBRO DE 2077, NOVA SEATTLE

Ash sabia que Zora estava ao lado dele mesmo antes de acordar por inteiro. Ele dormia e acordava, escutando-a se remexer na cadeira ao seu lado.

— Eu sei que você não está dormindo. — A voz dela soava fraca.

Ash abriu os olhos.

— Como é que você sabe?

— Você parou de roncar.

A pele de Zora tinha um tom acinzentado, e círculos profundos cobriam a área sob seus olhos. Seu peito estava amarrado em curativos grossos de algodão que faziam a sua camiseta enrugar.

Ela o viu encarando e deu de ombros.

— Parece pior do que é.

Ash engoliu em seco. Ele não acreditava nela, mas conseguia sentir o cheiro de graxa de motor e café queimado que estava na pele dela, então ao menos estava bem o bastante para chegar à oficina. Chandra não teria permitido que ela ficasse revirando as coisas com chaves de fenda ou engrenagens se estivesse à beira da morte.

— Sua aparência está uma merda — disse Zora, sem sorrir. — Formamos uma bela dupla.

Ela pegou a mão dele e apertou. As queimaduras nos nós dos dedos de Ash ardiam, mas ele não soltou. Ele inclinou a cabeça para trás, encarando o teto. Uma rachadura corria pelo gesso.

Ele pensou em Dorothy. Então, quando aquilo doeu demais, pensou no Professor em vez disso. Doía quase o mesmo, mas ao menos essa era uma dor para a qual estava preparado.

— Sinto muito pelo seu pai — disse ele, a voz falhando.

A pele ao redor dos olhos de Zora se apertou, só um pouco.

— É. Eu também.

Por um tempo, os dois ficaram em silêncio. Ash pensou que ouviu Willis e Chandra na cozinha. Willis disse algo na sua voz profunda e baixa, e Chandra riu.

Zora pigarreou.

— Eu li o resto do diário. Do começo ao fim.

Ash sentiu as sobrancelhas se levantarem, curioso apesar de tudo.

— Ele escreveu alguma coisa útil?

— Na verdade, sim. Tinha bastante coisa sobre Roman e sobre... — Ela parou para respirar fundo, os cílios se fechando brevemente. — E sobre a minha mãe. Essa parte foi bem difícil, mas encontrei algo interessante perto do final. Aparentemente, quando meu pai encontrou Roman, Roman estava trabalhando em algum tipo de programa de computador que deveria prever terremotos antes que acontecessem. Só que ele nunca terminou, então meu pai voltou no tempo e pegou o computador dele. Acho que ele mesmo queria terminar o programa, ver se conseguiria prever o próximo terremoto grande antes que bagunçasse tudo. Antes que a mãe de outra pessoa morresse.

Ash se lembrava do Professor saindo da sala de nome *Modificação Ambiental*, e a lista de números escritos no para-brisa da *Estrela Escura* na letra do Professor. Os números que pareciam previsões de terremotos do futuro.

Ele contou a Zora o que viu.

Zora franziu o cenho enquanto ele falava, pensando no assunto.

— Faz sentido com o que ele escreveu no diário, no último registro. Lembra como ele disse que o destino do mundo estava em jogo? Ele devia estar pensando naqueles dois terremotos do futuro, o 10.5 e o 13.8. Aqueles não destruiriam somente a costa oeste. Teriam potencial de destruir o mundo inteiro.

Ash se apoiou nos cotovelos.

— Mas por que voltar para 1980? O que o Forte Hunter tem a ver com isso?

— Eles usavam técnicas de modificação do clima para aumentar a temporada de monções na guerra do Vietnã, nos anos 70. Em 1980, o programa provavelmente estava no auge... talvez meu pai pensou que pudesse dar uma olhada na pesquisa deles?

— Aquele Tenente Gross disse que ele tinha roubado informações sobre uma arma de destruição em massa — disse Ash.

— Modificação ambiental teria sido considerada uma arma de destruição em massa, então isso se encaixa. Meu pai deve ter pegado seja lá o que tinham sobre mudar o ambiente na esperança de conseguir modificar nosso ambiente atual o suficiente para impedir os terremotos de acontecerem.

— Mas ele fracassou — Ash disse.

De repente, ele sentiu um cansaço profundo.

O Professor o havia resgatado de uma vida na guerra. Ele havia mostrado coisas que nunca poderia ter imaginado. Ensinou-o a pilotar uma máquina do tempo. Então ele morreu por nada.

E Dorothy havia se esgueirado na vida dele e o feito acreditar que poderia mudar seu futuro. E ela também tinha morrido por nada.

Agora, era a vez dele de morrer.

Eram coisas demais para se pensar.

— Meu pai não fracassou — disse Zora, baixinho.

A resposta chocou Ash. Normalmente, ela era a pessimista. Ou talvez *pessimista* não fosse a palavra correta. Realista era algo mais adequado. Ou hesitante. Ou cautelosa.

Só que agora, ela encarava Ash com olhos iluminados como carvão.

— Ele morreu antes de conseguir fazer qualquer coisa com aquela pesquisa — disse Ash. — Esses terremotos vão acontecer.

— Talvez — disse Zora. — Ou talvez não.

Grunhindo, ela se inclinou, uma das mãos pressionada contra as faixas no peito conforme puxava algo debaixo da cama. Sem uma palavra, ela se endireitou, colocando a coisa no colo de Ash.

Era um pequeno laptop preto.

Ash exalou pelos dentes.

— Isso é...?

— O laptop de Roman — disse Zora. — Encontrei no escritório do meu pai, embaixo de uma pilha de lixo. E, sim, antes que você pergunte, o programa ainda está aí. Eu testei antes de vir aqui e me passou exatamente a mesma informação que você viu escrita no para-brisa da *Estrela Escura*. Um monte de datas e umas magnitudes seriamente assustadoras.

Ash estava sacudindo a cabeça.

— Mas o que é para a gente fazer com isso?

Zora deu de ombros.

— Meus pais voltaram no tempo para encontrar as pessoas mais inteligentes e talentosas em toda a história.

— Seus pais voltaram no tempo para encontrar um piloto, um cara do circo e uma menina que tinha sido expulsa da escola de medicina.

O olhar de Zora era seco.

— Vocês todos foram treinados pela NASA, e eu sou a única filha da mente científica mais incrível que o mundo já viu. Além disso, ainda temos uma boa parte da pesquisa do meu pai para analisar e o programa de Roman. Acho que meu pai deixou esse computador aqui por um motivo. Acho que ele queria que fizéssemos alguma coisa com isso. O que significa que ainda há uma chance de mudar as coisas.

Zora sustentou o olhar de Ash de uma forma que o fez pensar que não estava falando só dos terremotos.

Ela estava falando das pré-lembranças e da sua morte próxima e prematura.

Ash assentiu.

— Vamos tentar.

Satisfeita, Zora ficou em pé, o rosto retorcendo em uma careta, e mancou até a porta.

— Se quer saber, eu não acho que Dorothy morreu. Acho que ela ainda está por aí. Em algum lugar.

Ash fechou os olhos. Ter esperança doía quase mais do que não ter nenhuma. Ter esperança significava que ainda havia mais coisas a perder.

— Pode ser — murmurou ele. — Talvez.

— Tem muita coisa que nós ainda não sabemos sobre a estrutura dos túneis do tempo. Voar por um fez com que meu sangramento parasse, e nós nem sabemos direito o motivo. E a Dorothy estava com a ME, não estava? Pode ser que a tenha mantido segura. Talvez ela só tenha ficado para trás alguns meses.

Zora empurrou a trança para trás da orelha. Ash franziu, encarando-a. A trança estava branca.

— O que é isso? — perguntou ele, apontando.

— Ah. — Zora deu de ombros. — Estava assim quando eu acordei. O cabelo de Chandra também. E você também tem uma, bem aí.

Ela se inclinou para a frente, tocando uma mecha atrás da orelha de Ash.

— Acho que tem a ver com a energia da fenda e como interage com a melatonina, mas eu preciso pesquisar um pouco mais para ter certeza. Esquisito, não é?

As mãos de Ash começaram a tremer. Algo estava começando a se formar nas profundezas de sua mente, mas ele não entendia. Ainda não.

Água escura e cabelos brancos.

— Esquisito — ecoou ele.

DIÁRIO DO PROFESSOR — 23 DE OUTUBRO DE 2076
04H07
A OFICINA

Não consigo parar de pensar no que Roman me disse.

Pode ser que você seja o único capaz de viajar no tempo agora, mas isso nem sempre vai ser verdade.

Roman sabe quase tanto quanto eu sobre viagem no tempo. Ele me ajudou a construir a *Estrela Escura*. Teve acesso a todas as minhas pesquisas — até a esse diário. Já voltou no tempo comigo mais vezes do que todos os outros membros do time juntos. Se alguém, além de mim, fosse capaz de viajar no tempo, seria ele.

Só que Roman não tem acesso à matéria exótica.

Um ser humano não é capaz de passar pela fenda sem matéria exótica. Não há outra forma de estabilizar o túnel. Ele morreria instantaneamente.

Eu verifiquei duas vezes a ME na *Segunda Estrela* depois que ele se foi, pensando que talvez a tivesse roubado. Só que ainda estava ali, o pouco que restava, exatamente onde deveria estar. E é claro que a ME da *Estrela Escura* está comigo agora, então não havia forma alguma dele ter roubado. Aqueles dois recipientes são os únicos de matéria exótica que existem no mundo.

Eu preciso voltar para a universidade. Preciso ver o que Roman tem em seu computador, ver se consigo terminar o trabalho que ele começou a três anos e antecipar o próximo terremoto antes que seja tarde demais para fazer algo sobre esse assunto.

Sei disso e, ainda assim, não consigo me forçar a deixar a oficina. Não consigo parar de repassar nossa última briga.

Algo mudou nesses últimos dias. Alguma coisa aconteceu desde que ele me viu da última vez, que o convenceu de que não precisava mais de mim.

Então, o que aconteceu?

PARTE QUATRO

De nada adianta voltar ao dia de ontem, porque lá eu era outra pessoa.
—*Alice no País das Maravilhas*

49

DOROTHY

22 DE OUTUBRO DE 2076, NOVA SEATTLE

Madeira úmida pressionava sua bochecha. Ar gélido mordiscava sua nuca.

Dorothy grunhiu, o que causou uma onda de dor pelo lado esquerdo do crânio. Era como se alguém tivesse pegado uma faca e feito um corte limpo pelo rosto dela, desde o canto da boca, passando pelo olho, e acima da sobrancelha. Ela ergueu uma das mãos ao local da dor, sentindo algo grudento nos dedos.

Ela forçou os olhos a se abrirem.

Não. Forçou o seu *olho* a se abrir. Algo estava impedindo que a outra pálpebra obedecesse. *Sangue*, percebeu ela, passando os dedos com cuidado nas pontas doloridas da pele machucada. Ela devia estar com um machucado feio no rosto. Tinha sangrado copiosamente, mas o sangue parecia ter estancado e secado em uma forma pastosa na bochecha. Era por isso que não conseguia abrir aquele olho.

Tudo isso ela percebeu com uma clareza distante, como se estivesse acontecendo com outra pessoa.

Dorothy abaixou a mão para a madeira sob sua bochecha. Água permeava pelos lados, aproximando-se de seus dedos. *Estou em uma doca*, percebeu. Ela virou o rosto, e um par de botas pretas apareceu na sua visão.

— Você teve sorte que eu te tirei dali — disse uma voz. — Tem umas pessoas muito ruins perambulando por aqui depois que escurece. Você teria morrido afogada.

— Roman? — A voz dela era uma fera de garras sujas, arranhando o caminho pela garganta. Ela engoliu em seco, estremecendo. — É você?

As botas se aproximaram. Dorothy virou a cabeça. A dor dilacerava seu rosto, deixando a sua visão nebulosa, mas ainda conseguiu distinguir o cabelo escuro de Roman e a fenda no queixo. Ele segurava a velha pistola de Ash em uma das mãos, mas estava descansando ao lado dele, não apontando para ela.

— A gente já se conhece? — perguntou ele.

A pálpebra boa de Dorothy se fechou de novo. O corte no rosto doía muito. Ela estava com dificuldade em pensar com a dor. Roman parecia estar tentando um truque nela. Fingindo que não se conheciam.

Era um pouco engraçado, supôs. Ela começou a rir.

Algo bateu no ombro dela.

— Foco, garota. Como é que você sabe meu nome?

O truque não parecia tão engraçado da segunda vez. A risada de Dorothy se tornou uma tosse dolorida e intrusiva. Ela tentou abrir os olhos — *olho* — de novo, mas o corte no rosto doía muito. Ficaria infeccionado se ela não o limpasse logo. Não queria tocá-lo, mas ela não gostava da sensação do vento raspando sua pele crua, então colocou uma das mãos para cobrir o ferimento. Usou a outra para se colocar de joelhos.

Roman deu um passo para trás rapidamente, erguendo a pistola.

— Vai com calma.

— O que acha que vou fazer? Sangrar em cima de você?

Dorothy piscou e o rosto de Roman entrou em foco. Uma barba preta e rala cobria a bochecha e o queixo dele. Era uma barba triste, do tipo que só crescia em alguns pedaços.

Isso não estava certo. Como é que ele estava com uma barba que havia crescido tão rápido? Quando ela o vira pela última vez, o rosto estava liso.

Você está tentando me dizer que viu o futuro?

Talvez. Talvez até tenha visto o seu.

— Que dia é hoje? — perguntou ela, se esforçando.

Roman franziu o cenho.

— Vinte e dois de outubro.

Entendimento a atingiu de imediato.

— De que ano? — ela perguntou, cuidadosa.

Roman hesitou, então disse:

— 2076.

— 2076 — repetiu ela.

Quando Roman dissera que tinha visto seu futuro, ela presumiu que ele havia viajado no tempo adiante e visto o que aconteceria, mas ela estava errada. Ele conhecia o futuro dela porque ela havia chegado um ano antes. O futuro dela era o passado dele.

Se havia um sentimento além do medo e desespero, foi isso que a atingiu. Ninguém naquele tempo sabia quem ela era. Ash, Zora, Willis e Chandra não a encontrariam por mais um ano. Ela não era ninguém para eles agora. Só uma estranha. Não tinha amigos, nem família, nem dinheiro.

Devagar, Dorothy ficou em pé. Estavam em uma doca estreita entre dois prédios de tijolos encardidos. As janelas estavam, em sua maioria, quebradas e cobertas por madeiras, mas alguns estilhaços de vidro permaneciam nas esquadrias, refletindo-a e Roman centenas de vezes. Ela viu seu rosto na janela diretamente na sua frente.

Ao menos, pensava que era o rosto dela. A garota que a encarava de volta poderia ter sido bela um dia, mas não mais. Metade do seu rosto havia sido dilacerado e sangue escorria pelos dedos cobrindo seu olho. E o cabelo, seu lindo cabelo castanho...

Tinha ficado inteiramente branco.

— Estou esperando um nome — Roman insistiu.

Dorothy mal o ouviu. Ela deu um passo mais perto da janela, espantada. Pela primeira vez desde que se lembrava, viu seu reflexo e não parecia uma mentira. A garota feia e quebrada na janela se parecia mais com *ela* do que já tinha sido antes.

Tudo é um golpe, pensou ela, e por um momento, quis rir.

Era tão simples. Roman havia mesmo armado para ela, que pensou em tudo que ele havia feito no complexo — tirar Ash da prisão, se certificar de que ela chegasse a tempo na máquina do tempo, provocando-a com toda aquela bobagem sobre se provar digna —, tudo isso era para que ela chegasse ali, naquele momento, parada nas docas com Roman um ano antes do que qualquer um esperava.

Ele sabia que a nave não passaria pela fenda, que ela se ofereceria para trocar a ME. Que ela se perderia.

Apesar da dor, Dorothy sentiu-se abrir um sorriso. Era um golpe elaborado. O *seu* golpe. Havia contado para Roman tudo que tinha acontecido. Ela dissera exatamente como manipulá-la.

Com a mão tremendo, Dorothy apalpou a jaqueta, os dedos acalmando quando encontrou o recipiente cilíndrico pequeno dentro do bolso.

Ela ouviu a voz de Ash na cabeça dela: *Ele não tem matéria exótica nenhuma. Mesmo se aquela máquina do tempo que ele construiu funcionasse, fisicamente, ele* não consegue *voltar no tempo.*

Então, Roman: *Tem outra coisa que eu preciso... Acredite ou não, você é a única pessoa que pode conseguir isso para mim.*

— Estou começando a ficar impaciente — disse Roman. Ele ergueu a arma.

O tempo é um círculo, Dorothy pensou. Ela se atrapalhou com o bolso da jaqueta, os dedos se fechando ao redor do recipiente de matéria exótica.

— Quinn — disse ela, virando o rosto da janela. O nome tinha um gosto doce na boca, imediata e inteiramente certo. Ela endireitou o corpo, lembrando-se do que tinha visto da postura majestosa de Quinn no quarto de hotel. — Meu nome é Quinn Fox. Se me deixar viver, eu posso te ajudar.

Roman hesitou.

— Me ajudar? Como?

Dorothy tirou a ME do bolso. Brilhou sob seus dedos: roxa e oleosa, então grossa, como lava branca.

Ela entregou para ele.

— Tenho algo de que você precisa.

AGRADECIMENTOS

Parece adequado que meu décimo livro publicado também seja aquele que demorou mais tempo. Quando eu entro no meu e-mail e faço uma busca por este livro, a referência mais antiga que encontro é de 2011, mas isso engana — eu tive a ideia para este livro muito, *muito* antes disso, só que naquela época era chamado de *Caçadores de monstros viajantes no tempo*. E, er, tinha monstros de verdade envolvidos, e não só metafóricos. (Os monstros foram cortados por uma boa razão, acredite em mim!)

Então, considerando isso, faz sentido ter muitas pessoas a quem agradecer, começando pelo meu primeiro agente, Chris Richman, que por um acaso é a segunda pessoa a quem contei sobre este livrinho estranho. Qualquer escritor pode dizer que tem uma dúzia de ideias para histórias flutuando na nossa mente a qualquer momento. Também tem toda uma série de motivos por decidirmos seguir algumas ideias que nós temos, mas um encorajamento prévio é uma delas. A reação de Chris a essa ideia foi uma das razões que eu continuei mexendo nessa história, mesmo que eu não conseguisse escrevê-la de verdade por mais cinco anos. Então, obrigada, Chris. Espero que você leia e reconheça essa ideia sobre a qual te contei anos e anos atrás.

Se o apoio de Chris me ajudou a começar este livro, o entusiasmo constante de Mandy Hubbard me ajudou a terminá-lo. Desde torcer por mim para eu terminar os primeiros rascunhos a me ajudar com toda a persistência a encontrar o melhor lar para ele e segurar minha mão quando a data de publicação se aproximava, Mandy defendeu minha carreira de forma muito melhor do que eu poderia imaginar. Eu releio o e-mail que ela me escreveu depois que mandei as primeiras páginas deste livro sempre que preciso de motivação, ou quando quero me lembrar do que espero que essa trilogia seja. Obrigada, obrigada, obrigada um milhão de vezes.

Nenhum livro é publicado por uma única pessoa, e *Tempo roubado* se beneficiou de um time verdadeiramente fantástico de pessoas dando apoio nos bastidores. Quero agradecer a todos na HarperTeen por tudo que fizeram para trazer este livro ao mundo, mas, particularmente, à minha editora, Erica Sussman, que lutou por mim e por *Tempo roubado* desde o começo. Também agradeço muito a Gina Rizzo, da publicidade, Michelle Cunningham, Alison Donalty e Jenna Stempel-Lobell no departamento de design, Alexandra Rakaczki em copidesque e, finalmente, a Jean McGinley, Alpha Wong, Sheala Howley e Kaitlin Loss nos direitos subsidiários por cuidarem da Agência de Proteção Cronológica internacionalmente. E também agradeço ao time de vendas da Harper por ajudar este livro a encontrar os seus leitores.

Este livro foi altamente influenciado por leituras antecipadas de vários escritores brilhantes e bons amigos. Obrigada a Leah Konen e Anna Hecker por me ajudarem a trazer Dorothy para o futuro (e dar a ela um par de calças). Um agradecimento especial a Wade Lucas, Becca Marsh, Lucy Randall, Julia Katz e Maree Hamilton por torcerem por mim com tanto entusiasmo desde o começo. Anne Heltzel me deu conselhos brilhantes em um dos primeiros rascunhos. Thomas Van de Castle me ajudou a me esgueirar em uma base militar (mas, sabe, não uma de verdade) e forneceu detalhes inestimáveis sobre o governo dos Estados Unidos — que eu prontamente ignorei para inventar os meus.

E a Bill Rollins, seu nome está neste livro porque você passou anos me fazendo pensar em matemática e ciência mesmo quando eu não queria (e eu nunca queria). Então obrigada por isso. Não acho que eu teria entendido nada de teoria se não fosse por aquelas discussões. E, é claro, um grande agradecimento a Ron Williams, que me deixou ler capítulos para ele enquanto cozinhava e que fazia excelentes perguntas, apontava erros burros, leu a coisa toda ao menos cinco vezes e ainda finge que é o seu livro favorito do mundo. Obrigada.

E, finalmente, vou terminar esses agradecimentos com uma história. Há muito tempo, no quintal de um dos meus bares favoritos, estava tomando um vinho rosé com uma das minhas pessoas favoritas. *Tempo roubado* era meu manuscrito mais recente, e não pude evitar falar sobre como estava empolgada para terminá-lo e sobre como seria incrível quando eu acabasse. Entre a segunda e a terceira taça de vinho, Jocelyn Davies — que, além de ser uma das minhas pessoas favoritas, também era editora na HarperCollins — me disse que gostaria de comprá-lo. Então, seis meses depois, fez isso. Jocelyn é a razão de todas as partes boas deste livro serem tão boas, e as partes ruins não serem tão ruins quanto poderiam ter sido. Jocelyn consertou o ritmo, fez o romance ser mais envolvente e me ajudou a resolver a lógica da viagem no tempo. O motivo deste livro ter registros do diário do Professor é porque Jocelyn sugeriu. Simplesmente, não seria o mesmo livro sem ela.

Obrigada, J. Vamos marcar para beber em breve?